L'ASCESA
DELL'ONNIOLOGO

LA SERIE DELL'ONNIOLOGO VOLUME 1

MICHELE AMITRANI

www.micheleamitrani.com

Prima Edizione Kindle 2022

ISBN (Versione eBook): 978-1-988770-45-1

ISBN (Versione Cartacea): 978-1-988770-41-3

Pubblicato da Michele Amitrani

Copertina creata da 100 Covers

Una versione precedente di questo lavoro è stata pubblicata nel 2014 con il titolo 'Onniologo'

Questo libro è dedicato alle persone che aprono il cassetto e non trovano nessun sogno, perché il loro lo hanno già realizzato.

Ai viaggiatori che si perdono, e che trovano ad ogni fermata una nuova casa.

E a chi crede che l'impossibile sia soltanto una possibilità che non è stata scoperta da nessuno.

STORIA IN REGALO

SCARICA LA TUA COPIA A QUESTO LINK!

https://www.subscribepage.com/progetto_valhalla

Iscriviti alla mia newsletter e riceverai in regalo *Progetto Valhalla*, una storia ambientata nell'universo dell'Onniologo!

PROLOGO

2009

"EHI, HAI SENTITO? I Wang si sono trasferiti in Florida."

"Chi?"

"I Wang."

"Intendi dire Yan Wang?"

"No, non Yan. *William*. William Wang. Si è portato dietro moglie e figlio. Il figlio... lo sai, no?" Si picchiettò la tempia con un dito.

"Ah! *Quel* Wang. Trasferiti? Perché?"

"William ha trovato un lavoro a Orlando, sembrerebbe."

"Ricordami cosa faceva."

"Tecnico cordista."

"Ah, sì. Il puliscivetri dei grattacieli."

Risero entrambi a quella battuta.

"È stata una partenza improvvisa. Si sono lasciati dietro parecchie cose."

Un lungo momento di silenzio seguì l'ultima frase.

"Pensi... pensi che c'entri il figlio?"

"Tu che dici? Dopo quello che ha fatto al suo compagno di classe... Beh, quel ragazzino dovrebbe essere rinchiuso da qualche parte."

"Mhmm, hai ragione. Brutta storia. Dei vicini di cui faccio volentieri a meno."

"Lo sai? Sembra che la mia Jenny sia l'unica che l'abbia presa male. Non voleva che quel teppistello se ne andasse."

"Jenny? Jenny è la tua piccola, giusto?"

"No, no. È la grande. Fa la terza liceo."

"Giusto. Beh? Qual è il suo problema?"

"Pare che avesse fatto amicizia con il piccolo Satana dei Wang. Gironzolava spesso nella biblioteca dove studia lei."

"Chi? Il moccioso? Avrà avuto quattro, forse cinque anni. Non dovrebbe spendere la giornata a sbavare su un tovagliolo, o roba del genere?"

L'altro scrollò le spalle.

"Che vuoi che ti dica? Sembra che Jenny lo trovasse spesso lì, a fissare libri."

"Probabilmente a imbrattarli con i pastelli."

Ci fu un mormorio di approvazione.

"Ho capito. Tua figlia gli faceva da babysitter quando lo trovava lì."

"No, non è quello."

"Allora cosa? Lo aiutava a riempire di giallo le stelline?"

L'altro scosse la testa. Un sorriso divertito gli tirava le labbra. "Al contrario," disse. "Stando a quello che dice Jenny, sembra fosse *lui* ad aiutarla a fare chimica."

I due si fissarono per qualche istante, poi scoppiarono a ridere.

PARTE I

WEI

1

ELTANIN

2010

W EI AVEVA RUBATO il giocattolo colorato dal tavolo del dottor Fenberg.

Era riuscito nell'impresa un attimo prima che sua madre lo prendesse per mano, portandolo nella sala d'attesa fuori dallo studio.

Era stato facile prendere il giocattolo senza essere visto. Quando era entrato nella stanza con sua madre, il dottore gli aveva dato un'occhiata sbrigativa, aveva fatto un sorriso forzato e aveva iniziato a parlare come se il bambino non esistesse.

A Wei il dottor Fenberg non era piaciuto fin dall'inizio. Lo aveva trattato come se fosse invisibile, sussurrando alla madre la parola '*diversamente abile*' un paio di volte, credendo che non l'avesse sentito.

Ma essere invisibile aveva i suoi vantaggi.

Wei si rigirò il giocattolo tra le mani. Era molto colorato, e un meccanismo interno permetteva di ruotare ogni parte che lo componeva. Era anche l'unica cosa che gli stava impedendo di morire di noia in quel posto puzzolente e decrepito, mentre aspettava che sua madre finisse di parlare con il dottore.

"Tutto bene, tesoro?"

Wei nascose il giocattolo dietro la schiena e guardò l'infermiera che gli stava sorridendo. Era un sorriso forzato e sbrigativo, lo stesso con cui l'aveva accolto il dottor Fenberg.

"Come va? Ti stai annoiando?"

La donna aveva gli occhi cerchiati di rosso e l'espressione smorta, come se non dormisse da giorni.

"Tua madre finirà tra poco, okay?" La donna pescò qualcosa dalla tasca del suo grembiule. "Guarda, ti ho portato un regalo."

Era un peluche; un coccodrillo con occhi gialli e un sorriso ancora più falso di quello dell'infermiera.

"Ti piace?"

Wei non rispose.

"Allora, che dici? Non è bello?"

Wei si ritrasse di qualche centimetro quando la donna fece segno di volergli dare il coccodrillo.

"Ci vuoi giocare?"

Il bambino incrociò le braccia e fece segno di 'no' con la testa.

"Sicuro? Ma guardalo, questo povero coccodrillo. Credo che sia triste. È solo soletto. Ha bisogno di un amico."

Wei estrasse dalla tasca un pennarello blu e un piccolo blocco note. Iniziò a scriverci sopra qualcosa.

"Oh, che cos'hai lì? Stai facendo un disegno? No, *aspetta*. Non è un disegno. Stai scrivendo. Ma che bravo! Sai già scrivere? Dai, fammi vedere."

Wei le mostrò il messaggio.

L'infermiera aggrottò la fronte mentre leggeva. "Non riesco a respirare con te vicino," disse, sbattendo le palpebre. "Puzzi di ospedale."

Wei si strinse il ponte del naso con il pollice e l'indice, e le fece la linguaccia.

"Karen?" Si udì la voce di un'infermiera proveniente dall'altra parte della sala. "Dove hai messo il fascicolo della quattordici? Il dottor Rea ne ha bisogno. Adesso."

Karen fissò Wei per un paio di secondi, come se volesse dire qualcosa ma non sapesse esattamente da dove iniziare.

"Karen?"

"Arrivo, arrivo." L'infermiera si raddrizzò goffamente e si allontanò portando con sé lo stupido coccodrillo.

Quando fu lontana, Wei riprese il giocattolo del dottor Fenberg e fece scattare in avanti una delle file colorata di rosso dell'oggetto.

Gli piaceva il 'clic' che faceva ogni volta che una delle parti veniva girata. Clic. Clic. Clic. Sembrava che stesse costruendo qualcosa. A Wei piaceva costruire le cose più disparate con qualsiasi cosa si trovasse intorno.

Completò il gioco una decina di minuti dopo. Prese il pennarello e scribacchiò qualcosa su uno dei lati. Quando ebbe finito lo lasciò cadere a terra, sperando che qualcuno ci cadesse sopra.

Picchiettò le dita sulla superficie di metallo della sedia. Si guardò intorno, sbuffando. Era l'unica persona nell'area di attesa, ma il corridoio adiacente sembrava pieno zeppo di gente, con un andirivieni di dottori e infermieri.

Wei gettò un'occhiata verso Karen, che era impegnata a parlare con la sua collega. In quel momento gli stava dando le spalle.

Ora o mai più.

Quando fu certo che non lo stava guardando, Wei si alzò e si diresse verso il corridoio dell'ospedale.

Nessuno ci fece caso, e la cosa non lo sorprese. Gli occhi degli adulti erano abituati a guardare in alto. Per loro i bambini come lui erano meno importanti del pavimento che calpestavano.

A Wei piaceva guardare in alto, lo faceva sentire più importante, anche se spesso inciampava per terra quando camminava senza guardare dove stava andando. Sua madre si arrabbiava un sacco quando accadeva.

L'ampio corridoio sembrava non avere fine. C'erano una miriade di porte a destra e a sinistra. Una di queste, in particolare, attirò la sua attenzione. Aveva il numero '4' affisso nella parte superiore. Il quattro era il suo numero preferito perché sembrava che il mondo si basasse su di esso. Quattro erano i punti cardinali, le stagioni, le fasi lunari e gli elementi dello zodiaco.

Nessuno poteva ignorare il numero quattro.

Wei aprì la porta ed entrò nella stanza senza bussare. Si trovò all'interno di una camera spaziosa e ben illuminata. La finestra aperta stava facendo entrare la luce del sole. C'era un grosso armadio di metallo alla sua destra, e un sacco di macchinari con luci rosse e arancioni che pulsavano come lucciole.

Wei si sfregò il naso quando sentì un forte odore chimico misto a urina. Si girò per capire da dove provenisse quel tanfo, ma i suoi occhi furono catturati da una fila di giocattoli allineati su un lungo tavolo di legno.

Wei sbatté le palpebre, sorpreso. Erano quattro, proprio come il numero della stanza, e ognuno di loro scintillava come una gemma. Non aveva idea di cosa ci facessero lì, o a chi appartenessero. Non che gli importasse.

Si avvicinò e valutò il primo della fila, prendendolo in mano. Era alto e sottile come un sigaro, e terminava con una punta rossa. Si reggeva su una base di metallo sulla quale erano incise le parole: 'Mercury Redstone.' Wei rimise a posto il giocattolo e passò al successivo, che era un pò più grande e leggermente più alto. Questo qui si chiamava 'Gemini Titan', ed era bianco, grigio e nero, con una punta più corta e schiacciata rispetto al Mercury Redstone. Se lo rigirò tra le mani, poi lo rimise a posto e passò al giocattolo successivo, il più grande dei tre. Doveva essere almeno cinque volte più grosso dei primi due. Era bianco e nero, con la scritta 'Stati Uniti' evidenziata in rosso sullo scafo. Sulla base erano incise le parole: 'Apollo Saturn V'.

Wei passò all'ultimo dei giocattoli esposti. La sua forma lo deluse. Era completamente diverso dagli altri tre. Non aveva la forma di un razzo, ma piuttosto di un aeroplano tozzo. Aveva una fusoliera schiacciata che lo faceva sembrare simile a un pinguino caduto sulla pancia. Lo prese in mano e lesse il nome stampato sulla fusoliera: 'Space Shuttle Atlantis'.

"Ti sei perso?"

Wei fece quasi cadere l'Atlantis. Si girò di scatto, il cuore che batteva all'impazzata. Non aveva notato il letto dalla parte opposta della stanza, e tantomeno l'uomo che ci stava sopra. Era più vecchio del dottor Fenberg - che a Wei era già sembrato l'essere umano più antico che avesse mai visto - e indossava un camice da ospedale. Il suo volto era un'intricata ragnatela di rughe che sembravano scavare canali sul viso incartapecorito, e aveva gli occhi di un azzurro talmente chiaro da sembrare ghiaccio.

"Beh, ragazzino? Ti sei perso?"

Wei guardò verso la porta, pensando per un secondo di scappare, ma alla fine decise di non farlo. Guardò il suo interlocutore e scosse la testa. L'Atlantis era ancora saldamente nelle sue mani.

"No?" Il vecchio lo guardò con i suoi occhi incredibilmente azzurri. "Allora devi essere il mio nuovo infermiere." Fece una smorfia che avrebbe potuto essere un ghigno.

Wei scosse la testa ancora una volta.

"No? Giovanotto, sono confuso. Vuoi dire *no*, 'non ti sei perso', oppure *no*, 'non sei il mio infermiere'? Mhm? Scegli. Quale delle due?"

Wei si leccò le labbra, ma non disse nulla.

"Cos'è? Ti sei mangiato la lingua?"

Wei stava per ripetere il segno di diniego, ma all'ultimo momento si fermò. Poggiò l'Atlantis sul tavolo e pescò il pennarello blu e il blocco note dalla tasca. Scribacchiò qualcosa e si avvicinò di qualche passo al vecchio per mostrarglielo.

"Non mi sono perso," lesse ad alta voce l'uomo. "E gli infermieri puzzano."

Ora che Wei era più vicino al letto capì che la puzza di urina veniva proprio dal vecchio. Cambiò pagina, scrisse una nuova frase, e la mostrò al suo interlocutore.

"Anche tu puzzi." Il vecchio fissò Wei e proiettò le sopracciglia in alto. Dopo un paio di secondi scoppiò a ridere; un suono strano, a metà tra un grugnito e una tosse secca.

"Beh, non hai torto," disse. "Ma se credi che puzzo adesso, aspetta di vedere tra qualche settimana, quando sarò cibo per i vermi. Cos'è questa storia del pennarello?" Prese un fazzoletto dalla tasca e ci tossì dentro. "Sei muto?"

Wei scrisse la risposta e gliela mostrò: "*Mamma dice che non posso parlare con gli sconosciuti.*"

"Quindi gli *scrivi*?" disse l'uomo con un velato cipiglio. "Un modo interessante di aggirare il problema. Quanti anni hai?"

Wei scrisse un numero sul blocco note.

"Cinque?" Fischiò, un suono lungo e acuto che fece trasalire Wei. "Te ne avrei dati il doppio di cervello, e la metà di costituzione. Sei lo scricciolo più piccolo che abbia mai visto. Aspetta..." Si sporse verso il comodino e aprì un cassetto dal quale pescò qualcosa avvolto da un incarto giallo e arancione. "Vuoi un cioccolatino?"

Wei scribacchiò sul foglio: "*Mamma ha detto che non posso accettare niente dagli sconosciuti.*"

Il vecchio annuì in modo serio. "Tua madre sa il fatto suo," disse. "Fai sempre quello che ti dice."

Wei guardò il cioccolatino e si umettò le labbra. "*Però,*" scrisse, "*se sapessi il tuo nome, non saresti più uno sconosciuto.*"

"Ah!" Il vecchio riuscì a tossire e a ridere contemporaneamente. "L'ho detto che eri un tipo sveglio. Chiamami Eltanin."

Wei mostrò il blocco note. "*Wei.*"

"È fatta." Eltanin gli porse il cioccolatino. "Non siamo più sconosciuti, adesso."

Wei scartò l'involucro e si ficcò in bocca il dolcetto.

Il vecchio si poggiò sullo schienale del letto e sospirò. "Sai, le persone più intelligenti che ho incontrato non parlavano molto, e ne ho incontrata parecchia di gente in gamba. I più intelligenti del paese, forse del mondo."

Wei riprese l'Atlantis e se lo rigirò tra le mani. Guardò il cassetto del comodino, chiedendosi se ci fossero altri cioccolatini lì dentro.

"Ti piace?" l'uomo indicò il modellino dello Space Shuttle.

Wei annuì.

"Sono stato una delle persone che l'ha costruito." Indicò i tre modellini sul tavolo. "Ho lavorato anche su quelli, ci credi? Sembra quasi che abbia vissuto un sogno. La mia vita è passata in un lampo." Fece schioccare le dita. "Se chiudo gli occhi, riesco a vederla, chiara come un fulmine a ciel sereno. Dio, ne è passata di acqua sotto i ponti. Il mondo è cambiato parecchio in ottant'anni."

Wei indicò i modellini sul tavolo. "*Sono tuoi, quelli?*"

"Me li ha regalati mia nipote," disse Eltanin. "Me li porto sempre appresso, come una specie di portafortuna. Sono belli, vero?"

Wei annuì.

"Non hai idea di quante energie, speranze e risorse ci abbiamo riversato dentro. Parlo di intere generazioni, ragazzo. Migliaia e migliaia di persone che hanno lavorato per un obiettivo comune: conquistare un posto tra le stelle. Prendi quella bestia lì, per esempio." Eltanin annuì indicando il Saturn V. "Ne abbiamo lanciati tredici in meno di dieci anni. Tutti i lanci conclusi con successo. Furono utilizzati per le missioni Apollo, che permisero a dodici astronauti di atterrare sulla Luna. La Luna, ragazzo! Ti rendi conto? È stato l'unico mezzo in grado di portare l'uomo su un altro corpo celeste." Il vecchio inspirò ed espirò rumorosamente, asciugandosi il sudore con il dorso della mano. Sembrava aver corso una maratona. La luce che aveva fatto brillare i suoi occhi fino a un attimo prima si spense come una lucciola morente, e il suo sguardo si fece opaco. "Poi," continuò, trascinando le parole, "è andato tutto in malora. Abbiamo iniziato ad avere paura, abbiamo smesso di guardare in alto, di sognare le stelle. I giovani di oggi spendono metà della loro vita a fissare uno schermo, a 'navigare su internet', a vivere in un mondo che non esiste. Nessuno guarda più alle stelle con la voglia di raggiungerle."

Wei studiò il vecchio. Aveva qualcosa di diverso rispetto agli adulti che aveva incontrato fino a quel momento. Era qualcosa che non riusciva a spiegare. Il modo in cui parlava, forse, o la luce nei suoi occhi.

Improvvisamente, l'Atlantis gli sembrò molto più pesante di prima, come se le parole di Eltanin gli avessero magicamente aggiunto del peso.

"Ma tu guarda." Il vecchio si sistemò meglio sul letto. "Mi lamento come un cane bastonato con l'unico pubblico che mi rimane. Ti sto annoiando?"

Wei fece di 'sì' con la testa.

Eltanin rise. "Ecco un'altra cosa che mi piace di te, ragazzo. Non hai peli sulla lingua."

Wei scrisse sul blocco note: "*Hai un altro cioccolatino?*"

"Ne ho a bizzeffe, piccolo teppista. Credo di stare simpatico a una delle infermiere. Me ne porta a vagonate. Senti, te ne do un pò, però devi promettermi di non mangiarli prima di pranzo, va bene? Non voglio farti perdere l'appetito. Poi chi se la sente tua madre?"

Eltanin diede a Wei una manciata di cioccolatini, che il bambino si mise in tasca.

"Vuoi anche quello?" Eltanin indicò l'Atlantis.

"*Sì.*"

"Prendilo, allora. Dico sul serio. È tuo."

Wei si mise l'Atlantis in tasca, poi si girò e guardò il tavolo con i tre modellini. Sul blocco note scrisse: "*Posso prenderli tutti?*"

Il vecchio aprì la bocca, poi la richiuse. Alla fine disse, con voce più bassa di prima: "Sì, va bene. Prendili tutti. Tanto quando sarò andato li butteranno via comunque. Ecco, prendi."

Eltanin aprì il cassetto ed estrasse una busta di plastica. "Mettili qui, così te li porti via più facilmente."

Wei prese la busta e ci mise tutti i razzi dentro, a parte l'Atlantis, che rimase in tasca.

"Beh, Wei." Eltanin indicò la busta. "Stai tenendo in mano la mia eredità. C'è tutta la mia vita, in quella busta. Trattali bene, okay?"

"*Okay.*"

"E promettimi una cosa." L'uomo fece segno di passargli il blocco note e il pennarello. Wei glieli diede.

"Mi sarebbe piaciuto poter vedere un posto, quando ero più giovane. Un posto molto lontano. Forse, quando sarai più grandicello, qualcuno ci arriverà. Promettimi che se succede, assisterai a quel momento assieme a questi modellini."

Eltanin mostrò la parola che aveva scritto in modo tale da prendere tutto il foglio.

Wei fissò la parola, e annuì senza esitazione.

"Bene, allora," disse il vecchio ridandogli il pennarello e il blocco note. "Stringimi la mano. Siamo in Texas; una stretta di mano vale come un atto notarile."

Wei gli strinse la mano.

"E ora fammi un bel sorriso, per l'amor del cielo. Sei fin troppo serio per un bambino che ha appena svaligiato la mia stanza di tutti i miei modellini."

Wei ci pensò sopra per un paio di secondi. Poi, non senza sforzo, proiettò gli angoli della bocca all'insù.

"Gesù," esclamò il vecchio. "Cos'è? Devi andare al bagno? Forza, fammi un sorriso vero."

Wei rise alla battuta.

"Meglio. Molto meglio." Chiuse gli occhi e abbandonò la testa sul cuscino. "Ora è meglio che torni da tua madre. Potrebbe essere in pensiero."

Wei guardò Eltanin e aggrottò la fronte. Cambiò pagina al blocco note e scrisse: *"Perché stai piangendo?"*

Il vecchio si asciugò gli occhi con il dorso della mano. "Ho qualcosa incastrato nell'occhio."

"Davvero? Io non vedo niente."

"È molto piccolo. Fidati, okay?"

"Okay."

"È stato un piacere conoscerti, Wei. Non fare impazzire tua madre, e ricordati di sorridere, ogni tanto. Ti allunga la vita."

Wei controllò che i cioccolatini fossero ancora in tasca e uscì dalla stanza. Una volta fuori, riprese a camminare per il corridoio.

"Eccolo qui! Signora? L'ho trovato!"

Wei si girò appena in tempo per vedere l'infermiera Karen precipitarsi verso di lui. Una volta che l'ebbe raggiunto, gli afferrò il braccio e lo trascinò verso di lei.

"Fermo lì," disse. Il suo volto era madido di sudore, come se avesse fatto una corsa. "Dove credi di andare?"

Wei sentì la mano dell'estranea stringergli il polso con forza. Era talmente vicina che riusciva a contarle i nei sul volto. Poteva sentire l'odore di varichina e disinfettante. La sua mano era fredda e appiccicosa.

Lo stava sporcando.

"Mi hai fatto prendere un bello spavento, lo sai?"

Wei iniziò a dimenarsi, cercando di liberarsi, ma l'infermiera era troppo forte.

"Tua madre è quasi morta di..."

Successe in un istante.

Era come se qualcuno avesse spento un interruttore. La mente di Wei smise di funzionare. Il mondo divenne una confusione di suoni, colori e forme. Cadde a terra con un gemito strozzato, e iniziò a prendersi a pugni la testa.

"A-a-a-a-a-a-a-a!"

L'infermiera Karen lo fissò con occhi sgranati. "Ehi, che ti prende?" Cercò di bloccargli il braccio.

Wei continuò a colpirsi, ancora e ancora, finché il dolore non fu talmente forte da diventare quasi una presenza fisica. Sentì il sapore del sangue nella bocca.

"Fermo! Basta."

"Lo lasci andare!"

Sentì il suono di passi che si avvicinavano velocemente. Una voce che conosceva. Qualcuno che conosceva bene. L'infermiera gli lasciò il braccio.

"Wei?"

Wei aprì gli occhi.

"Giuro che non gli ho fatto niente." Stava dicendo Karen, con entrambe le mani alzate. "L'ho appena toccato e si è messo a urlare come..."

"È uno dei suoi attacchi. Si sposti."

Sentì il familiare odore di arancio e vaniglia, la fragranza di sua madre. Fu come se avesse trovato un appiglio su una montagna.

Si aggrappò a quella sensazione con tutte le forze.

"Wei? Sei al sicuro, sei con la mamma. Va tutto bene. Mi senti? Va tutto bene."

Lentamente, la mente di Wei riprese a funzionare.

"Fai bel respiro. Un bel respiro, amore mio. Puoi farlo, per me?"

Un respiro. Sì, poteva farlo.

Wei inspirò una grossa boccata d'aria ed espirò. Fu come se un enorme masso fosse stato levato dal suo petto.

"Bravo. Fallo ancora."

Wei inspirò e respirò, ancora e ancora. Il suo braccio smise di muoversi. Solo in quel momento sentì il dolore irradiarsi dalla testa, nel punto in cui si era colpito.

"Wei? Puoi aprire gli occhi."

Wei tenne gli occhi chiusi. "Ho... Ho luce verde?" disse, esitante.

"Sì, amore. Hai luce verde."

Wei aprì gli occhi.

Si trovò di fronte una donna sorridente, con occhi di un marrone talmente scuro da sembrare nero. La fronte e le guance di sua madre erano costellate da una tempesta di lentiggini che facevano sembrare il suo volto un cielo stellato.

Solo allora Wei si rese conto di essere ancora dentro l'ospedale. L'infermiera Karen era arretrata di un paio di passi, gli occhi sgranati, la bocca semiaperta.

Non era la sola. Il corridoio era pieno di persone ferme, che lo stavano fissando. Tutti quegli adulti, che fino a quel momento non avevano fatto altro che ignorarlo, ora sembravano non vedere altro che lui.

"Andiamo." La madre lo prese in braccio. "Torniamo a casa."

Lasciarono il corridoio, scesero le scale e arrivarono all'uscita dell'edificio.

Fu solo dopo che la madre aveva fatto partire la macchina che Wei si accorse che aveva lasciato la busta con il Mercury, il Gemini e l'Apollo nel corridoio.

Venne invaso da una sensazione di panico. Si girò di scatto verso il finestrino e disse, "Ho lasciato i miei giocattoli dentro l'ospedale."

"Quali giocattoli? Non avevi giocattoli quando siamo arrivati."

Wei rimase in silenzio. Sua madre aveva ragione, e se gli avesse detto di Eltanin, probabilmente si sarebbe arrabbiata.

Il bambino si appoggiò sul sedile, gli occhi persi nel vuoto. Mise la mano in tasca e si accorse che c'era qualcosa. Era l'Atlantis. Il modellino riluceva alla luce del sole, il metallo bianco perlato freddo nelle sue mani. Wei lo strinse forte a sé.

Finché lo avrebbe avuto, sarebbe andato tutto bene.

Era l'ultimo pezzo dell'eredità del signor Eltanin. Non poteva perderlo.

∽

"INSOMMA, si può sapere che cos'è successo lì fuori?"

Karen guardò il dottor Fenberg e alzò le spalle. "Il figlio della Wang. L'ho perso di vista per un secondo ed è scomparso. Ti risparmio la parte in cui ho quasi avuto un infarto, ma comunque l'ho ritrovato dopo qualche minuto fuori dalla stanza quattro. Beh, stava per scappare ancora, così l'ho afferrato e... Dio, ha cominciato a dare di matto. Si è messo a urlare come un forsennato e a darsi pugni sulla testa." Karen fece un respiro profondo, cercando di tranquillizzarsi.

Il dottor Fenberg si grattò la fronte. "Beh, tu ci hai avuto a che fare solo per un'ora. Sua madre non ha questo lusso. Quella povera donna avrà parecchi problemi, con lui. Non sarà una vita facile."

"Fammi capire. Sei stato il suo secondo parere?"

"Il terzo," disse il dottore, mentre metteva l'ultimo fascicolo dentro la sua ventiquattr'ore. "Si è fatta tutta la strada da Orlando fino a qui per farsi ripetere qualcosa che sapeva già. È andata in un altro paio di studi, prima del nostro. Le hanno detto la stessa identica cosa. C'è poco che si possa fare."

"Ho capito."

"A parte questo piccolo incidente, tutto okay?"

"Il solito. Niente di nuovo."

Il dottor Fenberg chiuse la valigetta. "Non avevi detto che avevi qualcosa per me?"

"Ah, sì. Giusto!" Karen pescò qualcosa dalla tasca del suo camice. "L'ho trovato fuori dalla porta. Deve esserti caduto dalla valigia."

Il dottore prese il cubo di Rubik dalle mani di Karen, aggrottando i folti sopraccigli. Rimase a fissare i sei lati monocromatici come se stesse fissando un maiale volante.

"Congratulazioni." Karen indicò il cubo. "Finalmente ci sei riuscito. Quanto ti ci è voluto? Una settimana?"

Il dottore si schiarì la gola. "C-come?"

"Quest'affare," disse Karen, picchiettando un dito sul cubo. "L'hai comprato una settimana fa, giusto?"

"Ehm, sì. Qualcosa... qualcosa del genere."

Karen poggiò le mani sui fianchi. "Sono due mesi e mezzo che ci provo con il mio, e sono a malapena riuscita a completare due facce."

Il dottore annuì distrattamente.

"Doc? Va tutto bene?"

"Hmm? Oh, sì. Stavo solo... niente. Non farci caso."

"Va bene." Karen si girò e aprì la porta. "Farò meglio ad andare. Bernard mi ucciderà se arrivo in ritardo per cena. A domani."

"A domani."

La porta si chiuse dietro Karen, lasciando il dottor Fenberg da solo con il cubo.

L'uomo rimase immobile a guardare il puzzle come se si aspettasse che da un momento all'altro iniziasse a muoversi.

Alla fine, scosse la testa e sospirò. "Beh," disse, "tu sei un mistero che svelerò domani."

Fece per posarlo sulla scrivania, quando notò la piccola scritta in blu sul lato giallo del poliedro.

"Che diavolo..."

Avvicinò l'oggetto al volto e strinse gli occhi per leggere il messaggio.

"Sei tu quello lento."

2

ATLANTIS

2011

Quel GIORNO IL soffitto del mondo era ricoperto da una fitta coperta di nuvole. La luce, smorzata dal grigiore che dominava il cielo, illuminava senza convinzione sabbia, oceano e asfalto.

Wei accelerò il passo mentre addentava avidamente l'hot dog che teneva in mano. Al terzo morso una generosa dose di ketchup scivolò sul suo braccio.

"Wei! Guarda cosa hai combinato!"

L'uomo che lo teneva per mano si fermò di scatto, indicandolo con un dito. Prese frettolosamente un tovagliolo dalla tasca e pulì come poté il braccio del bambino.

"Andiamo dai, o perderemo i posti migliori."

Il bambino riprese a trotterellare dietro al padre, mangiando e insudiciandosi come se niente fosse accaduto. Alla loro sinistra le macchine si susseguivano veloci una dietro l'altra e il lungo serpente di persone che camminava come loro sul ciglio della strada trascinava dietro di sé sedie, ombrelloni e casse piene di cibo.

Wei finì il suo snack e si leccò le dita proprio nel momento in cui stavano sorpassando il grosso cartellone stradale vicino al quale avevano parcheggiato. Su di esso si leggeva: *401 North Cape Canaveral A. F. Station*. Un ragazzo stava indicando la scritta mentre chiedeva a un amico di scattare una foto.

Continuarono a camminare per qualche minuto lungo la strada. Finalmente il padre decise di fermarsi, valutando assorto un punto distante all'orizzonte.

"Va bene qui," disse, sorridendo. Wei non lo stava ascoltando. Era impegnato ad accettare il biscotto e la lattina di Coca Cola che una signora accampata lì vicino gli stava offrendo. Wei adorava le bibite gassate.

"Grazie," sorrise il padre, annuendo verso la donna, mentre il bambino cominciava a mangiare con metodica precisione i bordi del biscotto. Entrambi si sistemarono sugli asciugamani che si erano portati dietro e attesero.

"Quanto manca?" chiese Wei, mettendo il broncio.

Il padre diede un'occhiata al suo orologio da polso. "Ancora qualche minuto. Devi pazientare un po'. A volte ritardano il volo."

Proprio quando Wei stava cominciando ad annoiarsi, le persone attorno a lui iniziarono a parlare in maniera concitata, sorridendo a vicenda e indicando un punto preciso davanti a loro. Anche suo padre si era alzato e aveva cominciato a parlare e a gesticolare con i vicini. Wei non sembrò fare troppo caso alla frenesia crescente e continuò a concentrare la sua attenzione sulla distesa d'acqua a poche decine di metri di distanza, intento a contare le onde.

"Vieni qui, tu."

Wei si sentì preso da due forti braccia. Il padre lo alzò gentilmente da terra e lo mise sulle sue spalle. "Riesci a vedere? Lì, dove c'è quella rampa. Partirà da lì."

Wei aggrottò la fronte. Vide una struttura a forma di 'L' che, da dove stava guardando, non era più grande del suo pollice. Poi, mentre stringeva gli occhi per aguzzare la vista, vide quello per cui era venuto. Riconobbe le ali e il corpo tozzo, e il familiare colore bianco perla.

"Sì!" disse, agitando le braccia. "Lo vedo!"

"Va bene." Il padre rise, contagiato dall'eccitazione di Wei. "Ma non muoverti troppo o cadiamo tutti e due a terra."

Nel frattempo la fila di persone che assiepava i bordi della strada andava crescendo.

"Venticinque secondi!" urlò improvvisamente una voce alla loro destra. Altre due o tre voci fecero eco alla prima, mentre l'eccitazione tra i presenti sembrava crescere in maniera esponenziale.

Wei prestò attenzione ai mormorii carichi di aspettative che riempivano l'ambiente. La gente stava indicando il punto all'orizzonte. Un crescente brusio saturò l'ambiente, intervallato da risate, fischi e battiti di mani.

Un vecchietto sorridente alzò il pollice verso di lui e contemporaneamente accese la radio. Aumentò al massimo il volume così che tutti i presenti lì attorno potessero ascoltare.

"Pronti per l'accensione..." stava dicendo la radio, scandendo con attenzione ogni parola. "10, 9, 8, 7, 6, 5, 4... tutti e tre i motori sono stati accesi."

Tutti quanti smisero di parlare, come ipnotizzati dalla voce della radio. Wei si guardò attorno, ammirando la massa di persone unite, sorridenti e cariche di eccitazione e in qualche modo si sentì parte di quell'incredibile famiglia di sconosciuti. Il tempo sembrò come fermarsi per tutto, tranne che per il conto alla rovescia che continuava inesorabile.

"... 2, 1, 0... e *partenza!* L'ultima partenza dell'Atlantis. L'America continuerà il sogno..."

La voce della radio si perse tra le grida e i fischi mentre all'orizzonte una luce esplose dal nulla. Il bambino, preso completamente alla sprovvista, fissò ammaliato la colonna di luce, calore e fumo che si alzava e si perdeva in pochi secondi tra le nuvole che assediavano il cielo.

Le urla e i fischi continuarono per qualche altro momento. Quando fu chiaro a tutti che lo spettacolo era finito, la gente cominciò a prendere le proprie cose e a prepararsi per andare via.

Il padre lo rimise a terra. "Ti è piaciuto?"

Wei deglutì. Si sentì la gola in fiamme. Si accorse solo in quel momento che doveva aver urlato mentre l'Atlantis stava cavalcando il cielo. Non si ricordava quando aveva iniziato ad urlare, o per quanto tempo era andato avanti. Era stata un'esperienza strana, surreale, come vivere in un sogno. Esattamente come gli aveva detto Eltanin.

Alzò lo sguardo verso il cielo e rimase fermo e attento, cercando di cogliere a tutti i costi l'ultimo barlume dei motori dello Space Shuttle tra il grigiore che tutto sovrastava.

"Wei? Va tutto bene?"

Wei annuì, ma non rispose. Era ancora intento a guardare in alto, sempre più in alto. Gli sembrò di cogliere un barlume di luce tra un banco di nuvole. Sì, lo aveva rivisto, anche se solo per un secondo. Era stato come se l'Atlantis gli avesse fatto l'occhiolino.

"È ora di andare, Wei. Prendi l'asciugamano e ringrazia la signora." Il padre indicò la donna che aveva offerto al piccolo la lattina e il biscotto.

Wei non obbedì. "Papà," disse, continuando a cercare l'Atlantis nel cielo. "Possiamo vederla ancora?"

"Ancora?" ripeté il padre. "In che senso?"

"Possiamo rivedere la luce?"

"Questa era l'ultima volta Wei, te lo avevo detto, non ricordi? L'ultima partenza dello Space Shuttle."

Il bambino distolse malvolentieri lo sguardo dal cielo. Guardò il padre con aria corrucciata e chiese, "Perché l'ultima?"

L'uomo fece per rispondere, ma alla fine fu come se la domanda del figlio lo avesse colto impreparato.

"Voglio rivedere la luce!" dichiarò Wei. Gli occhi del bimbo s'illuminarono mentre indicava con una mano grassottella la scia di fumo lasciata dall'Atlantis. "È stato bello, no... È stato fantastico! E adesso dove andrà a finire? Di che cosa era fatta? Come faceva a essere così veloce? Tornerà, vero?"

Il padre non riuscì a trattenere un sorriso. Coprì con un paio di passi la distanza che li separava e s'inginocchiò davanti a Wei.

"Vuoi davvero sapere tutte queste cose?"

"Sì," annuì velocemente il bambino, "e voglio anche rivedere l'ultima luce," aggiunse.

"Promesso," rispose il padre sfiorandosi il petto. "Ora però andiamo." Prese la mano del figlio e insieme si diressero verso la macchina. Wei obbedì senza replicare, lasciandosi condurre, ma non smise mai di guardare la lunga colonna di fumo lasciata in eredità dall'ultima luce.

3

MICHELLE

2012

MICHELLE JORDAN SCESE dal retro dell'ambulanza trasportando la barella di primo soccorso assieme al suo collega. La tangenziale era bloccata da auto della polizia. Il traffico stava venendo dirottato verso una delle strade secondarie da un paio di agenti che sventolavano segnali rifrangenti verso il flusso di macchine in arrivo.

"Madre di Dio onnipotente."

Michelle si girò verso il giovane collega che stava fissando con orrore la scena dell'incidente che avevano davanti. Il ragazzo aveva poco più di ventiquattr'anni e quello era il suo secondo turno in prima linea. Era più basso di lei di un paio di spanne, e camminava come se fosse costantemente sul punto di inciampare su qualcosa.

"Ricordati cosa ti ho detto ieri," disse Michelle, aumentando il passo. "Concentrati sul tuo lavoro."

"Okay. Giusto. Buona idea."

"E... Walter?"

"Sì?"

"Ricordati di respirare."

Walter fece un sorriso nervoso. "Ottimo consiglio. Respirare. Ricevuto."

Michelle guardò in direzione dell'oggetto che aveva bloccato la tangenziale.

Una Toyota blu ghiaccio era ribaltata al limitare della strada, la parte frontale - cofano, parabrezza e ruote anteriori - era ridotta a un ammasso amorfo di metallo accartocciato. I due portelloni frontali erano stati scardinati e giacevano a un paio di metri da quello che rimaneva della vettura. Grosse pozze di sangue punteggiavano la scena dell'incidente.

Un poliziotto ben piazzato, con un pizzo color ruggine e lunghi capelli corvini gli venne incontro mentre finiva di parlare nel suo walkie-talkie.

"Abbiamo messo il bambino su una barella improvvisata," disse l'agente, indicando con il mento nella direzione alla loro destra.

"È cosciente?" chiese Michelle, mentre continuava a trascinare la barella.

"Va e viene." Il poliziotto fece un veloce gesto con la mano. "I genitori sono già stati trasportati via." Esitò per un secondo, poi aggiunse, in un sussurro quasi inaudibile. "Quello che ne rimaneva."

Michelle fece un brusco segno di assenso e proseguì nel punto che le era stato indicato, Walter alle sue calcagna.

Il bambino giaceva su un lungo pezzo di legno simile a una tavola da surf che era stato posizionato sotto uno dei pali della luce.

"Okay." Michelle annuì verso Walter. Afferrò l'estremità della barella e disse: "Uno... due... tre." Spinsero in giù la barella e l'abbassarono al livello della strada.

"Ciao campione," disse Michelle, rivolgendosi al bambino che stava aprendo e chiudendo gli occhi, mormorando qualcosa d'incomprensibile. "Mi senti? Puoi dirmi come ti chiami?"

"Non mostra alcuna deformità della testa," disse Walter, facendo del suo meglio per mantenere un tono professionale. "Nessuna emorragia."

"Va bene." Michelle diede uno sguardo al corpicino del bambino per confermare la valutazione del collega. "Mettiamogli un collare cervicale."

Il piccoletto mosse la testa verso di lei, come se stesse seguendo la sua voce.

"Ehi, campione," disse Michelle, cercando di capire se fosse cosciente. "Ti fa male quando ti tocco la pancia?"

Il bambino sbatté le palpebre. "N-no," disse in un sussurro.

"Nessun dolore o rigidità," disse Michelle. "Braccia intatte. Campione, adesso ti solleviamo, okay? Walt? Tre, due, uno."

Issarono il bambino sulla barella e lo portarono nell'ambulanza.

Quando la barella venne assicurata al meccanismo di aggancio all'interno del veicolo, Walter chiuse lo sportello anteriore e fece segno al guidatore che erano dentro. Dopo qualche secondo l'ambulanza azionò le sirene e iniziò a muoversi.

"Mi senti?" Michelle schioccò le dita, ma questa volta il bambino non rispose. Provò a chiamarlo un'altra volta, ma non ebbe più fortuna.

"Inserisci una flebo nella cefalica accessoria," disse Michelle mentre controllava il petto del bambino. "Non mostra ferite sul petto. Nessuna deformità."

Walter inserì l'agocannula nella vena del braccio e attaccò il tubicino alla sacca dei liquidi.

Il bambino si mosse. Aprì gli occhi e mormorò qualcosa d'incomprensibile.

"Tesoro, riesci a sentirmi?"

"Wei," mormorò il bambino. "Mi chiamo Wei."

"Wei." Michelle gli fece un sorriso. "È un bel nome. Corto, facile da ricordare. Io mi chiamo Michelle e questo è Walter."

Il ragazzino guardò Walter, che lo salutò con un veloce gesto della mano.

"Wei, ti fa male quando ti toccò qui?" Michelle gli toccò lo sterno.

Il bambino scosse la testa.

"E qui? No? Non ti fa male? Bene. Molto bene. Quanti anni hai, Wei?"

"Sette," rispose. Si guardò intorno. "Dove... dove sono?"

"Sei in un'ambulanza, Wei. Ti stiamo portando all'ospedale."

"Ospedale?"

"Solo per assicurarci che stai bene. Non devi preoccuparti di niente. Sei in buone mani. Te lo prometto."

Wei sbatté le palpebre e si guardò attorno un'altra volta. "Mam... mamma e papà? Dove sono mamma e papà?"

Michelle si schiarì la voce. "Anche loro sono in buone mani, Wei. Non devi preoccuparti. Andrà tutto bene."

Wei sembrò perdere i sensi un'altra volta.

"Quanto manca all'arrivo?" chiese Michelle.

Walter guardò l'orologio da polso. "Cinque minuti."

"Allora fammi chiamare..."

"Dove... dov'è l'Atlantis?"

Michelle si voltò verso Wei, che si era appena risvegliato. "Atlantis?" ripeté.

"Sì." Wei cominciò ad agitarsi e a muovere le mani freneticamente.

"Wei?" Michelle gli bloccò le spalle. "Devi stare tranquillo. Non puoi muoverti così. Hai capito?"

"Era qui. Lo tengo qui. Lo tengo sempre qui."

"Va bene. Ora ti guardo nelle tasche, va bene? Però devi stare fermo. Promesso?"

Michelle frugò nelle tasche del bambino, ma non trovò nulla.

"Non c'è niente qui, mi dispiace."

Michelle guardò Wei. Aveva gli occhi chiusi.

"Wei? Mi senti?"

"Ci siamo quasi," disse Walter, indicando il finestrino.

Michelle prese il walkie talkie da un alloggiamento sospeso sulla paratia dell'ambulanza. "McLoyd Marion," disse, "qui è Medferry omega 3-0-9."

"Medferry omega 3-0-9, qui è McLoyd Marion. Vi riceviamo."

"McLoyd Marion, stiamo per arrivare. Abbiamo un ferito. È un bambino di sette anni coinvolto in un incidente d'auto. Il paziente mostra una lieve ferita alla testa. È poco reattivo, va e viene da uno stato confusionale. Battito cardiaco fino a 82. Tempo d'arrivo stimato cinque minuti."

"Ricevuto Medferry omega 3-0-9. Passo e chiudo."

Michelle rimise il walkie talkie a posto.

"Atlantis," stava mormorando Wei, la fronte aggrottata e gli occhi serrati. "Devo trovare l'Atlantis. L'ultima luce. È l'ultima luce."

"Ci siamo quasi, campione," lo rassicurò Michelle mentre ricontrollava la sua pressione. "Siamo quasi arrivati."

Michelle guardò fuori dal finestrino. Si stavano avvicinando a un grosso edificio grigio chiaro. "Okay, Walt. Prepariamoci a farlo scendere."

Un paio di minuti dopo l'ambulanza si fermò nella baia riservata al pronto soccorso. Fecero scendere la barella e la trasportarono dentro l'ospedale.

Superarono la lobby, si diressero verso il primo corridoio a sinistra e portarono Wei nell'area di sbarco del reparto di terapia intensiva.

"Bambino di sette anni," annunciò Michelle mentre spingeva assieme a Walter la barella dentro la stanza. "Trauma sconosciuto. È stato coinvolto con i genitori in un incidente stradale. Walt? Vai dall'altra parte, per favore. Ha ferite superficiali alle braccia e all'addome. Qualche abrasione sul lato destro della testa. Gli abbiamo messo una flebo nella vena cefalica accessoria. Soluzione salina in bolo."

"Okay," disse il dottore di turno, un omone con corti capelli a spazzola e un cipiglio che sembrava scolpito sulla parte superiore della testa. "Muoviamolo lentamente sul lettino."

Michelle e Walter spostarono Wei sul lettino.

"Pressione?"

"Sessanta su quaranta."

"Va bene." Il dottore si girò verso un'infermiera. "Margaret, tieni quella flebo bene aperta. Okay, ragazzi," il responsabile annuì verso Michelle. "Ce ne occupiamo noi, adesso."

"Buon lavoro." Michele fece segno a Walt di uscire dalla stanza.

∽

APPENA FURONO FUORI dall'ospedale Walter prese una sigaretta dal taschino. Le mani gli tremavano talmente tanto che quasi la fece cadere a terra.

"Ti accendo io," si offrì Michelle.

"Grazie."

Michelle usò l'accendino, poi lo ridiede al collega.

Il ragazzo prese una boccata dalla sigaretta e chiuse gli occhi mentre espirava il fumo.

"Meglio?"

Walter inspirò una grossa boccata d'aria. "Cazzo, sì."

"Buon per te."

Il ragazzo prese un altro paio di boccate, poi fece cadere la cenere dalla sigaretta. "Come sono andato oggi?"

"Sto vedendo progressi."

"Sì? Cosa te lo fa dire?"

Michelle alzò un sopracciglio. "Beh, tanto per cominciare non ti sei vomitato addosso."

Walter fece un sorriso nervoso. "Giusto. Un passo in avanti."

"Senti, è normale essere nervoso. Te l'ho già detto. Diventa più facile dopo un po'."

"Promesso?"

Michelle disegnò una croce immaginaria sul suo petto. "Croce sul cuore che possa morire."

"Ora sì che mi sento meglio." Walter indicò l'ambulanza ancora parcheggiata nella baia. "Lo fai da molto?"

Michelle scrollò le spalle. "Cinque anni, più o meno." Notò il suo riflesso sul vetro dell'ambulanza e sospirò. Anche da quella distanza poteva vedere le profonde ombre che assediavano i suoi occhi, facendola sembrare più vecchia di dieci anni. La sua pelle, solitamente di un lucente marrone scuro, era più pallida del solito.

Aveva decisamente bisogno di una vacanza.

"Che facevi prima?"

Michelle si girò verso il collega. "Come dici?"

"Prima delle corse a cardiopalma per salvare vite umane," disse

Walter, facendo un cenno verso l'ambulanza. "Che facevi prima di quello?"

Michelle guardò verso l'ospedale. "Lavoravo nell'unità di terapia intensiva. Sono stata un'infermiera per un paio d'anni, dopo l'apprendistato. Sai, per farmi le ossa."

"Cosa ti ha fatto cambiare professione? Volevi un po' più di azione?"

"Diciamo che preferivo respirare aria fresca. Passare troppo tempo in un'ospedale fa male all'anima."

Walter fissò la sigaretta come se si fosse improvvisamente ricordato qualcosa. "Ehi, vuoi farti un tiro?"

"Non fumo."

"No? Davvero? Cristo, devi essere la prima persona nell'intera squadra che rifiuta una sigaretta. Hai fatto un fioretto, o qualcosa del genere?"

"Mio marito è morto di cancro ai polmoni."

L'ultima tirata andò a Walter di traverso. Quando ebbe finito di tossire, guardò Michelle con occhi strabuzzati. "Gesù. Non lo sapevo. Non... non volevo mica..."

"Rilassati." Michelle fece un gesto conciliatorio con la mano. "È stato molto tempo fa."

Walter fissò la sigaretta mezza finita. "Se vuoi posso spegnerla in un soffio."

"Nah. Non far caso a me. Rilassati finché puoi. Non credo che ci vorrà molto prima che ci richiamino."

Walter spostò il peso da una gamba all'altra. Passò un lungo momento di silenzio, poi indicò verso l'entrata dell'ospedale. "Non mi sembrava messo troppo male," disse. "Il ragazzino, intendo." Fece un'altra tirata, e aspettò che la nuvola di fumo grigia scomparisse prima di continuare. "L'agente che ci ha parlato per strada. Hai sentito cos'ha detto dei genitori?"

"Ho sentito."

"E hai visto il sangue nella parte frontale? Metà della macchina era più pressata di una scatola di sardine. Se erano lì davanti..." Walter lasciò la frase in sospeso.

"Già." Michelle inspirò una boccata d'aria che sapeva di tabacco. Cercò di deglutire il groppo alla gola, ma non ci riuscì.

MICHELLE TROVÒ l'Atlantis due giorno dopo. Era la fine del suo turno, intorno alle otto e mezza di sera. Stava chiudendo un tavolino retrattile dall'interno dell'ambulanza di servizio quando lo vide.

"E questo cos'è?" Prese il modellino da terra e lo mostrò a Walter. Una delle ali era piegata all'indietro, sul punto di staccarsi.

Il collega si avvicinò e diede un'occhiata.

"È uno Space Shuttle."

Michelle alzò un sopracciglio.

"Sai, le navette della NASA. Vanno nello spazio."

"Che ci fa qui dentro?"

Walter alzò le spalle. "Forse è caduto a qualcuno mentre lo stavamo muovendo. Ehi, aspetta un attimo! Ora ricordo. Quel bambino che abbiamo trasportato qualche giorno fa. Hai presente? Capelli scuri, tratti asiatici. Non continuava a ripete la parola 'Atlantis'?" Picchiettò la scritta sulla fusoliera della navicella. "Scommetto che è suo."

"Il ragazzino dell'incidente d'auto?" chiese Michelle.

"Esatto. Quello che abbiamo preso sulla tangenziale. Hai presente?"

Michelle studiò il modellino. "Hai ragione. Deve essere suo."

"Beh, secondo me se n'è scordato." Indicò con il mento il cestino della spazzatura. "Vuoi che lo butto?"

Michelle soppesò l'oggetto per un momento. "No," disse alla fine. "Ho un'idea migliore."

"EHI, SASHA." Michelle si avvicinò alla postazione degli infermieri e fece un gran sorriso alla donna di colore intenta a digitare sulla tastiera. "Ti sono mancata?"

Sasha alzò lo sguardo. I suoi occhi marroni impiegarono un secondo per riconoscerla.

"Che mi venga un colpo!" L'infermiera scattò in piedi con un sorriso che andava da orecchio a orecchio. "Michelle R. J. Jordan!" Fece il giro del bancone e andò ad abbracciarla. "La figliola prodiga è tornata. Come stai, bella?"

"Bene," disse Michelle, restituendo l'abbraccio. "Che si dice?"

"Il solito." Sasha indicò una delle infermiere che condivideva con lei il piccolo spazio in mezzo al corridoio dell'ospedale. "Beth sta ancora spendendo metà del suo stipendio in biglietti della lotteria nella speranza di mandarci tutti a quel paese."

"Simpatica," le rispose Beth con un sorriso asciutto. A Michelle, invece, disse, "Ehi, amica."

"Ehi, Beth."

Sasha indicò un'altra infermiera che stava uscendo in quel momento da una delle stanze dei pazienti. "E Gloria, qui, ha battuto il record mondiale di cambio dei fidanzati. Vero, Gloria?Che numero è quello che stai vedendo adesso? Mmm? Ho perso il conto. Il settimo in un mese?"

"Ah-ah-ah, sto morendo dalle risate." Gloria, si mise una mano sul petto e roteò gli occhi. "È il terzo, ed è quello giusto."

"Credici, sorella," la stuzzicò Sasha.

Gloria alzò il dito medio, poi sparì in un'altra stanza.

"Tu, invece?" chiese Sasha, tornando a guardare Michelle. "Che ci dici? Ti vediamo sempre meno spesso qui attorno."

"In dirigenza ci stanno trattando come stracci da un paio di mesi," disse Michelle. "Doppi turni e ritmo sostenuto. Il solito, insomma. Tra il lavoro e Ivory, mi rimane a malapena tempo sufficiente per lavarmi i denti."

"Mh-mh." Sasha le diede un sorriso d'incoraggiamento. "Ti capisco, sorella. Come sta la piccola tempesta?"

"Fatico a starle dietro," disse Michelle con un sospiro. "Cresce a velocità luce. Benedico il giorno in cui Dio ha inventato i nonni."

"Amen," disse Sasha, dandole una pacca sulla spalla. "Ehi, se ti serve qualsiasi cosa..."

"So che ci sei. Grazie."

"L'hai detto."

Michelle si sfregò le mani. "Senti, sei occupata?"

"Nah. È stata una giornata fiacca. Che ti serve?"

"Vi ho portato un bambino qualche giorno fa. Sette anni, asiatico. Si chiama Wei."

"Mm." Sasha annuì. "Sì, è ancora qui."

"Come sta?"

"Aspetta." Sasha fece di nuovo il giro del tavolo e prese un raccoglitore. Lo sfogliò velocemente. "Eccolo qui. Wei Wang. Che vuoi sapere?"

"È stabile?"

"Oh, sì. Passa a pieni voti tutti gli esami. Lo hanno stabilizzato e gli hanno fatto una TAC. Niente di grave, nessuna emorragia. Ha una lieve contusione, un braccio rotto e una costola incrinata. Fisicamente sta bene. Raya vuole fare un paio di accertamenti finali prima di dimetterlo."

"Sai niente dei genitori? Credo che li abbiano portati qui poco prima di lui. Sono stati coinvolti nello stesso incidente."

Sasha scosse la testa. "Non ce l'hanno fatta," disse. "Quando li hanno portati qui erano già andati."

"Cristo." Michelle gettò uno sguardo all'Atlantis, poi tornò a guardare l'amica. "Lui lo sa?"

Sasha fece un segno di assenso. "Un tizio dell'istituto Willom's Oath gliel'ha detto ieri, credo."

Michelle sentì un'improvvisa pesantezza alla base dello stomaco. "Come? Perché è venuto qualcuno dall'istituto?"

"Non sembra che abbia altri parenti." Sasha chiuse il raccoglitore. "Hanno cercato per un bel pezzo. Il niente più totale. Buio pesto."

"Non mi dire," disse Michelle, mettendosi una mano sul collo.

"Lo so. Brutta storia."

Michelle gettò uno sguardo verso il corridoio. "Posso vederlo?" chiese.

Sasha increspò la fronte. "Uhm, certo. C'è una ragione particolare?"

Michelle le mostrò l'Atlantis. "Sull'ambulanza continuava a chiedere di questo. L'ho trovato poco fa dentro a una delle unità di soccorso."

Il volto di Sasha s'illuminò con un sorriso. "Carino da parte tua. Lo trovi nella stanza ventidue. È da solo, per ora."

"Grazie."

Michelle superò la postazione delle infermiere e camminò per una sezione dell'ospedale che conosceva come le sue tasche. Entrò nella stanza ventidue e si guardò intorno. C'erano tre letti all'interno. Due erano vuoti, con le lenzuola rifatte. Wei era disteso sul letto più vicino alla finestra, dalla parte opposta dell'entrata. Aveva gli occhi chiusi, e il suo petto si alzava e si abbassava a intervalli regolari.

Michelle avanzò lentamente, cercando di non svegliarlo. Quando fu al suo capezzale, notò che aveva il braccio destro ingessato e un paio di cerotti sul volto e sul collo. A parte quelli, sembrava che stesse bene. Se pensava allo stato in cui aveva trovato la macchina, era un miracolo che fosse ancora vivo.

Posò il modellino dello Space Shuttle sul comodino a fianco del letto. Aveva cercato di riparare l'ala rotta con dello scotch, ma il risultato era stato piuttosto deprimente.

Michelle si passò una mano tra i capelli ricci. Era abituata a vedere situazioni estreme, faceva parte della sua routine quotidiana, ma non importava quante volte avesse visto una tragedia: non ci facevi mai il callo. Sette anni non era un buon momento per perdere i genitori. La vita di quel bambino non sarebbe mai più stata la stessa.

"Buona fortuna," sussurrò Michelle. Si girò e si diresse verso l'uscita.

"Mi ricordo di te."

Quando Michelle si girò, trovò gli occhi di Wei a fissarla.

"Ehi," lo salutò lei. "Credevo stessi dormendo."

"Tu sei la signora dell'ambulanza." Wei strinse gli occhi. "Ti chiami Michelle."

"Esatto." Michelle ritornò sui suoi passi e quando fu di nuovo di fianco al bambino, gli sorrise. "Ti ho portato il tuo giocattolo. L'hai perso quando ti abbiamo trasportato qui."

"Non è un giocattolo," disse Wei. "È una navetta spaziale orbitante riutilizzabile, progettata per andare in orbita attorno alla Terra."

Michelle lo fissò senza battere ciglio. "Di sicuro suona meglio quando la descrivi così."

Il bambino si sporse per prendere l'Atlantis, ma si fermò bruscamente. Gli scappò un gemito di dolore.

"Aspetta, ti aiuto." Michelle prese il modellino e glielo mise in mano.

"È rotto," notò Wei. Era una constatazione di fatto. Non sembrava triste.

"Mi dispiace. Dev'essersi spezzato l'ala quando è caduto a terra."

"O nell'incidente," disse Wei.

"O nell'incidente," gli fece eco Michelle.

Il bambino distolse lo sguardo dall'Atlantis e guardò fuori dalla finestra. "Sono morti, lo sai?" Il silenzio venne infranto dal suono di una sirena in lontananza. "I miei genitori."

Michelle annuì sommessamente. Lanciò uno sguardo verso il corridoio, poi prese una sedia e la mise accanto al letto.

"Ti dispiace se mi siedo un pò qui con te?"

"Fai pure. Mi piace il tuo odore."

"Ti piace il mio odore?"

"Sì. Odori di terra bagnata."

Michelle alzò un sopracciglio mentre si sedeva. Lasciò passare qualche secondo, cercando delle parole rassicuranti da dire al bambino. Non ne trovò nessuna.

"Sai, non parlo con gli altri." Wei indicò il corridoio. "Mamma mi ha detto che non si parla con gli sconosciuti."

"Però stai parlando con me."

"Tu sei diversa. Hai luce verde."

"Luce verde?" ripeté Michelle, confusa.

"Conosco il tuo nome," le spiegò Wei. "E mi hai riportato l'Atlantis. Hai luce verde."

Michelle guardò il modellino dello Space Shuttle con l'ala rotta, e improvvisamente si sentì colpevole. Non sapeva esattamente per che cosa. Forse perché avrebbe dovuto rimettere a posto il modellino prima di darglielo, o magari perché avrebbe potuto presentarsi con uno nuovo.

Era un pensiero ridicolo, considerando che la madre e il padre di quel bambino erano appena morti, ma era l'unica cosa a cui riusciva a pensare.

"Mi dispiace per i tuoi genitori," disse Michelle, poggiando le mani sulle ginocchia.

"Perché?" chiese Wei, come se trovasse il suo dispiacere qualcosa di strano e inspiegabile. "Non li conoscevi neppure."

Michelle aprì la bocca, e la richiuse subito dopo. "Lo so."

Il bambino aveva lo sguardo fisso davanti a sé. "È quello che mi ha detto anche l'uomo con la cravatta," disse. "Ha detto che gli dispiaceva. E anche il prete, e un paio di dottori. Erano tutti dispiaciuti." Wei guardò l'ala spezzata dell'Atlantis. "Mamma dice che dispiacersi non farà tornare il latte versato nella bottiglia."

Michelle fissò il bambino. Non era la riposta che si era aspettata.

Immaginò che fosse ancora sotto shock.

Lei sapeva per esperienza che quando si trattava di dare una brutta notizia, come la morte dei genitori, i bambini dovevano essere trattati come gli adulti. La notizia andava riferita senza giri di parole, e ogni bambino assorbiva il colpo in modo diverso. La maggior parte ignoravano per un po' la realtà dei fatti. Chiedevano di avere un biscotto, o di poter guardare la televisione. Altri, se afferravano la gravità di quello che era successo, piangevano o si chiudevano in sé stessi.

Ma a giudicare da come la stava prendendo Wei, il bambino non sembrava far parte della maggioranza.

"Anche i miei genitori sono morti in un incidente d'auto," disse Michelle. "Avevo più o meno la tua età."

Nel momento in cui finì la frase, non aveva idea del motivo per cui l'avesse pronunciata, ma le sembrò la cosa migliore che potesse dire. Forse era quello il motivo per cui si trovava lì. Non per restituirgli il giocattolo, ma perché sapeva come si sentiva quel bambino.

"Eri dispiaciuta?"

"No," disse Michelle. "Ero arrabbiata. Molto arrabbiata. E avevo paura." Alzò lo sguardò e incontrò gli occhi di Wei. "È normale avere paura."

"Papà dice che la paura è una bussola. Segna la direzione che dobbiamo seguire per migliorarci."

"Già." Michelle si sfregò le mani sulle gambe. "Tuo padre non aveva torto."

Wei posò l'Atlantis sul letto. "Una signora mi verrà a prendere tra qualche giorno," disse, come se stesse facendo un'osservazione sul tempo. "Si chiama Gloria Powell. Ha altri bambini nel suo istituto..." Wei lasciò la frase in sospeso per qualche secondo, poi aggiunse, "Bambini senza genitori."

"Sono sicura che si prenderà cura di te."

"Non serve. So come prendermi cura di me stesso."

"Sì? Bene, allora. Avrà meno lavoro da fare. Senti, voglio darti qualcosa." Michelle pescò dal suo portafoglio un biglietto da visita e lo diede a Wei. "Questo è il mio numero. Se hai bisogno di qualsiasi cosa, chiamami."

"Okay." Wei prese il biglietto e lo studiò per un momento, quindi riprese in mano l'Atlantis. Lo guardò con un'espressione strana, come se fosse combattuto su qualcosa.

"Se vuoi, posso comprartene uno nuovo," gli disse Michelle, interpretando la sua espressione come tristezza.

"No," disse Wei. "Credo che si sia rotto per una ragione."

"Che vuoi dire?"

"L'Atlantis non volerà mai più," disse Wei. "Il programma spaziale continuerà senza utilizzarlo. Rappresenta il passato. Se vogliamo ritornare lì su, ci servirà qualcos'altro."

"Wei, di cosa stai parlando?"

"Dello spazio," disse il bambino, come se fosse seccato che Michelle non riuscisse a seguirlo. "Per tornarci ci servirà un modo migliore. Sì, un modo migliore."

"Wei?"

"Che c'è?"

"L'Atlantis," disse Michelle. "Se continui a stringerlo in quel modo lo farai..."

L'altra ala del modellino si spezzò con un suono acuto. Wei guardò lo Space Shuttle come se si fosse reso conto solo in quel momento che lo aveva tenuto in mano per tutto il tempo.

"Ti sei fatto male? Fammi vedere."

"No," disse Wei. "Sto bene." Gettò il modellino nel cestino.

Michelle lo fissò senza dire nulla, ma c'era qualcosa nel suo sguardo che non riusciva a decifrare. Una sorta di tacita risoluzione che sembrava stonare sul suo volto da bambino.

Wei stava guardando il modellino con gli occhi ridotti a fessure. Sembrava quasi che stesse cercando di risolvere un puzzle.

4

ANURADHA

2013

IL BAGLIORE SOFFUSO del portatile illuminava tenuemente la stanza altrimenti avvolta nella semioscurità. La signorina Gloria Powell si sistemò meglio sulla sedia mentre finiva di compilare un modulo che le era stato portato poco prima.

Dopo qualche minuto sbuffò e si lasciò sprofondare nello schienale. Allontanò con aria disgustata una pila di fogli dall'aria minacciosa che aveva conquistato metà della scrivania.

Senza davvero volerlo, lasciò che la mano si muovesse automaticamente verso la tazza alla sua destra.

"Cristo Santo!" imprecò dopo aver sputato il caffè bollente. Il getto centrò in pieno la tastiera. Cercò per qualche istante un fazzoletto per fermare l'avanzata del liquido marrone ma non ne trovò nessuno. Dopo aver esplorato invano le sue tasche e i cassetti, decise che uno dei fogli lì attorno avrebbe fatto al caso suo.

Quando ebbe finito di asciugare l'ultimo pulsante, gettò nella spazzatura il foglio sporco. Fece per andare in bagno, quando la sveglia che aveva impostato qualche ora prima cominciò a vibrare.

"È già ora?" chiese la donna, come se si aspettasse una risposta dalla stanza vuota. Si passò una mano tra i capelli crespi, recuperò la sveglia a forma di hamburger dall'oceano di carta e la spense.

Mosse il mouse, fece scomparire lo screensaver e digitò la password.

Dopo pochi istanti un'icona sul suo desktop prese a pulsare. La Powell controllò l'ora anche sul suo portatile. Scosse la testa, imprecò silenziosamente per poi cliccare senza altri indugi il tasto sinistro.

Sullo schermo apparve il volto di una signora con enormi occhi grigi e un grosso naso aquilino. Aveva lunghi capelli color pece legati in una treccia ben curata che si perdeva oltre i confini dello schermo. La pelle era ruvida, porosa e color nocciola, come se avesse lavorato per anni sotto il sole cocente di mezzogiorno.

"Signorina Powell, mi sente?" chiese la donna appena apparsa sullo schermo, mentre spostava la treccia.

"S-sì, la sento," confermò la Powell mentre si schiariva la voce.

"Sono la dottoressa Anuradha Galacta, del Jet Propulsion Laboratory," continuò la donna. "Grazie per avermi concesso un po' del suo tempo."

"Nessun problema," disse la Powell dopo essersi sistemata meglio sulla sedia. "Ho letto la sua e-mail ieri sera. Devo dire che mi coglie un po' impreparata, dottoressa. Dopo aver visto il suo profilo, non mi aspettavo mi chiamasse di persona. Voglio dire, mi aspettavo la sua segretaria o... non so, l'equivalente che avete lì alla NASA."

"Una segretaria?" ripeté sorridendo Anuradha, "devo ricordarmi questa cosa la prossima volta che vedo uno dei ragazzi del reparto bilancio." Fece una pausa, quindi scosse la testa. "Oppure no? Quella gente ha davvero poco senso dell'umorismo." Un'altra pausa, quindi aggiunse, guardando la scrivania della sua interlocutrice, "Da quello che vedo, comunque, mi sembra che lei ne abbia un bisogno più urgente del mio."

"Sono d'accordo," annuì la Powell mentre spostava maldestramente una pila di fogli.

"Allora," continuò, una volta guadagnato abbastanza spazio da appoggiare i gomiti sulla scrivania, "a cosa dobbiamo l'onore? Nell'e-mail accennava alle lettere che le hanno mandato i miei ragazzi, se non sbaglio."

"Sì," confermò Anuradha mentre giocherellava con una matita, passandosela distrattamente tra un dito e l'altro.

La Powell si grattò una guancia mentre fissava con aria assente il monitor. "Lo sa, dottoressa," disse, "mi ricordo che quando avevo dieci anni vi mandai una lettera con le mie idee su come colonizzare Venere. Se non ricordo male, suggerivo di scendere sulla superficie del pianeta con un enorme ombrellone fatto di diamanti per proteggerci dalle piogge acide."

"Mi sembra un inizio promettente," disse Anuradha, annuendo vivacemente. "Il suo suggerimento è stato annotato. Se presenta soluzioni simili per superare la mancanza di ossigeno, la pressione atmosferica e la temperatura infernale non vedo ragioni per cui non possa mandarci il suo curriculum. Abbiamo sempre bisogno di punti di vista originali alla NASA."

La Powell rise di gusto mentre si sbarazzava di un'altra pila di fogli, facendola sparire in un cassetto.

"Sì, così dicono," rispose. "Non ho mai saputo chi sia stato, ma qualche giorno dopo aver spedito la lettera mi arrivò un enorme libro illustrato con i pianeti del Sistema Solare. Penso che sia ancora nascosto da qualche parte in soffitta. Quel libro fece letteralmente esplodere la mia testolina. Non credo di avervi mai scritto per ringraziarvi."

"Non c'è di che. Immagino sia questo il motivo per cui spinge i suoi ragazzi a mandarci le loro idee. Voglio dire, il motivo delle vostre lettere."

"Esattamente, dottoressa, e qualcuno dei suoi colleghi ci spedisce sempre qualcosa: adesivi, carte stellari, pamphlets, riviste, questo genere di cose, insomma. Fa piacere avere quel tipo di attenzioni, specialmente in un posto come questo, non so se ci capiamo." La Powell roteò gli occhi e indicò intorno a sé, come se quel gesto spiegasse quello che volesse dire meglio di qualsiasi parola. Poi continuò a parlare, unendo le mani. "Però questa è la prima volta che ci capita una videochiamata da una superlaureata del MIT."

Anuradha si massaggiò distrattamente il mento. "Per la verità questa chiamata è il risultato di una svista," confessò, passandosi la matita tra l'indice e il mignolo con crescente velocità. "Vede, il pacco con le vostre lettere è arrivato per caso sulla mia scrivania. Immagini il mio stupore quando aprendolo ho scoperto che si trattava di una dozzina di proposte più o meno coraggiose su come viaggiare tra le stelle."

"Dice sul serio? Per caso?" chiese la Powell alzando le sopracciglia. Poi sorrise, "Può anche darsi che al JPL qualcuno abbia creduto davvero che aveste bisogno di nuove prospettive, di 'punti di vista originali', come diceva poco fa. Non crede?"

"Può anche darsi, sì..." la dottoressa lasciò la frase in sospeso mentre tamburellava le dita sul tavolo. Aprì e chiuse la bocca per un paio di volte. Ci fu un lungo momento di silenzio.

Finalmente, come se avesse avuto un'improvvisa rivelazione, guardò l'altra donna negli occhi.

"A dire il vero, la mia chiamata è dovuta proprio a una delle lettere dei suoi ragazzi. Spero... spero davvero che possa aiutarmi, signorina Powell. Questa cosa mi sta dando il mal di testa da giorni."

"Sta sempre parlando delle lettere dei ragazzi?"

"Assolutamente."

"Beh, non capisco quale sia il problema, ma se posso essere di aiuto..."

"Grazie," s'inserì Anuradha, facendosi improvvisamente seria. "Dunque, mi è sembrato di capire che il vostro istituto spedisca le lettere dei ragazzi senza la supervisione di un adulto. Voglio dire, nessuno del vostro personale solitamente mette le proprie idee in una delle lettere."

"Dottoressa, il mio 'personale' è composto da me e dalle mie sorelle. Le assicuro che noi non siamo incluse nella lista mittenti, in nessun senso."

"Nessun altro corregge o rivede i lavori?"

"Beh, no. La lettera è un compito che svolgono in classe in un paio d'ore. Quando hanno finito, chi vuole mette semplicemente la sua in una busta e spediamo il tutto a voi ragazzi della NASA."

"Capisco," annuì Anuradha, facendosi improvvisamente cogita-

bonda. "Allora questa conversazione si è appena fatta molto più interessante."

"Che cosa intende dire?"

"Vede, la maggior parte delle lettere che ci avete spedito sono
assolutamente innocue. Contengono disegni di veicoli spaziali a
forma di banana mossi da flatulenze, altre ritraggono astronauti che
cavalcano comete, le più audaci tra queste suggeriscono di colpire
un'astronave con una gigantesca mazza da baseball per farle superare
la velocità della luce. Tutte proposte che uno si aspetta di sentire da
preadolescenti, niente di strano in questo. Eppure... eppure una di
loro proprio non riesco a spiegarmela."

"Di quale lettera si tratta?"

Anuradha prese un foglio lì vicino e lesse: "È firmata con il nome
'Wei.'"

"Wei?" ripeté assorta la Powell. "Oh, sì. Wei Wang. È arrivato
poche settimane fa qui all'istituto. Qual è il problema con la sua
lettera?"

"Mi permetta una domanda, prima," disse Anuradha, alzando
una mano. "I ragazzi dovevano mandare le loro proposte su come
viaggiare tra le stelle, giusto?"

"Beh... questo era il senso."

"Ebbene, questo Wei mi ha mandato dieci motivi per cui non
possiamo farlo."

La signorina Powell guardò l'altra donna, interdetta. Per qualche
istante, ragionò su quello che aveva sentito, quindi disse, "Mi faccia
capire. Mi ha chiamato perché un bambino di otto anni è andato
fuori tema?"

Galacta scosse la testa. "Certo che no. Quello che... ha detto *otto*
anni?"

"Sì, otto anni."

"Credevo il vostro istituto si occupasse solo di ragazzi dai dieci
anni in su."

"È esatto, ma di tanto in tanto ci viene affidato anche qualcuno
più giovane, specialmente se è solo per poche settimane. Casi
speciali."

"Capisco," sussurrò pensierosa la dottoressa mentre continuava a far passare agilmente la sua matita da un dito all'altro.

"Io invece no," ribatté la Powell, incrociando le braccia e squadrando Anuradha. "Non capisco ancora..."

"È possibile vedere Wei?" la interruppe la dottoressa.

"Vedere Wei?" ripeté la Powell. "In che senso?"

"È possibile organizzare un incontro con il bambino? Domani, magari?"

"Io... no, temo non sia possibile. Wei lascerà l'istituto domani mattina con l'assistente sociale. Ma perché lei vorrebbe..."

"Mi scusi, sa dove verrà trasferito?"

"Beh... a dire il vero... sì, certo che lo so. " S'interruppe. Il tono della Powell era teso e irritato. Non le piaceva affatto il fare aggressivo di Anuradha. "La procedura in questi casi è chiara," continuò, dopo essersi schiarita la voce. "Il bambino sarà trasferito in un istituto attrezzato per soddisfare le sue speciali esigenze."

"Quali speciali esigenze?"

"Dottoressa, con tutto il dovuto rispetto credo di essere già andata ben oltre il buon senso con lei. Mi scusi ma stiamo trattando informazioni confidenziali qui."

Anuradha unì le mani e fissò il volto contrariato della Powell.

"Le chiedo scusa, mi sono lasciata un po' trasportare."

"Fa niente, mi dica piuttosto per quale motivo tanto interesse per questa benedetta lettera."

"Glielo mostro il motivo. Apra il file che le ho appena inviato. È la lettera di Wei."

La Powell fece come le era stato detto e iniziò a leggere. Ci furono circa trenta secondi di assoluto silenzio, alla fine disse semplicemente, "Non capisco."

"Benvenuta nel club," disse Anuradha.

Passò un altro minuto. La dottoressa rimase in silenzio, lasciando che l'altra leggesse il documento.

Quando la Powell riemerse dalla lettura, la sua espressione era a metà tra lo stupito e il contrariato.

"Allora, cosa ne pensa?" chiese Anuradha.

"Penso che l'ortografia del piccolo faccia acqua da tutte le parti."

Anuradha strabuzzò gli occhi. "Tutto qui? Cosa mi dice del contenuto, del *senso* della lettera?"

"Dico che i ragazzini di oggi possono dare una dimensione del tutto nuova al termine plagio. Non le sembra ovvio? Ha chiaramente copiato frasi qua e là e ha cercato di dargli un senso."

La dottoressa scosse la testa. "No, è escluso," disse. "Questo è un lavoro originale, con un'introduzione, uno svolgimento e una conclusione che si reggono a vicenda. Nonostante l'estetica del testo, chiunque lo abbia scritto dimostra una conoscenza notevole degli argomenti trattati e una capacità di analisi a dir poco stupefacente."

"Vuole scherzare?" la Powell rise, incredula. "Sta forse dicendo che il bambino sa effettivamente di che cosa sta parlando? Non le sembra di esagerare? Qui leggo termini come 'atrofia muscolare', 'microgravità', 'propulsore ionico' e 'fissione nucleare', se ne rende conto? A otto anni i bambini hanno difficoltà a capire il concetto di mongolfiera!"

"Mi dica lei cosa pensare, allora."

"Non lo so! Magari è stato aiutato da uno dei ragazzi più grandi."

"Qualcuno di loro ha seguito corsi di astrofisica o ingegneria nucleare di recente?"

La Powell sbuffò. "E pensavo fossi io quella spiritosa."

"Comincia a capire il mio dilemma? Mi trovo in mano un saggio di sei pagine ripieno di nozioni specialistiche, temi chiaramente estranei all'adulto medio, con la firma di un bambino di otto anni. Lei cosa farebbe?"

La Powell scosse la testa. "Guardi, mi rendo conto della situazione, ma il bambino semplicemente non può aver scritto questa roba. Ascolti, se serve a tranquillizzarla posso dirle che ho più volte cercato di parlare con lui nei giorni scorsi, ma da quando è arrivato, non ha spiccicato parola. Se ne sta solo, in disparte, cerca luoghi silenziosi, bui e isolati. Non fraternizza con nessuno e... beh, abbiamo avuto un paio d'incidenti con lui nei giorni scorsi che hanno coinvolto altri ragazzi..."

La signorina Powell chiuse gli occhi e si massaggiò le tempie.

Mosse la mano, come per scacciare un pensiero sgradevole, quindi riprese, "Inoltre... se proprio devo dirla tutta, non mi è sembrato particolarmente sveglio."

"Ma non capisce che questo rende la cosa più interessante? Pensi se *davvero* Wei avesse scritto quella lettera."

La Powell rimase in silenzio per qualche secondo mentre controllava nuovamente il file inviatole da Anuradha, quindi annuì tacitamente. "Beh, se non altro ho capito perché è tanto interessata a vedere il bambino," disse. "C'è evidentemente qualcosa di strano in tutta questa faccenda. Se fossi al suo posto, anch'io vorrei una risposta. Una risposta soddisfacente."

Anuradha percepì l'esitazione nella voce della donna. Smise di giocherellare con la matita e si avvicinò allo schermo.

"Senta, so che non sono nella posizione di fare una richiesta simile, so che lei ha le sue regole da osservare e mi rendo conto che sto agendo mossa esclusivamente dalla curiosità ma...la prego, cerchi di guardare il quadro completo, cerchi di fare la cosa giusta. Signorina Powell... Gloria... ho davvero solo bisogno di incontrare Wei per..."

"Mi dispiace, non posso," disse la Powell mentre si alzava dalla sedia con una strana espressione sul volto. La dottoressa si morse le labbra, incerta su cosa dire.

"Non posso infrangere le regole dell'istituto," continuò la Powell mentre afferrava la tazza di caffè ormai freddo e si avviava lentamente verso l'uscita della stanza. Anuradha fece per dire qualcosa ma l'altra la interruppe all'improvviso.

"Quello che *posso* fare è prendere dell'altro caffè dalla cucina di sotto e lasciare la porta aperta per far passare un po' d'aria. Continueremo questa conversazione fra dieci minuti esatti." La guardò soltanto e le fece l'occhiolino.

"A dopo, dottoressa."

∾

ANURADHA RIMASE A FISSARE la porta della stanza per diversi secondi, la bocca aperta e lo sguardo incerto. Quando si riscosse dalla sorpresa, non fu capace di trattenere un largo sorriso.

"Incredibile," mormorò, mentre riprendeva a giocherellare con la matita.

Passò un minuto che a lei parve lungo un'eternità, poi sentì un rumore di passi che si avvicinavano in maniera esitante, seguiti dal silenzio più totale.

Una figura apparve sulla soglia, impossibile da identificare a causa della scarsa luce della stanza.

"Entra pure," disse la dottoressa, agitando una mano. Il suo cuore batteva all'impazzata.

La figura varcò la soglia facendo un piccolo salto, come se avesse voluto evitare un ostacolo sul pavimento. Anuradha si sporse in avanti, andando vicina a toccare il monitor con il naso, quindi esibì un largo sorriso.

"Ciao. Sei tu Wei?"

Il bambino annuì nell'oscurità.

"Piacere di conoscerti. Io sono Anu." La donna salutò il bambino. "Che ne dici di sederti di fronte a me e parlare un po' insieme?"

Wei non rispose ma si avvicinò cautamente al portatile che gli proponeva il viso sorridente di Anuradha. Fissò per qualche secondo la donna con i suoi piccoli occhi a mandorla, quindi inclinò la testa fin quasi ad appoggiarla su una spalla.

"Sono un'amica della signorina Powell," continuò lei, scandendo ogni parola. "Ho letto la tua lettera, quella che hai mandato al JPL qualche giorno fa e volevo farti..."

Il bambino distolse lo sguardo dal monitor e fissò con curiosità i fogli che assediavano la scrivania. Ne raccolse un paio e cominciò a leggerli, apparentemente non più interessato al portatile parlante.

"Wei? Mi senti?"

Il bambino posò i fogli, si guardò intorno, prese la sveglia a forma di hamburger dal tavolo e se la mise in tasca. La dottoressa fece per parlare ma il bambino aveva notato qualcosa dall'altra parte della stanza.

"Wei, dove stai andando? Wei?"

Il bambino uscì dalla visuale della dottoressa, incurante dei richiami di quest'ultima. La donna cercò di sporgersi per seguire i suoi movimenti. Non ebbe successo. Wei era scomparso.

Per qualche secondo sentì rumori ignoti provenire da un angolo della stanza. Qualcosa cadde per terra, provocando un tonfo sordo.

"Wei!" chiamò Anuradha, insicura sul da farsi. Il bambino, dal canto suo, continuava a rovistare tra le cose della Powell, sordo alla voce sempre più disperata che continuava a chiamarlo.

Senza alcun preavviso il cellulare della donna prese vita, intonando con vivacità le note de *La donna è mobile*. Anuradha sobbalzò sulla sedia, presa alla sprovvista, e cominciò a guardare a destra e a sinistra per cercare la fonte del suono. Quando finalmente trovò il cellulare, lo spense con aria infastidita e tornò a dedicare la sua attenzione allo schermo del portatile. Con suo profondo stupore, Wei le stava restituendo lo sguardo. Il bambino inclinò la testa e fissò la donna come se la vedesse davvero per la prima volta, quindi si sedette sulla sedia e cominciò a digitare sulla tastiera.

Anuradha lesse il messaggio, ma le ci vollero parecchi secondi per metabolizzarlo. In una piccola finestra era apparsa la frase, "*Mi piace Verdi*."

La donna ripeté le tre parole fra sé e sé. Alla fine fu in grado di collegare il senso del testo con la suoneria del suo cellulare. "Ti piace Verdi?" chiese, esitante. Il bambino annuì vivacemente.

Anuradha lesse ancora una volta la frase e una luce si accese nella sua testa.

I suoi pensieri furono interrotti improvvisamente da un altro messaggio mandato dal bambino. "*Ti piace lui?*"

Dal suo portatile irruppe una musica potente, poderosa, completamente inaspettata. Senza neanche riflettere, Anuradha sussurrò, incredula, "Richard Wagner?"

Il bambino batté le mani, compiaciuto. "*Tocca a te.*"

Anuradha non aveva parole. Volente o nolente si trovava nel bel mezzo di una competizione musicale contro un bambino di otto anni. Questo bastò a convincerla finalmente che Wei andasse trattato come quello che aveva dimostrato di essere fino a quel momento: un caso speciale con le fattezze di un bambino di otto anni.

"Facciamo così," disse Anuradha, incrociando le braccia, "se non riesci a indovinare la prossima melodia io vinco e tu rispondi a tutte le mie domande, d'accordo?"

Il bambino si tappò entrambe le orecchie con le dita, chiuse la bocca e gli occhi e rimase immobile per qualche istante. Un sorriso furbetto comparve sul suo volto, quindi digitò sulla tastiera, "*OK.*"

Galacta armeggiò per qualche istante con il mouse e la tastiera.

Alla fine trovò quello che stava cercando.

Wei attese trepidante, come se qualcuno gli stesse servendo un'enorme fetta di torta al cioccolato.

Suadenti e poetiche note inondarono la stanza come un magma lento e ordinato, fatto di suoni caldi e freddi che s'intrecciavano a vicenda. Il bambino rimase catturato dalla melodia unica, priva di logica, di matematica. Anuradha immaginò che quella musica fosse estranea a qualsiasi cosa avesse mai sentito. Erano passati due minuti e mezzo quando la melodia pronunciò la sua ultima nota.

Wei si asciugò gli occhi con una manica. "Hai vinto tu. Chi è?" scrisse.

"Ennio Morricone, un compositore italiano. La melodia fa parte della colonna sonora del mio film preferito: *La Leggenda del Pianista sull'Oceano.*"

Il bambino annuì, incredibilmente serio, come se stesse imparando una nozione fondamentale. Si sistemò meglio sulla sedia e attese. Anuradha sapeva che finalmente era giunto il suo turno.

"Lo sai, hai interessi davvero particolari per un bambino della tua età. La musica sembra essere solo uno dei tanti. Immagino che da qualche parte ci sia anche posto per l'astronomia, non è vero?"

Wei si ficcò un dito nella guancia, quindi annuì.

"Sei stato tu a scrivere quella lettera?" Anuradha si accorse che la mano non impegnata con la matita stava tremando.

Il bambino annuì nuovamente, senza esitazione.

"Se è davvero così, sono davvero curiosa di sapere per quale motivo credi che non possiamo viaggiare tra le stelle."

Wei inclinò la testa da un lato, quindi digitò lentamente sulla tastiera, "*Possiamo, però non lo vogliamo.*"

"Non capisco," disse la dottoressa, genuinamente stupita. "Perché non dovremmo volerlo? Io lavoro con migliaia di persone che dedicano la loro vita a questo scopo. Questo dovresti saperlo. Tutti lo sanno."

Il bambino guardò dritto negli occhi la dottoressa Anuradha. Dopo qualche istante, posò le dita sulla tastiera e iniziò a scrivere.

La donna seguì rapita le parole che si formavano velocemente, una dietro l'altra, e senza accorgersene iniziò a trattenere il fiato. Quando ebbe finito di leggere la risposta, la matita le cadde dalle mani. Non si preoccupò di chinarsi a raccoglierla.

"Bene, bene, bene! Guarda chi abbiamo qui!"

Anuradha si riscosse dalla sua trance mentre vedeva la Powell entrare come un fulmine nella stanza, indicando con entrambe le mani il piccolo Wei.

"Tu non dovresti essere qui, monellaccio! Andiamo, si torna di sotto."

La dottoressa guardò la Powell cercare di prendere il bambino. Wei si allontanò, urlando.

"Va bene, va bene," disse la Powell, alzando le mani. "Allora da solo."

Wei si avviò verso l'uscita, in silenzio. La Powell sospirò e lo seguì da vicino.

Quando Anuradha la vide tornare e chiudere la porta, la matita era ancora sul pavimento.

"Allora, cosa mi dice? C'è riuscita? È riuscita a farlo parlare? Già questo sarebbe un miracolo."

"Non una parola," rispose assente la dottoressa mentre fissava la risposta scritta da Wei.

La signorina Powell incrociò le braccia e scosse la testa. "Andiamo, non se la prenda così," disse. "Era prevedibile. Le ho detto che il bambino ha chiaramente dei problemi. Quindi immagino che la questione della lettera sia stata risolta."

"Immagino di sì," sussurrò Anuradha, sovrappensiero.

"Bene, quindi non può averla scritta lui, giusto?"

"Al contrario," rispose la dottoressa. "Ora sono certa che sia stato lui a scriverla."

La Powell strabuzzò gli occhi, colta alla sprovvista.

"Che cosa? E come ha fatto a capirlo? Mi scusi, non ha appena detto che non ha spiccicato una parola?"

"Il bambino non sembra molto incline a parlare, questo è vero, ma sono riuscita comunque a stabilire un contatto. Non c'è alcun dubbio che sia particolare, ma lui ha bisogno di attenzioni del tutto diverse da quelle che pensa lei. Wei è estremamente perspicace e incredibilmente erudito. Non ho mai visto nulla del genere."

La Powell alzò le braccia al cielo. "E va bene, va bene. Diciamo che abbia ragione, che ha stabilito un contatto. Che cosa sta dicendo? Che il bambino è bravo a fare le equazioni?"

Anuradha si chinò e raccolse la matita da terra, cominciando di nuovo a passarsela da un dito all'altro.

"No, sto solo dicendo che con tutta probabilità nel suo istituto si trova l'Einstein del ventunesimo secolo."

5

EVANGELINE

2015

WEI SORSEGGIÒ LA cioccolata calda mentre faceva volare le dita sul suo tablet.

Quando ebbe finito di bere, prese dallo zaino una penna, una torcia e una manciata di fogli bianchi. Nonostante il locale fosse ben illuminato, Wei accese la torcia, la puntò su uno dei fogli e iniziò a scrivere con il fascio di luce che seguiva ogni parola che usciva dalla penna.

Dopo circa mezz'ora posò la penna e la torcia. Rovistò ancora una volta nello zaino emergendone con un berretto color vaniglia che indossò, guardandosi attorno, circospetto.

Intorno a lui i pochi clienti che popolavano il locale erano impegnati in conversazioni più o meno irrilevanti sul tempo, il governo e tutto ciò che proponeva la TV piatta che dominava il bancone del bar.

Proprio in quel momento stava andando in onda un servizio che attirò l'attenzione di Wei. Il bambino posò il tablet, mise da parte i fogli e incrociò le braccia, la testa adagiata su una spalla e i piccoli occhi a mandorla semichiusi.

"Creata con lo scopo di sensibilizzare il pubblico sul dannoso impatto che l'esplorazione spaziale ha avuto sulla civiltà umana, la

LAND è un'agguerrita organizzazione composta da politici, giornalisti, scienziati e semplici volontari sparsi per tutto il territorio."

L'attenzione di Wei fu catturata dal simbolo dell'organizzazione di cui stava parlando la giornalista: un uomo e una donna in ginocchio ai lati di una sfera che racchiudeva i simboli dei quattro elementi. Il bambino trasse verso di sé un foglio e iniziò a scrivere qualcosa mentre continuava a seguire il servizio televisivo.

"Quando Spine Woodside fondò la LAND nel distretto finanziario di Pasadena, sentiva che era chiamato a compiere una missione. Nato a Dallas, Texas, nel novembre del 1979, Woodside ha dedicato gran parte della sua adolescenza al volontariato e all'assistenza di anziani e persone disabili. Una volta conseguito un major in Relazioni Pubbliche e un Dottorato in Strategie Avanzate della Comunicazione, decise di mettersi a disposizione di quelli che lui chiamava 'i dimenticati'. Venne così coinvolto in numerosi progetti sparsi per il mondo supportati dalla FARON, da Amnesty Confederation e dalla Luna Crociata. Dopo aver vissuto per diverso tempo nei cinque continenti, confrontando povertà e privazione nei popoli e nelle culture più diverse, Woodside cominciò a sviluppare l'idea che l'umanità si trovasse a un bivio, un momento nel quale avrebbe dovuto decidere cosa davvero era importante per la sua sopravvivenza e cosa doveva necessariamente essere abbandonato."

Sullo schermo apparve il volto solare di un bell'uomo con grandi occhi verdi, zigomi pronunciati, lineamenti armoniosi e capelli color cioccolata. Spine Woodside sembrava a suo agio sotto la cascata di riflettori che lo faceva splendere come il pezzo di punta di una collezione di gioielli.

"Signor Woodside, la sua organizzazione, che alcuni chiamano movimento, è cresciuta negli ultimi tempi," stava dicendo l'avvenente giornalista che gli sedeva di fronte, "e il suo messaggio sembra raccogliere sempre più sostenitori e simpatizzanti. D'altro canto si è anche fatto parecchi nemici e detrattori, molti dei quali considerano la LAND una sorta di anti-NASA. Queste stesse persone trovano il suo punto di vista limitato e fuorviante, quando non demagogico o semplicemente senza senso. L'astrofisico Neil MacDonald Tyron l'ha liquidata come un hippie rivestito, in uno dei suoi ultimi tweet. Che cosa ha da dire al riguardo?"

Spine Woodside incrociò le braccia ed esibì un sorriso condiscendente.

"Wendy, credo che il disprezzo che queste persone mostrano nei confronti della LAND sia un fatto confortante. Significa che il mio messaggio ha raggiunto le loro case, i loro familiari e che è entrato per sempre a far parte delle loro vite. La consapevolezza è il primo passo verso la risoluzione del problema. Il secondo passo è l'ammissione."

"Immagino che il problema cui si riferisce, nonché ragione principale per cui ha fondato la LAND, sia l'esplorazione spaziale."

"Ciò cui alludo," disse Woodside sorridendo a denti stretti verso l'obiettivo, "è un miraggio che ha ottenebrato i propositi di alcune delle nostre migliori menti e ha richiesto l'uso massiccio di miliardi di dollari, soldi che sarebbero potuti essere investiti per cose di cui abbiamo davvero bisogno."

"Come ad esempio?" lo incalzò la giornalista.

Woodside si leccò le labbra, inspirò profondamente e guardò la giornalista dritta negli occhi. "Che ne dice di case, trattori, pozzi d'acqua, ospedali, una scuola in Congo, un centro di ricerca per il cancro in California, un'autostrada in Bangladesh, un paio di jeans che non scoloriscono, un fermacapelli automatico, un rotolo di carta igienica più lungo, resistente e meno ingombrante?"

Woodside si mosse sulla sedia e guardò il soffitto con aria supplichevole. "Per Dio," continuò, allargando le braccia, "una qualsiasi di queste cose, piuttosto che dare un assegno in bianco a un imbecille con un camice e chiedergli di costruire una tuta da dodici milioni di dollari per un altro imbecille che si considererà realizzato quando assomiglierà a un enorme pupazzo di neve."

La giornalista annuì. "Quindi, secondo lei, se non fossimo andati sulla luna, avremmo potuto eliminare la fame nel mondo."

"Non è mai così semplice," replicò Woodside senza scomporsi di un millimetro. "I soldi investiti per le missioni Apollo non avrebbero potuto soddisfare le esigenze alimentari dello Zimbabwe, figurarsi quelle delle centinaia di milioni d'individui che ancora oggi mangiano un giorno sì e uno no per il resto della loro vita."

Woodside fece una lunga pausa. Distolse lo sguardo dalla giornalista e tornò a fissare l'obiettivo della telecamera, come se si stesse rivolgendo all'ultimo amico rimastogli sulla Terra.

"Eppure, provate a pensare all'energia, alla tenacia e alle risorse delle migliaia di persone che hanno fatto del programma Apollo un'impresa, per quanto inutile e costosa. Provate a reinvestire queste risorse nei problemi di tutti i giorni e sono sicuro che oggi avremmo molto più di un'inutile manciata di rocce lunari."

Wendy, la giornalista, si sistemò gli occhiali. "È possibile che per lei non ci sia nulla da salvare in quella che molti credono la più grande avventura dell'umanità, il nostro più grande successo?"

"Mia nonna amava ripetere che la carne caduta per terra non va gettata nella spazzatura, ma data al cane," disse Woodside, sorridendo in modo seducente. "Penso fosse il suo modo per dire che possiamo vedere del bene in tutte le cose. Mi faccia pensare. Lei prima ha citato la NASA. Bene, mi sento in dovere di ammettere che se fino ad ora non avessimo speso intorno ai seicento miliardi di dollari per finanziarla, vale a dire più o meno il PIL annuale dell'Arabia Saudita, sicuramente non avremmo il forno a microonde e gli omogeneizzati."

Chi stava seguendo l'intervista si lasciò sfuggire una serie di risate. Wei, dal canto suo, aveva un'espressione seria e cogitabonda. Mentre ascoltava la televisione, prese dallo zaino un oggetto che sembrava una grossa noce, se lo rigirò tra le mani per qualche secondo per poi rimetterlo a posto con una strana smorfia sul viso. Quando tornò a dedicare la sua attenzione allo schermo, notò con profondo disappunto che la sua visuale era ostruita.

"Vuoi un altro bicchiere di cioccolata calda, tesoro?"

La cameriera apparsa alla sua destra aveva dipinto sul volto il sorriso largo e ottuso che il pubblico di uno zoo riserva alle creature piccole, impacciate e indifese che suscitano valanghe di sospiri e applausi.

Wei sfiorò il suo tablet un paio di volte e mostrò lo schermo all'intrusa.

"*No,*" lesse la donna, aggrottando la fronte.

La cameriera scosse leggermente la testa, quindi poggiò sul tavolo la brocca di caffè che teneva in mano e si avvicinò un tantino a Wei, allargando ulteriormente il suo già abbondante sorriso.

"Sei sicuro? Guarda che il prossimo lo offre la casa."

Wei abbandonò gli inutili tentativi fatti per continuare a seguire il servizio e tornò a dedicare la sua attenzione al tablet, sfiorandolo di tanto in tanto.

"Sei tutto solo?" chiese improvvisamente la donna senza far caso al tentativo di Wei di ignorarla. Si guardò attorno, circospetta, con un'espressione preoccupata e incuriosita al contempo.

Wei non rispose e non alzò lo sguardo. Continuò semplicemente quello che stava facendo.

"Dov'è la tua mamma, tesoro?" In una mossa imprevista, la donna fece per sederglisi di fronte e fu in quel momento che guadagnò nuovamente l'attenzione del bambino.

Wei fu veloce come un lampo. Prima che l'intrusa potesse sedersi, si affrettò a ripresentare bruscamente il tablet sotto il suo naso.

"*È tre metri sotto terra,*" mormorò lei, impiegando qualche secondo prima di afferrare il senso della frase.

La donna rimase per un momento in una strana posizione, con il sedere che puntava sul sedile e le ginocchia piegate ma la schiena ancora dritta, apparentemente incapace di decidersi sul da farsi.

Wei la stava fissando come se fosse lo scarafaggio più grosso del mondo. Scosse la testa e le indicò il prossimo tavolo.

Dopo dieci secondi di completo silenzio, la cameriera afferrò finalmente la brocca con il caffè, mettendosi nuovamente in piedi, l'espressione ebete di qualcuno che cerca un modo per congedarsi velocemente.

Wei fu felice di venirle incontro. Estrasse dalla tasca dieci dollari e li inserì nel grembiule della donna, la quale osservò senza fiatare.

Alla fine le diede una pacca sul fondoschiena che la fece squittire di sorpresa.

"*Tieni il resto, tesoro,*" lesse la cameriera. Si guardò attorno, imbarazzata e confusa, quindi si allontanò velocemente dal tavolo.

Wei notò con profondo disappunto che l'intervista era finita. Lo schermo stava ora trasmettendo quello che sembrava un cantiere senza fine, con dozzine di gru che affollavano l'orizzonte e un esercito di operai protetti da elmetti verde smeraldo.

"... E il governo coreano ha deciso qualche giorno fa di accelerare l'intero progetto, in una mossa che ha fatto alzare più di un sopracciglio. Abbiamo parlato con diversi ingegneri, architetti, operai e tecnici coinvolti e la maggior parte di loro sembrano sicuri che Saemangeum City sarà in grado di ospitare la sua prima famiglia molto prima di..."

Tutto d'un tratto la porta del locale fu aperta rumorosamente. Una ragazza slanciata, dai lunghi capelli color fieno, comparve ansimando sull'uscio. Tutti i presenti si girarono a fissarla. La nuova venuta si guardò intorno con aria urgente, puntò un tizio seduto a un tavolo vicino e si diresse a grandi passi verso di lui.

Wei, distratto dal brusio, la vide gesticolare in maniera concitata con alcuni clienti, ma nessuno di loro sembrava interessato a quello che stava dicendo.

Dopo qualche minuto il bambino perse interesse per la strana ragazza e tornò a guardare la TV. Il servizio sulla città in costruzione era finito, sostituito da quello successivo incentrato sul nuovo fondotinta che stava conquistando il Giappone. Wei scosse la testa, sbuffò e tornò alla sua lettura.

Intanto la ragazza continuava a misurare il locale, il volto teso e l'aria impaziente. Qualsiasi cosa stesse facendo, non sembrava avesse molto successo. Finalmente, dopo aver parlato con una dozzina di persone, trovò qualcuno che annuì con un sorriso, rispondendo alla sua richiesta e indicandole Wei.

La ragazza ringraziò e si diresse spedita al tavolo dove Wei stava leggendo. Il bambino era talmente assorto che non si accorse di nulla quando occupò il posto di fronte al suo.

"Ehi, sei tu quello bravo ad arrampicarsi?"

Wei sobbalzò, colto alla sprovvista.

Davanti a lui la ragazza lo guardava con due enormi, speranzosi occhi color acquamarina.

Wei deglutì. Aprì e chiuse gli occhi, la bocca leggermente aperta. La sua attenzione fu catturata dalla zona di lentiggini che impreziosiva le guance e il naso minuto della nuova venuta e dalla cascata di capelli chiari che cadeva gentilmente sulle sue spalle.

Wei deglutì ancora. Notò vagamente che le sue orecchie formicolavano, come se una mano invisibile si stesse divertendo a solleticarle. Senza davvero capirne il motivo, rimase immobile per qualche istante con uno strano fastidio alla base dello stomaco. Aveva la bocca arida, le mani tremavano leggermente. Si schiarì la gola e si grattò le orecchie, distogliendo lo sguardo dall'estranea.

"Senti, ho davvero bisogno del tuo aiuto!" proseguì la ragazza, fissandolo con aria supplichevole. "Mi chiamo Evangeline. Il mio Kruscha stava seguendo quello stupido uccello... Oh, scusa! Kruscha è il mio cincillà, uno stupido cincillà, ma comunque... ha seguito l'uccello sull'albero... non so neppure come abbia fatto ad arrivarci lì, piccolo e grasso com'è... Ora... ora però è là sopra, su quel ramo, e non riesce a scendere. È terrorizzato e ho davvero paura che possa cadere. Nessuno vuole aiutarmi! Ti prego, sei la mia ultima speranza!"

Wei aveva intuito che nel brusio uscito fuori dalla bocca di Evangeline c'era da qualche parte una richiesta di aiuto ma a parte quello, non aveva capito niente. E non gli interessava capire.

Dopo aver recuperato il controllo in seguito all'iniziale sorpresa, il suo cervello lavorò velocemente per cercare di sbarazzarsi di quella che, era convinto, fosse una schizzata.

Sfiorò il suo tablet e lo mostrò senza fiatare alla ragazza, in attesa di una risposta.

"Cosa significa: '*Sono sordomuto?*'" chiese Evangeline, indicando lo schermo.

Wei scrollò le spalle e tornò alla sua lettura.

La ragazza non si mosse dalla sedia.

"Senti, mi hanno detto che mi avresti ascoltato! Non sei tu Wei?"
Il bambino alzò la testa.

"*Chi ti ha detto il mio nome?*" domandò, mostrando il tablet.

"Pensavo fossi sordo!" esclamò adirata Evangeline. "Odio i bugiardi! Fa niente. Ti perdono se sali su quel ramo e salvi Kruscha. Non chiedo altro."

Wei si morse l'interno della guancia. Fece un profondo sospiro, prese la penna e cominciò a scrivere con la fronte che quasi sfiorava il foglio.

"Allora?" fece Evangeline, che cominciava a spazientirsi. "Almeno di' qualcosa!"

"*Sono occupato,*" scrisse Wei, agitandole il tablet sotto il naso.

"È questione di cinque minuti, Kruscha è proprio qua fuor..."

"*Sparisci!*"

"Ha bisogno di te, lo vuoi capire?"

"*Non ti sto ascoltando.*"

Evangeline urlò frustrata. Si alzò di scatto, si tolse una scarpa e cominciò a sbatterla ripetutamente sul tavolo.

Tutti i presenti si girarono a guardarla.

"*SMETTILA!*" Wei scrisse a caratteri cubitali.

Evangeline si fermò, si sfilò l'altra scarpa e le sbatté entrambe sul tavolo.

"Ehi! Che cosa succede lì?" domandò la cameriera che stava servendo un tavolo vicino.

"È una faccenda tra me e il mio ragazzo!" urlò per tutta risposta Evangeline, indicando Wei con una scarpa.

Le guance di Wei diventarono bianco latte nell'istante di shock che seguì le parole di Evangeline, per poi tingersi di un'indiscutibile rosso imbarazzo. La sua mascella sembrava sul punto di cadergli dalla faccia. Non poteva credere a quello che aveva detto la ragazza.

Tuttavia, ai presenti sembrò una ragione accettabile. Nessuno fece più caso alla scenetta.

"Posso continuare all'infinito, lo sai?" disse Evangeline, interrompendo momentaneamente il rumore e aspettando una risposta.

Wei avrebbe potuto prendere le sue cose e uscire dal locale, ma non voleva andarsene per colpa di quella scocciatrice. Sarebbe stato come dargliela vinta.

Decise quindi di tapparsi completamente le orecchie, chiudere gli occhi e aspettare che la ragazza se ne andasse a importunare qualcun altro.

Incurante di rumori e richiami, rimase così per un minuto e mezzo.

Dopo un altro paio di minuti, non avvertì più la presenza della ragazza. Aspettò un altro po' di tempo. Alla fine aprì lentamente gli occhi.

Sorrise, soddisfatto. Davanti a lui non c'era più nessuno.

Allungò il braccio per riprendere il suo tablet ma si accorse che sul tavolo non c'era più nulla.

"Feno-fenomenologia dello spirito? Che diavolo è?"

Wei voltò la testa e vide Evangeline che teneva in mano il suo tablet, assorta nella lettura.

"Ehi!" urlò Wei, senza neppure rendersene conto.

"Muto è?" lo sbeffeggiò con un sorrisetto Evangeline, "sei il peggior bugiardo che abbia mai conosciuto!"

Wei, furibondo, non badò più alla sua copertura. Si alzò di scatto per riprendere quello che gli era stato rubato ma inciampò, cadendo rovinosamente a terra.

Evangeline rise.

"Se lo vuoi indietro dovrai aiutarmi, deficiente!" e uscì trionfante dal locale.

Wei, disteso come un sacco di patate, si accorse che le stringhe delle sue scarpe erano state allacciate tra di loro. Evangeline doveva aver operato mentre lui aveva gli occhi chiusi.

Strisciando come un verme si aggrappò al sedile e ritornò a sedersi. Prese il suo zaino e ne estrasse una forbice, che usò per liberarsi.

Una volta in piedi racimolò le sue cose e si precipitò in fretta fuori dal locale, rischiando di inciampare un paio di volte.

Fuori era pomeriggio inoltrato e le strade erano semideserte.

Evangeline lo stava aspettando a un paio di metri da uno degli alberi piantati nel marciapiede.

"Sbrigati! È qui!" indicò la ragazza, stringendo in mano l'oggetto rubato.

Wei si avventò sulla ladra tentando di afferrare il suo tablet ma Evangeline si scansò appena in tempo, facendogli perdere l'equilibrio. Per la seconda volta nell'arco di cinque minuti si ritrovò con la faccia per terra. Grugnì e sputò sul marciapiede.

"Non fare il furbo!" lo avvertì la ragazza colpendogli la testa con un piede. "Ora muoviti e portami giù Kruscha se non vuoi che distrugga quest'affare!"

Wei si massaggiò la testa dolorante, si pulì la bocca e si mise seduto. La ragazza era troppo alta, veloce e determinata per sperare di portarle via l'oggetto con la forza. Frustrato e impotente, si costrinse a guardare il punto che gli era stato indicato.

Su uno dei rami dell'albero, a quasi quattro metri dal suolo, un piccolo roditore con lunghe orecchie e il folto pelo grigiastro li osservava immobile e spaurito.

"Ti serve una scala," disse lentamente Wei, valutando la distanza che li separava dall'animaletto.

"Kruscha sta morendo dalla paura, non lo vedi? Non ho tempo per cercare una scala! Forza, arrampicati!"

"Come faccio ad arrivare lì?" protestò Wei, allargando le braccia. "Per chi cavolo mi hai preso?"

"Sei solo un bugiardo. So che puoi farlo. Avanti, *adesso!* Se non vuoi che lo rompa."

Wei si mise in piedi e si spolverò i pantaloni. La ragazza teneva il tablet con entrambe le mani, pronta a scaraventarlo sul marciapiede. Non stava scherzando.

Senza nessun'altra alternativa, Wei guardò il roditore intrappolato e valutò nuovamente la distanza che li separava. Si leccò il dito indice, esponendolo al vento.

"Qual è il suo cibo preferito?" chiese Wei all'improvviso.

"Che cosa?"

"Ho detto, che cosa piace a quel ratto?"

"A Kruscha?" chiese Evangeline, confusa dalla domanda. "Uvetta... uva passa, ma cosa..."

"Ne hai un po' qui con te?" la interruppe Wei.

"S-sì, certo ma..."

"Stai zitta e dammene un po' se vuoi che ti aiuti!"

Evangeline studiò per un istante il bambino con la mano tesa. Alla fine mise una mano in tasca e diede a Wei un sacchetto chiuso.

Wei se lo rigirò tra le mani, valutando il suo peso. Lo lanciò in aria e lo prese al volo. Mormorò qualcosa che Evangeline non riuscì ad afferrare, quindi lanciò ancora il sacchetto, questa volta più in alto. Alla fine si mise in ginocchio, si tolse il berretto e prese la forbice che aveva nello zaino. Fece quattro buchi equidistanti a ogni lato del berretto, facendo attenzione che fossero della grandezza giusta. Poi tirò fuori da una tasca un lungo spago, lo fece passare tra i buchi appena fatti e si assicurò con un paio di nodi che il filo rimanesse al suo posto. Il berretto, che con lo spago sembrava ora un piccolo paracadute, fu poggiato a terra.

Wei mise il sacchetto semiaperto nel mezzo, prese alcune uvette e le cosparse all'interno.

"Che cosa stai facendo?"

Wei non rispose. Armeggiò per qualche altro secondo con lo spago e si assicurò che fosse ben legato ai quattro lati del berretto.

Nel frattempo il cincillà sembrava dare segni d'irrequietezza. Cominciò a girare su sé stesso, rischiando di cadere una mezza dozzina di volte.

"Kruscha! Stai fermo, scemo!" Evangeline, gli occhi lucidi e lo sguardo supplichevole, sembrava sul punto di scoppiare a piangere.

"Vai sotto quel ramo e stai pronta a prendere il tuo ratto," disse asciutto Wei, invitandola a sbrigarsi.

Evangeline aprì la bocca ma Wei alzò una mano, interrompendola.

"Sotto quel ramo. *Adesso.*"

La ragazza fece come le era stato detto.

Wei lanciò in aria il berretto con il sacchetto. Per poco non colpì il cincillà.

"Cosa stai facendo! Lo hai quasi centrato! Vuoi ucciderlo?"

"Guarda!" la zittì Wei indicando il ramo.

Evangeline alzò la testa e vide il berretto. Era sospeso in aria e stava ciondolando impercettibilmente, sorretto dallo spago che Wei teneva saldamente da terra. Il berretto e il suo contenuto si trovavano ora a pochi centimetri dalla bestiolina.

Il cincillà si fermò e annusò l'aria, muovendo la testolina a destra e a sinistra. Ben presto si accorse del berretto a qualche centimetro di distanza e in men che non si dica ci si tuffò dentro, attirato dal suo contenuto. Wei sentì il peso del roditore nelle sue mani. Lentamente e gentilmente cedette centimetro su centimetro, permettendo in questo modo al berretto di avvicinarsi al suolo. Quando finalmente il cincillà fu alla portata di Evangeline, la ragazza lo prese con mani tremanti. Wei legò lo spago a un palo lì vicino e mentre la ragazza era impegnata a estrarre Kruscha, sano e salvo, poté finalmente riprendere il suo tablet.

"Kruscha! Stai bene?" Evangeline era euforica, fuori di sé dalla gioia.

Il roditore stava rosicchiando allegramente una delle uvette sparse all'interno del cappello. Alzò la testa per una frazione di secondo, quindi tornò a mangiare.

Wei ficcò velocemente il tablet nello zaino e lanciò un'occhiata di fuoco alla coppia. Quando lo zaino fu chiuso, se lo gettò sulle spalle. Fece per riprendere il suo cappello, ma qualcosa lo costrinse a girarsi.

Prima che potesse accorgersi di cosa stesse succedendo, Evangeline lo spinse verso di sé, baciandolo sulle labbra. Wei rimase pietrificato, incapace anche solo di sbattere le palpebre.

Quando la ragazza ebbe finito, lo circondò con le braccia.

"Hai salvato... hai salvato Kruscha. Grazie!"

Wei riprese a respirare. Si allontanò velocemente dalla ragazza e sputò per terra.

"Che schifo!"

"Grazie, grazie, grazie," cantilenò Evangeline avvicinandosi nuovamente e prendendogli le mani.

"Io..." Wei tacque, pensando a qualcosa da dire per farla smettere di piroettare intorno a lui. "Il mio piano era centrare il tuo *stupido* ratto con il cappello ma ho fallito miseramente."

Evangeline rise di gusto, una risata fresca e frizzante che parve a Wei una dolce melodia. Ancora una volta sentì ribollire quella sensazione di disagio alla base dello stomaco. Tutto d'un tratto la psicopatica ladra aveva acquistato un fascino inspiegabile.

"Vieni, cretino, sei mio ospite a cena," disse Evangeline, trascinandolo verso di lei.

"Tuo ospite?" Wei si guardò attorno, esterrefatto. "Stai scherzando? Non sai neppure chi diavolo sono!"

"Che importa?" rispose canticchiando felice la ragazza. "Sei un tipo a posto."

"Ascolta. Tu sei pazza, okay? Io non..."

"Stai zitto bamboccio, o ricominciamo daccapo. Dobbiamo festeggiare l'avventura di Kruscha!"

Wei scoprì ben presto che la ragazza era incredibilmente forte. I suoi tentativi di liberarsi dalla presa si rivelarono presto inutili e dolorosi. Stremato, si lasciò condurre da Evangeline, senza opporre più alcuna resistenza.

Wei si toccò la testa, assecondando un gesto automatico. Si accorse d'un tratto che aveva lasciato il cappello dietro di sé, ancora sospeso a mezz'aria.

"Aspetta. Ho lasciato il mio..."

"Sei un tipo sveglio per la tua età, lo sai?" disse Evangeline, apparentemente sorda a quello che stava dicendo. "Come diavolo ti è venuto in mente di fare di quel cappello una specie di ascensore? È stata un'idea geniale!"

Wei rimase in silenzio per alcuni secondi, lo sguardo assente mentre osservava il cappello. Ciondolava pigramente, seguendo la brezza che annunciava il tramonto. Si girò verso Evangeline. Kruscha stava giocherellando con le dita della padrona, che lo carezzavano insistentemente sulla testa e sul muso.

Il cappello continuava a ondeggiare come un pendolo mosso dall'inesauribile carburante della natura.

"Io..." disse Wei con aria assente, mentre guardava il cincillà e il cappello. L'uno e l'altro, ancora e ancora.

Alla fine, prima che lo perdesse completamente di vista, guardò per l'ultima volta lo spago che sosteneva il cappello a mezz'aria. I suoi occhi s'illuminarono per un istante, come se avesse colto l'ultima scintilla di un fuoco artificiale.

"Sì," mormorò. "Davvero un'idea geniale."

6

TIAGO
2017

"2360 QUEENSBERRY RD. Destinazione a venti metri. Tempo stimato all'…" Tiago spense il dispositivo, facendolo scomparire in una tasca.

Con passo lento e controllato continuò a percorrere la lunga strada, esaminando i numeri sul bordo del marciapiede.

Dopo qualche secondo si fermò davanti ad una casa modesta, simile in tutto e per tutto alle altre abitazioni che si affacciavano sulla strada. Il numero '2360' era coperto in parte da una pianta secca e contorta.

Nel vialetto dell'edificio, una trentina di persone attendevano in fila, gettando di tanto in tanto un'occhiata fugace davanti a loro. Tiago seguì i loro sguardi e vide in quel momento un uomo alto e nerboruto uscire dalla casa trasportando un tavolo e due sedie. L'uomo dispose il tavolo all'inizio del vialetto e le sedie ai due lati opposti, una di fronte all'altra.

Senza ulteriori indugi Tiago si avviò verso l'uomo con passo spedito.

"Ehi, tu! Guarda che la fila inizia lì!" urlò improvvisamente un uomo calvo che aspettava in mezzo alla coda di gente.

Tiago non fece caso ai richiami. Continuò semplicemente per la sua strada.

Quando giunse finalmente di fronte all'uomo muscoloso, tese il braccio e sfoderò il miglior sorriso del suo repertorio.

"Piacere, signore. Mi chiamo Tiago Melo e sono..."

"Max Lewis," tagliò corto l'altro senza stringere la mano. "Ora in fondo alla fila, ragazzo. Nessuna eccezione."

L'uomo corpulento fece per scartarlo ma Tiago si mise nuovamente davanti a lui, impedendogli di proseguire.

"Mi scusi. Vengo da Los Angeles, sono uno studente dell'USC Annenberg e volevo solo accertarmi che questo fosse..."

"Sì, il posto è questo," rispose senza tante cerimonie Max, fulminandolo con gli occhi. Il ragazzo arretrò di qualche passo. "La 'magia' avrà inizio fra poco," continuò Max, indicando il tavolo e le sedie. "Ti consiglio di metterti comodo se non vuoi perderti i posti migliori."

"Ehi Max! La fila inizia..."

"Stai zitto Josh, è solo un pappagallo!" tuonò Max rivolgendosi all'uomo calvo che continuava a lamentarsi. "È venuto a curiosare."

"Pappagallo?" mormorò fra sé Tiago, mentre guardava l'uomo massiccio tornare velocemente dentro la casa bofonchiando qualcosa.

Notò con stupore che nei pochi minuti passati da quando era arrivato, la fila era cresciuta esponenzialmente e qualche dozzina di persone avevano già occupato metà del giardino che circondava il vialetto, gli occhi fissi sul semplice tavolo spoglio che Max aveva trasportato poco prima.

Tiago decise che sarebbe stato meglio seguire il consiglio e si mise velocemente a sedere sul prato, in uno degli ultimi posti rimasti liberi.

Cinque minuti dopo Max riemerse dall'abitazione con una grossa insegna. La posò davanti alla porta d'ingresso, in modo che chiunque potesse vederla.

Tiago si sporse per leggere cosa c'era scritto.

Domande dirette, Risposte dirette in 10 secondi.

10$ contro 1000$.
Non si accettano reclami.

Il ragazzo prese dalla tasca il suo cellulare, pronto a scattare una foto, ma un vociare crescente lo costrinse a girarsi.

La lunga fila di persone in attesa si ammutolì d'un tratto. Tiago allungò il collo per cercare di vedere cosa stesse accadendo.

"Va bene ragazzi, fate largo, fatelo passare."

Un paio di uomini in maglietta gialla fecero scansare da un lato la gente che si era ammassata davanti alla casa. Dal passaggio che si era creato emerse un ragazzino che non poteva avere più di dodici anni. Indossava un berretto rosso scuro e grossi occhiali da sole che nascondevano un terzo del suo volto. Era molto basso e magro, con un'andatura che sembrava un lento dondolare, come se stesse camminando sul ponte di una nave colta da una tempesta. Aveva le mani strette dietro la schiena e sembrava completamente disinteressato alla folla di persone che lo guardavano e lo indicavano con eccitazione crescente.

Tiago seguì come tutti i presenti la piccola figura che si stava avvicinando dalla strada, dirigendosi verso la casa. Il ragazzino prese posto su una delle sedie che Max aveva preparato. L'altra sedia rimaneva vuota davanti a lui.

"*Quello* è l'Onniologo?" bisbigliò Tiago senza neppure rendersene conto, guardandosi attorno, come per cercare una conferma ai suoi sospetti.

Nel frattempo, i due uomini con la maglietta gialla avevano preso posto ai lati della fila, in attesa. I presenti avevano ripreso a parlottare tra di loro.

Tiago fece per scattare una foto del ragazzino seduto a pochi metri di distanza e fu in quel momento che notò qualcosa di strano. Il cellulare non rispondeva più ai suoi comandi. Se lo rigirò tra le mani, sfiorò ripetutamente lo schermo ma non accadde nulla. Il dispositivo era morto.

"Eccezionale," sibilò tra i denti Tiago.

Max Lewis uscì in quel mentre dalla casa portando con sé una piccola cassa. Si avviò verso il ragazzino con il berretto e gli strinse la mano.

I due parlarono per qualche istante. Max rise di gusto mentre l'altro diceva qualcosa che Tiago non riuscì ad afferrare a causa del brusio crescente. Dopo qualche secondo l'uomo tirò fuori dalla cassa un mazzo di banconote.

"Mille dollari!" annunciò Max, mostrando le banconote al pubblico. Dopodiché le posò sul tavolo.

"Chi è il primo?"

Tiago girò la testa e aguzzò l'udito. Notò che Josh, l'uomo pelato che gli aveva urlato contro poco prima, stava discutendo con un vicino, indicando il primo della fila.

"Non lo conosco. È uno nuovo," rispose l'uomo che lo precedeva, grattandosi la barba. "Mi hanno detto che si è accampato qui un giorno fa. Probabilmente solo un merlo che ha sentito odore di soldi."

"Tu invece sei venuto preparato oggi?" chiese Josh, mostrando una fila di denti sporchi. "Hai un coniglio nel cappello?"

"Altroché, questa volta il moccioso non mi frega. Ho speso un'ora a buttar giù quella domanda."

Max batté le mani tre volte e tutti i presenti si zittirono all'istante.

"Va bene gente, iniziamo! Tu, avanti."

Tiago provò nuovamente ad accendere il suo cellulare ma non ci fu verso. Imprecando fra sé, non poté fare altro che guardare in silenzio il primo della fila che si sedeva sulla sedia rimasta vuota, rivolgendo le spalle al pubblico che attendeva in religioso silenzio.

L'uomo posò dieci dollari davanti ai mille di Max. La cassetta giaceva aperta e vuota in mezzo ai due contendenti.

Max prese qualcosa dalla tasca e, fissandola attentamente, scandì, "Tre, due, uno. Vai!"

Il primo concorrente si schiarì la voce e con un sorriso beffardo chiese all'Onniologo, "Qual è la radice quadrata di 857.965.847?"

Un secondo dopo, la maggior parte delle persone in fila scoppiarono in una fragorosa risata.

"29.291,05404385441," rispose serissimo il ragazzino.

Max prese i dieci dollari e li mise nella cassetta.

"Prossimo!"

Una ragazza sui vent'anni con una lunga treccia occupò il posto lasciato vuoto.

"Come perdere dieci, onesti dollari in due secondi," stava dicendo Josh, l'uomo pelato, guardando il primo contendente che si perdeva a testa bassa tra la folla. "Che fallito," aggiunse, guardandolo con disprezzo.

Era tutto successo talmente in fretta che Tiago non ebbe modo di metabolizzarlo. L'urlo di Max che dava nuovamente il via interruppe i suoi pensieri.

Con voce mielosa e suadente la ragazza chiese, "Qual era il nome della seconda corazzata di classe Kaiser costruita dalla marina imperiale tedesca?"

Passarono esattamente due secondi di assoluto silenzio.

"SMS Friedrich der Grosse," fu la risposta, pacata e sicura.

"Grazie, grazie. Avanti. Avanti il prossimo!" gridò Max, per superare il vociare indistinto.

Una persona anziana si fece avanti. Max diede il via.

"Qual è il nome del quinto libro della Torah ebraica?"

"Deuteronomio."

Max fece un passo avanti. "Grazie. Prossimo?"

La sedia scricchiolò pericolosamente sotto il peso del quarto partecipante.

"A quale famiglia appartiene l'urogallo?" chiese il nuovo venuto, facendo oscillare le guance grasse e flosce.

"L'urogallo è un uccello appartenente alla famiglia dei phasianidae," fu l'immediata risposta.

Max invitò l'ennesimo concorrente a farsi avanti.

Tiago osservò senza fiatare le persone interrogare l'Onniologo e alzarsi inevitabilmente dopo pochi secondi, chi con sguardo triste e assente chi semplicemente imprecando a denti stretti.

Tiago aveva sentito parlare di quello che alcuni chiamavano la 'banca dati umana' o 'l'Onniologo', ma nulla avrebbe potuto prepararlo a quello spettacolo.

'Onniologo' era una parola composta dal termine latino 'omnis,' che significava 'tutto', e il termine greco 'logos', che significava 'principio di ordine e conoscenza' oppure 'parola'. Sebbene non fosse chiaro chi aveva forgiato quella parola, divenne immediatamente la più utilizzata per descrivere il ragazzo genio.

"Avanti il prossimo!"

Si riscosse dai suoi pensieri e tornò a concentrarsi sulla competizione. Era arrivato il turno di Josh e del suo compagno.

"Qual è l'elemento chimico della tavola periodica il cui isotopo più stabile ha un'emivita inferiore ai quaranta secondi?"

L'Onniologo si grattò distrattamente il naso.

"Il Dubnio."

Max prese i dieci dollari e li mise nella cassetta.

"Avanti Josh, è il tuo turno."

L'uomo pelato si sfregò le mani mentre si sedeva velocemente sulla sedia.

Guardando con occhi ridotti a fessure il ragazzino impassibile chiese, leccandosi le labbra, "Qual è il perielio del plutoide denominato Haumea?"

"Il perielio di Haumea, oppure 136108 Haumea, dista circa 5.260.000.000 chilometri dal Sole. 35,164 UA, se preferisci."

Josh sbatté il pugno sul tavolo. "Per Dio! Com'è possibile?"

"Prossimo!" tuonò Max guardando di sbieco l'uomo pelato ancora seduto sulla sedia. "Forza Josh, levati dai piedi!"

Josh bestemmiò mentre si alzava controvoglia. Dopo aver lanciato uno sguardo di puro odio al ragazzino, se ne andò velocemente, urtando chi gli stava attorno.

Il tempo passò rapidamente e domanda dopo domanda i soldi nella cassetta non facevano che aumentare.

Mentre Tiago studiava l'Onniologo, il suo cervello lavorava per capire come potesse rispondere a tutte quelle domande. Per i presenti quello sembrava niente di più che uno show da gustare, uno spettacolo da guardare per divertirsi, ma per lui era diventata una specie di sfida, un enigma da risolvere.

Tiago si girò verso un gruppo di persone che stavano borbottando tra di loro e chiese, "Scusate, è la prima volta che venite?"

Una ragazza scosse velocemente la testa. "Oh no, questa è la terza volta."

"Sentite, io sono nuovo," disse Tiago. "Non vi sembra anche a voi tutto un po' strano? Voglio dire, andiamo! Deve esserci sotto qualcosa. Il ragazzino sta chiaramente barando in qualche modo. Qualcuno o qualcosa deve fornirgli le risposte alle domande. Un complice qui da qualche parte, un dispositivo portatile. Non lo so, qualcosa del genere."

"Oh, beh... è quello che ho pensato anche io la prima volta che sono venuta, ma ti assicuro che non è così."

"Scusa, come fai a esserne certa?"

Un'altra ragazza s'introdusse nella conversazione.

"Prova ad accendere il tuo cellulare."

"Chiedo scusa?"

"Ho detto prova ad accendere il tuo cellulare o qualsiasi altro dispositivo o pezzo di tecnologia tu abbia."

Tiago scosse la testa.

"Oh, lo farei senz'altro ma il mio..." non riuscì a completare la frase. Il suo cervello fu come investito da un'onda d'urto.

"Capito?" disse la ragazza accortasi dell'espressione di Tiago, "È impossibile chiamare, scattare foto, girare filmati, ricevere informazioni o qualsiasi altra cosa che comporti l'utilizzo di tecnologia per tutta la durata della competizione. C'è un qualche campo elettromagnetico, o roba simile, che blocca qualsiasi aggeggio nei paraggi. L'unica cosa che funziona è il cronometro che sta usando Max, e un paio di tizi l'hanno già controllato più volte. Non ha nulla di particolare."

Tiago fissò sconcertato il suo cellulare e le ragazze, che gli restituirono un largo sorriso.

"Ma com'è possibile che..."

Non finì mai la frase. Il pubblico stava indicando l'ultimo concorrente della fila in procinto di sedersi. Il livello di eccitazione era salito alle stelle.

"Chi è quello?" chiese Tiago indicando l'ultimo concorrente, dimenticandosi dell'altra domanda.

"Il professor Otto Von Bauer, dell'Università della California a Los Angeles. È quello che potresti chiamare un ospite fisso. Di solito le sue domande sono le più... interessanti."

Il professore era un uomo molto basso con lunghi, folti baffi che lo facevano sembrare un vecchio tricheco. Prima di fare la sua domanda porse la mano all'Onniologo che la strinse senza replicare.

"Prego, professore," disse rispettosamente Max, facendo scattare il cronometro.

Il professor Von Bauer incrociò le braccia e chiese, "In quale periodo Albert-Pierre Sarraut ricoprì la carica di primo ministro francese nella Terza Repubblica?"

Uno... due... tre... quattro secondi dopo non ci fu nessuna risposta. Per la prima volta dall'inizio della competizione, il silenzio superò i cinque secondi. Altri cinque battiti di cuore e l'Onniologo avrebbe perso.

Il pubblico trattenne il fiato mentre contava mentalmente il pugno di secondi rimasti per rispondere alla domanda.

Il ragazzino si sistemò meglio sulla sedia e inclinò la testa fin quasi a toccare la spalla.

"La domanda è formulata in maniera errata," rispose dopo un tempo apparentemente infinito. "Piuttosto, avrebbe dovuto chiedere: in quali *periodi* Albert-Pierre Sarraut ricoprì la carica di primo ministro francese. Questo perché il suddetto fu primo ministro due volte: la prima volta dal 26 ottobre 1933 al 26 novembre 1933, la seconda volta dal 24 gennaio 1936 al 4 giugno 1936."

Il professore sorrise sotto i baffi cespugliosi e assentì con la testa. "Corretto," disse.

Una pioggia di applausi infranse il silenzio che aveva regnato poco prima. Nel frastuono che lo circondava, Tiago riuscì a sentire il professore chiedere all'Onniologo, "Hai avuto tempo di pensare a quello che ti ho detto, figliuolo?"

"Professore, la sua insistenza è ammirevole ma la risposta rimane la stessa." Il ragazzino si alzò e tese la mano. "Faccia buon viaggio."

Von Bauer strinse la mano, disse qualcos'altro che Tiago non riuscì ad afferrare e si perse velocemente tra la folla.

Mentre Tiago osservava il professore uscire di scena, per un attimo ebbe il presentimento che l'Onniologo lo stesse fissando da dietro gli occhiali.

"Non sei di qui, vero?"

Tiago si girò in direzione della ragazza che gli aveva fatto la domanda.

"N-no, vengo da Los Angeles," rispose con aria assente Tiago. "Sono... Studio all'USC Annenberg."

"Ah, sei un pappagallo!"

"A quanto pare."

"Piacere, io sono Sonia."

Tiago si presentò e porse distrattamente la mano mentre si guardava attorno. L'Onniologo stava in quel momento parlando con Max e i due si stavano avviando insieme verso la casa. Prima che la porta fosse chiusa, fu certo che il ragazzino lo avesse indicato con un dito.

"Ehi! Mi stai ascoltando?"

Tiago, sordo a quello che la ragazza stava dicendo, si congedò bruscamente, cercando di evitare la folla che si stava disperdendo. Frugò nella tasca e si accertò che il suo cellulare funzionasse nuovamente. Purtroppo per lui il tavolo, le sedie e l'insegna con le regole erano sparite.

Quando finalmente raggiunse la porta, tutto ciò che rimaneva della competizione erano un paio di lattine di Coca Cola rimaste per terra.

Chiuse gli occhi, fece un profondo respiro e bussò.

"Signor Lewis!" chiamò a gran voce, "sono Tiago Melo, ci siamo presentati poco fa."

Nessuna risposta. Attese un minuto, quindi bussò ancora.

"Signor Lewis, mi sente?"

A quel punto era impossibile che nessuno lo avesse sentito. Lo stavano semplicemente ignorando. Non si diede per vinto e bussò alla porta con entrambi i pugni.

"Voglio solo fare alcune domande all'Onniologo. Signor Lewis? Per favore!"

Quando la porta fu aperta, per poco non cadde in avanti.

Max Lewis giganteggiava sull'uscio, la mascella serrata, le mani giunte per trattenere la rabbia che si leggeva chiaramente sul volto.

"Gira i tacchi, scendi le scale, comincia a camminare e continua a camminare finché non sarai fuori dalla mia proprietà," gli disse Max, calmo e minaccioso come un alveare di vespe.

"La prego, voglio solo fare qualche domanda all'Onniologo."

"Cosa?"

"Voglio solo chiedere all'Onniologo..."

"Cosa vai blaterando?" lo interruppe Max, alzando una mano gigantesca. "Chi diavolo è l'onniotrolo?"

"L'Onniologo," ripeté Tiago. "Il ragazzino che..."

"Qui non c'è nessun onniotropo e nessun ragazzino," lo interruppe ancora l'uomo, sfregandosi le nocche.

"Io ho... ho visto... l'ho visto entrare, pochi minuti fa. "

"Va bene, ascolta. Ascolta con molta attenzione." Max colpì l'interno del ginocchio del ragazzo con un colpo rapido e bene assestato. Prima che Tiago se ne rendesse conto, si trovava con le ginocchia a terra, con un braccio di Max intorno al collo e l'altro che premeva contro la testa.

"Questa faccenda non andrà a finire bene per te se non apri le orecchie. Questa è Terry," Max gli indicò la Colt Anaconda revolver che aveva in un fodero. Un particolare che era sfuggito a Tiago. "È specializzata nel trattare i pappagalli testardi come te. Ora, fai come ho detto. Vattene e non avvicinarti mai più a casa mia."

Max spinse via Tiago, che tossì, a corto di ossigeno.

Il ragazzo guardò la montagna di muscoli che aveva davanti e deglutì a fatica. "Questa... questa dovrebbe essere una minaccia?" disse tossendo, mentre si massaggiava il collo. "Cosa ne penserebbe la polizia se..."

Max sputò per terra e scosse la testa. Frugò nella sua tasca e mostrò al ragazzo un distintivo sfavillante. "Sono io la polizia, rompipalle," disse.

Tiago rimase di pietra, ma non si mosse.

"Ho capito, preferisci davvero le maniere forti." Max si mosse verso Tiago ma prima che riuscisse ad afferrarlo si fermò. Si frugò la tasca ancora una volta e prese il cellulare. Guardò Tiago mentre lo portava all'orecchio.

"Cosa?" disse Max, dopo dieci secondi. Toccò il suo fodero.

Tiago guardò la pistola e fece un passo indietro.

"No... no. Sì, va bene, ho capito." Max sputò ancora per terra e rimise il cellulare in tasca.

"Il tuo angelo custode deve aver fatto gli straordinari oggi." L'uomo gli si avvicinò talmente tanto che per un attimo Tiago pensò che stesse per colpirlo. Non lo fece, ma gli abbaiò contro, "Fai quello che ti pare, ma se tocchi ancora la mia porta, ti faccio a pezzi con le mie mani!"

Max si girò, entrò nella casa e chiuse veementemente la porta dietro di lui.

"Gli dica che sarò qui fuori ad aspettarlo!" insistette il ragazzo.

Non ci fu risposta. Tiago si allontanò dall'uscio e gironzolò intorno al portico per qualche minuto mentre si massaggiava il collo. Si accorse che le mani tremavano solo quando prese il cellulare per controllare l'ora. Fece un paio di respiri profondi, quindi si accertò che la casa non avesse uscite secondarie.

Finita la perlustrazione, si lasciò cadere sull'erba del prato e attese.

Passarono dieci minuti ma non accadde nulla.

Tiago scattò qualche foto della casa e del vicinato. Ogni tanto andava in mezzo alla strada per vedere se ci fosse qualche persona a cui fare domande ma il luogo sembrava deserto. Nessuno avrebbe detto che un quarto d'ora prima quel posto brulicasse di gente.

Dopo più di un'ora nessun rumore proveniva dalla casa. Il posto continuava a essere deserto e silenzioso, come se provasse gusto nel lasciare Tiago a struggersi, senza nessuna risposta alle sue molte domande.

Sconfortato e annoiato, strappò uno stelo d'erba e cominciò a masticarlo mentre, sdraiato sul dorso e con le mani dietro la testa, osservava le nuvole danzare pigramente nel cielo.

Passò un'altra mezz'ora senza che nulla fosse cambiato.

Tiago estrasse dalla tasca il suo cellulare, che iniziò a emettere una musica hip hop.

Dopo qualche minuto prese un altro stelo d'erba mentre allungava il braccio per stiracchiarsi, e fu in quel momento che la sua mano urtò contro qualcosa.

"Ahia!"

Tiago, sorpreso, ritrasse il braccio e guardò alla sua destra.

"Ma che..."

Un ragazzino con capelli a spazzola stava rotolando sul prato, massaggiandosi la testa con le mani.

"Mi hai fatto male!" mugugnò, gli occhi lucidi di lacrime.

"Io....Scusa, non ti avevo visto! Tu chi sei?"

Il ragazzino smise improvvisamente di lamentarsi e si mise in piedi con un saltello.

"Fa niente. Mi chiamo Wei Wang, piacere di conoscerti," e gli porse una mano sporca di terra.

Tiago guardò la faccia sorridente del ragazzino e poi la mano lercia.

"Pia-piacere," disse Tiago, ancora evidentemente sorpreso, senza stringere la mano.

"Non ti presenti?" chiese l'altro, contrariato.

"Va bene, mi chiamo Tiago. Ora potresti..."

"Tiago," ripeté Wei, come assaporando la parola. "Ehi, è un bel nome! Corto, facile da ricordare, sembra il nome di un frutto. Quali altri nomi hai, Tiago?"

Il ragazzo si guardò bene attorno, come se stesse cercando da qualche parte un genitore alla disperata ricerca del figlio.

"Solo questo. Senti, ti sei perso?"

"Fammi indovinare. Tiago Bernardes?"

"No."

"Cardoso."

"No."

"Conceição."

"E va bene, va bene! Tiago Melo, mi chiamo Tiago Melo. Ora..."

"Scommetto che hai anche un Tavares da qualche parte."

"NO!"

"Vasconcelos."

"Ho detto no!"

"Vila Lobos."

"Tiago Silva Abreu Melo!" urlò Tiago, esasperato. "Contento?"

Il ragazzino annuì, senza far caso al volto paonazzo di Tiago.

"Vorrei averlo io un nome così. Con un nome come quello puoi farci quello che vuoi. Quando ti presenti, lascerai chiunque a bocca aperta, vero? Certo, se qualcuno avesse bisogno urgente di te, rimarrebbe davvero fregat..."

"Senti bambino," disse Tiago, stizzito, "ho da fare qui, okay? Perché non torni a casa e..."

"Che cosa stai facendo qui? Tutto solo?" lo interruppe l'altro indicando il giardinetto.

"Sono impegnato!" tagliò corto Tiago che cominciava ad averne davvero abbastanza del moccioso.

"Impegnato? A digerire l'erba?"

"Cosa? No, sto aspettando qualcuno."

"Davvero? Chi aspetti?"

"Non sono affari tuoi! Ora sparisci!"

"Come faccio?"

"Come fai a fare cosa?"

"Come faccio a sparire? Forse se fossi un ninja, oppure l'avvocato di un cliente che ha perso la causa..."

"Accidenti! Te l'ha mai detto nessuno che sei strano?"

"Parla per te! Io non rateizzo il mio nome."

Tiago allargò le braccia senza sapere cos'altro dire.

"E va bene, resta, ma smettila di parlare!"

Tiago si lasciò andare sul prato e riprese a fissare la porta. Wei gli si sedette accanto.

Dopo qualche istante di silenzio il ragazzino cominciò a canticchiare.

"Cosa ti ho detto?" gli abbaiò contro Tiago.

"E va bene, resta, ma smettila di parlare," ripeté Wei, simulando il tono seccato di Tiago. Quindi continuò a canticchiare.

Tiago si alzò di scatto e urlò con tutto il fiato che aveva in corpo, "Agente! Apra la porta!"

Wei guardò Tiago che continuava a inveire contro la casa. Quando lo vide dirigersi a grandi passi verso la porta, disse, "Ehi, contro chi stai urlando?"

"Contro un poliziotto psicopatico!"

"Vuoi dire Max?"

Tiago si girò di scatto. "Lo conosci?"

"Certo, è uno dei miei migliori amici."

"Sì, certo," disse Tiago, scuotendo la testa. "Va bene, uno dei tuoi migliori amici. Allora forse se gli chiedi di entrare..."

"Non c'è nessuno in casa."

"Scusa?"

"Max se n'è andato un'ora fa. Aveva delle commissioni da sbrigare."

"Che cosa? Andato? Dove? *Come*? Nessuno è uscito da questa casa."

"Non ha usato la porta, scemo!"

"Ah no? E com'è uscito da lì? Eh? Usando il passaggio sotterraneo?"

"Precisamente," annuì Wei, serissimo.

Tiago rimase muto per un minuto buono.

"Stai scherzando, vero?"

"No. Ma se ti va di ridere, conosco una..."

"Mi stai dicendo... stai dicendo che quella casa ha davvero un passaggio segreto? Voglio dire... un *vero* passaggio segreto."

"Sì, hai presente? Come quei castelli, nel medioevo..."

"E tu come diavolo faresti a sapere una cosa del genere?"

"Lo so perché l'ho usato dieci minuti fa."

Tiago fissò il ragazzino, come se lo vedesse davvero per la prima volta.

"*Tu* hai usato un passaggio sotterraneo per uscire da lì?" chiese infine, indicandolo con entrambe le mani.

"Smettila di ripetere quello che dico! Ti fa sembrare stupido, lo sai?"

Ora che ci faceva caso, Wei non era molto più alto o più basso dell'Onniologo ma d'altro canto indossava vestiti completamente diversi. Aveva capelli scuri, certo, ma quel particolare da solo non significava niente. Poteva semplicemente essere un moccioso che si stava prendendo gioco di lui, rifletté.

"Così tu saresti l'Onniologo?"

"Onniologo?" chiese stupito il ragazzino, "non so cosa sia."

"Lascia stare... Va bene, se tu sei il tizio che rispondeva a quelle domande, provamelo."

Wei scrollò le spalle. "Okay, fammi una domanda qualsiasi. Ho dieci secondi di tempo per rispondere."

Tiago aveva già pronta una domanda che gli era venuta in mente mentre guardava la fila di concorrenti sfoltirsi davanti ai suoi occhi.

Anni prima venne sfidato dal nonno a finire per intero il romanzo probabilmente più noioso che avesse mai letto in vita sua. Non ci riuscì mai, ma in compenso ricordava esattamente una frase del libro. Quel libro era semisconosciuto e quasi introvabile. Era impossibile che un ragazzino come quello lo avesse anche solo sentito nominare.

"Okay. Sai dirmi in quale libro apparve la frase: 'Se un'idea è più moderna di un'altra, è segno che non sono immortali né l'una né l'altra.'"

"Facile," rispose Wei grattandosi il sedere, "*La cognizione del dolore*, scritto da Carlo Emilio Gadda."

Fu come se qualcuno avesse colpito il volto di Tiago con una mazza da baseball.

"Sei proprio tu," mormorò, quasi senza accorgersene.

"Contento? Ora fuori i dieci dollari."

Tiago si riscosse molto velocemente dalla sorpresa iniziale.

"Come, scusa?"

"Mi hai sentito bene Tiago Silva Abreu Melo. Fuori i soldi." Wei tese un braccio e aprì la mano.

"Scherzi? Mi hai chiesto *tu* di farti una domanda," replicò Tiago.

"Non ti ho mica chiesto di farmela gratis. Fuori la grana se non vuoi che mi metta a urlare che mi stai molestando."

"Cosa? No! Io non..."

"Non essere stupido," lo avvertì Wei, sorridendo maliziosamente. "Hai la minima idea di quanta attenzione possa suscitare la parola 'pedofilo' urlata da un bambino in mezzo alla strada?"

"Non ho parole!" esclamò Tiago mettendosi le mani dietro la testa. "Sta succedendo davvero?"

Wei mosse le dita della mano in modo impaziente. "Allora?"

Tiago allargò le braccia e infilò una mano in tasca. "Non so neppure se ho abbastanza contanti..."

Alla fine emerse con un paio di banconote da cinque dollari stropicciate. Wei le afferrò prima che l'altro potesse ribattere.

"Bene, ora che abbiamo risolto questa transazione finanziaria...".

"Questa rapina," lo corresse Tiago, rosso in volto.

"Posso chiederti finalmente cos'è che ti porta qui?" continuò Wei, senza far caso all'espressione del ragazzo.

Tiago aveva il cuore che batteva all'impazzata. Inspirò ed espirò un paio di volte. Si costrinse a ragionare. Dopotutto, pensò, dieci dollari era un prezzo tutto sommato ragionevole per ottenere ciò per cui era venuto.

L'Onniologo era davanti a lui, alla sua mercé. Doveva solo giocare la parte dell'amico, fare le domande giuste e sarebbe tornato a casa con una storia con la 'S' maiuscola.

Tiago sorrise, cercando di suonare meno ostile. "Sono uno studente dell'USC Annenberg e..."

"Ah! Sei un..."

"Sì, lo so, un *pappagallo*," lo precedette Tiago, chiudendo le palpebre.

"Stavo per dire, aspirante giornalista."

"Oh, beh...sì, esattamente," disse Tiago, colto alla sprovvista. "Sono venuto... beh, penso tu sappia esattamente perché sono venuto qui."

"Non sei il primo e non sarai di certo l'ultimo," fece Wei, toccandogli la spalla. "L'unica differenza fra te e tutti gli altri è che tu, amico mio, otterrai esattamente quello per cui sei venuto."

"Davvero?" chiese l'altro con occhi speranzosi.

"Davvero," confermò Wei. "Ancora meglio, avrai la possibilità unica di seguirmi minuto dopo minuto in una mia giornata tipo. Che ne dici?"

"Beh, dico che è fantastico." Tiago attese un istante, poi un allarme cominciò a suonare nella sua testa. "Aspetta un attimo," proseguì, soppesando ogni parola. "Cosa mi verrà a costare questa volta?"

"Neanche un soldo," disse Wei, sfoggiando un largo sorriso.

"Vuoi dire gratuitamente? Senza chiedermi *nulla* in cambio?"

Wei rise. "Adesso, non essere ingenuo. Nulla è gratuito in questo mondo. Alla fine della nostra giornata mi ripagherai facendomi un favore. Non scomodarti," disse Wei alzando una mano, "saprai di cosa si tratta al momento giusto."

Tiago chiuse la bocca. Non gli piaceva affatto l'idea di essere tenuto in ostaggio in quel modo da quel contorto bambinetto, ma d'altronde avrebbe fatto di tutto per svelare il mistero che circondava l'Onniologo.

"Accetto," disse alla fine.

"Bene, perché abbiamo già perso troppo tempo qui. Ci aspetta una lunga giornata."

Wei raccolse da terra un piccolo zaino che Tiago non aveva notato prima e insieme cominciarono a percorrere la strada.

"Hai un mezzo che possiamo usare per andare in centro?" chiese Wei, fissando il suo orologio da polso. "Ho dimenticato la mia bicicletta a casa."

"Sì, certo, sono venuto con quella." Tiago indicò una motocicletta piuttosto malridotta parcheggiata a qualche decina di metri di distanza.

"Curioso e coraggioso," disse Wei quando furono davanti alla motocicletta. Toccò il serbatoio e valutò le ruote. "Questa cosa farebbe la fortuna di un museo."

"Questo gioiello," precisò Tiago, accarezzando il sedile, "funziona benissimo. È comoda, consuma poco e considerando l'età direi che è stata un ottimo affare."

"Se non esplodiamo in mezzo alla strada, sarò della tua stessa opinione. Va bene allora, in marcia!"

I due montarono in sella.

"Dove andiamo?" chiese Tiago mentre accendeva il veicolo.

"Procedi dritto. Quando te lo dico io, gira a sinistra. Percorriamo per un po' Allen Avenue fino ad arrivare a Colorado Boulevard. Destinazione la città vecchia."

Il viaggio durò meno di un quarto d'ora. Nessuno dei due parlò durante il tragitto, a parte Wei per dare alcune indicazioni. Quando furono arrivati a destinazione, Tiago parcheggiò la sua motocicletta e valutò il panorama: odori forti, clacson, mendicanti e passanti che brulicavano intorno ai negozi che affiancavano la strada principale.

"Vieni. Da questa parte."

Tiago seguì Wei. Per qualche secondo camminarono in silenzio.

"Allora," iniziò Tiago, ripetendo nella sua mente il discorso che aveva rimuginato durante il tragitto, "non c'è che dire. Lo spettacolo che hai dato su a Queensberry è stato... notevole, davvero notevole."

Wei non rispose. Continuò a camminare guardandosi occasionalmente attorno.

"Mi piacerebbe sapere come hai fatto," concluse Tiago in tono neutro, cercando di non tradire nessuna emozione.

Il volto di Wei s'illuminò improvvisamente. "A me invece piacerebbe mangiare del cioccolato al pompelmo," disse, guardando Tiago e mettendosi un dito sulle labbra. "Cioccolato fondente, non al latte, s'intende. Rovinerebbe il contrasto tra l'aspro e l'amaro."

Tiago aggrottò la fronte. "Questo... questo cosa c'entra, scusa?"

Wei alzò le spalle. Sembrava confuso. "Pensavo stessimo giocando a 'Mi piacerebbe se'," disse. "Sai, quando cominci a parlare per ipotesi e vince chi immagina la cosa più assurda. Non si usa a L.A.?"

"Che cosa?"

Wei agitò la mano. "Fa niente, colpa mia."

L'Onniologo sembrò riflettere per un istante, poi disse, con un sorriso furbetto, "Conosci 'Il gioco del silenzio?'"

"Ehm... Sì?" rispose Tiago.

"Io sono il campione nazionale," disse Wei con orgoglio. "Ti va di giocare a quello?"

"No," rispose acido Tiago, arrossendo. Quel moccioso lo stava solo prendendo in giro.

"Voi pappagalli non sapete proprio come divertirvi."

"Come facevi a sapere tutte quelle cose?" chiese Tiago, ignorando il suo commento. "Sei... non so, un qualche tipo di genio?"

Wei scosse la testa. "No, non credo," disse, cogitabondo. "Sono gli altri a essere stupidi."

Tiago fece per replicare ma Wei alzò improvvisamente una mano.

"Ci siamo. Questa è la nostra prima tappa."

Wei si era fermato davanti ad un negozio con una grossa insegna nera a forma di vortice.

Prima che Tiago potesse dire qualsiasi cosa, l'Onniologo si tolse lo zainetto dal quale estrasse uno specchio. Lo porse a Tiago dicendo, "Prendi."

Tiago afferrò lo specchio senza capire. "Che cosa stai facendo?" chiese.

Wei non sembrava ascoltarlo. Emerse dallo zainetto con un piccolo astuccio. Quando lo aprì, Tiago si trovò a fissare quelle che sembravano due lenti a contatto.

"Tieni fermo lo specchio," disse rivolgendosi a Tiago. "Devo mettermi queste."

Tiago, riluttante, fece come gli era stato detto mentre guardava il ragazzino inumidire le lenti a contatto e indossarle.

"Bene, adesso proviamo."

"Proviamo *cosa?*"

Wei si avvicinò alla vetrina. Mise il volto in prossimità di una zona delimitata da un rettangolo nero e arancione, e attese.

Un fascio di luce eruttò dalla vetrina del negozio e circondò il volto di Wei, immobile e impassibile come un sasso nel deserto. D'un tratto una voce proveniente dappertutto e da nessuna parte enunciò, "Benvenuto al Dark Matter Store 54 West Colorado Boulevard. Accedendo al servizio Matter-Quick lei ci autorizza al trattamento personale dei suoi dati contenuti nella banca informazioni governativa per scopi sondaggistici e pubblicitari. Prego, attendere."

Tiago aveva le braccia conserte. Non riusciva a capire cosa stessero facendo lì impalati.

La voce automatica riprese improvvisamente a parlare.

"Bentornato signor Bernard Pascal. Siamo lieti di comunicarle che ha accumulato un totale di centododici punti Matter-Trust. Selezioni..."

Wei si allontanò dalla vetrina e il fascio di luce si spense all'istante. Aveva un enorme sorriso stampato sul volto.

"Fatto. Possiamo andare."

"Aspetta un attimo!" Tiago stava indicando la vetrina. "Non ti ha appena chiamato Bernard Pascal?"

"E allora?"

"E Wei Wang che cos'è? Il tuo nome in incognito? Bernard Pascal è il tuo vero nome?"

"Dico, ti sembra abbia la faccia di un Bernard Pascal?" Wei indicò i suoi occhi a mandorla. "Certo che no. È il nome che appartiene al suo legittimo proprietario in Francia."

Tiago guardò il ragazzino che gli stava indicando le lenti a contatto.

"Due più due?" disse Wei rimettendo a posto lo specchio e le lenti.

"Whoo, whoo, aspetta un attimo! Vuoi dire che hai impresso l'impronta reticolare di un tizio che vive in Francia su quelle lenti a contatto?"

Wei proiettò indice e pollice verso il cielo, simulando una mitragliatrice che centra un aereo nemico. "Colpito e schiantato!" disse trionfante.

Tiago era senza parole. Non riusciva neppure a capire come fosse possibile una cosa del genere. Quella che alcuni chiamavano industria dell'informazione reticolare era nata da pochissimo tempo e i servizi e la tecnologia a essa collegati erano scarsamente diffusi. Qualche giorno prima, la sua università stava discutendo la possibilità di creare un corso incentrato su quest'affascinante e ancor poco conosciuta materia. Eppure si rendeva conto, mentre guardava sgomento l'Onniologo, di aver appena assistito a una vera e propria rapina informatica perpetrata con quella tecnologia. Wei non aveva rubato soldi, certo, ma aveva comunque rubato qualcosa di valore: informazioni.

Tiago si passò una mano sul collo. Si accorse che stava sudando.

Non riusciva ancora a credere che fosse successo davvero. Voleva esprimere il suo stupore, chiedere come diavolo avesse fatto, ma ad un tratto si accorse dell'altra notevole implicazione di quanto appena visto.

"Tutto questo è illegale," disse Tiago, abbassando la testa e guardandosi attorno.

"Illegale," ripeté Wei, liquidando il suo tono preoccupato con un veloce gesto della mano. "La parola giusta è 'fantastico'."

"Ti rendi conto di aver appena commesso un reato?"

"Cerca di non fartela sotto, Heidi."

Tiago si avvicinò all'Onniologo. "Una telecamera potrebbe averti ripreso... potrebbe *averci* ripreso."

"Rilassati."

"Non è divertente. *Affatto*."

"Non ci credo," Wei si girò verso il ragazzo mentre riprendeva a camminare. Sembrava sorpreso e infastidito allo stesso tempo. "Ma che razza di giornalista sei? Oh, scusa, *quasi*-giornalista."

"E questo che vorrebbe dire?"

"Pensi che farai i tuoi migliori scoop in maniera legale? Ricatto, raggiro, furto, estorsione, favoreggiamento, sono tutti strumenti indispensabili nel bagaglio di un qualsiasi premio Pulitzer."

Tiago si sentì punto nell'orgoglio. Come osava quel nanerottolo fargli un discorso simile?

"Ti faccio presente che il giornalista è un professionista decoroso, indipendente e rispettato."

"Lo era anche il creditore privato ai tempi dei Romani, sai quello che chiedeva un interesse intorno al quindici percento sui prestiti? Oggi lo chiamano usuraio."

"È socialmente utile e soprattutto *legittimo*," insistette Tiago, sotto-lineando l'ultima parola.

"Come lo erano i boia," gli fece presente Wei, aumentando il passo.

Tiago si sentiva come nel bel mezzo di una partita a ping pong nella quale perdeva immancabilmente ogni battuta. Il ragazzino sembrava semplicemente un passo avanti a lui.

"È questa la strategia che hai adottato con tutti gli altri 'pappagal-li'?" chiese Tiago senza darsi per vinto. "Li hai semplicemente condotti all'esasperazione?"

"Stai scherzando? Tu sei il primo che ha l'onore di parlarmi. Ti faccio presente che se non ti avessi avvicinato io, saresti ancora a brucare erba. Ora smettila di frignare, dobbiamo entrare in quel ristorante."

Wei si era fermato. Sull'insegna che gli stava indicando c'era scritto a grandi lettere: *Sapori&Sentimenti*.

"Hai fame?" chiese improvvisamente Wei.

Tiago non mangiava da un bel pezzo. Un inconfondibile brontolio proruppe dal suo stomaco.

"Vuoi fermarti a mangiare qui?" chiese Tiago, un po' sorpreso.

"Ho alcune faccende da discutere con il proprietario," rispose Wei controllando il suo orologio. "Nel frattempo chiederò allo chef di prepararti qualcosa."

"Davvero?" Tiago mise le mani sui fianchi. "Parli come se questo posto fosse tuo."

"Non essere ridicolo," disse Wei, mostrando i piccoli denti spor-genti. "Ho solo dodici anni." Afferrò la maniglia ma non aprì la porta. "Oh, già. Quasi dimenticavo. Lo chef di qui, Tonio, è un tipo un po' particolare. Tienilo a mente, per favore."

"Che intendi con 'particolare'?"

"Beh, non fraintendermi, è un tipo geniale. Personalmente penso sia il cuoco migliore che abbia mai incontrato, ma... sai, ha quella che potresti chiamare una sensibilità tutta italiana." Wei annuì, come se stesse cercando le parole giuste. "Ci sono state alcune incompren-sioni dove lavorava prima. E ci sono storie..." Wei s'interruppe.

Tiago lo incoraggiò ad andare avanti. "Che storie?"

"Diciamo che il suo ex-capo non ha apprezzato alcune ricette. Sembra che Tonio non l'abbia presa molto bene."

"Ti decidi a dirmi che cosa ha fatto?"

"Sembra... beh, sembra abbia riempito di catrame la macchina del proprietario." Wei cercò gli occhi di Tiago, quindi proseguì, "Con il proprietario dentro."

Tiago fece per dire qualcosa ma dalla bocca aperta non uscì alcun suono.

"Beh, comunque tu tieni un basso profilo, va bene?"

Prima che potesse replicare Wei aveva spalancato la porta, fatto un paio di passi in avanti e allargato le braccia a mo' di saluto.

"Zio Matthew!" urlò l'Onniologo con tutto il fiato che aveva in gola.

Tiago trasalì. Entrò appena in tempo per vedere un uomo sulla cinquantina in giacca e cravatta che stava correndo verso di loro.

"Disgraziato! Ma tu mi fai penare!"

L'uomo, un armadio di due metri per uno, abbracciò Wei, sollevandolo da terra con un braccio. Il ragazzino rideva come un matto.

Tutti i clienti si erano girati a guardare la scena.

Quando fu di nuovo per terra, Wei indicò Tiago.

"Zio Matthew, questo è un carissimo amico che mi è venuto a trovare da lontano. Ha fame. Glielo diamo qualcosa da mangiare?"

Tiago non disse nulla. Esibì una smorfia stupida che avrebbe voluto spacciare per un sorriso e agitò la mano in segno di saluto.

Il proprietario del ristorante lo valutò con molta attenzione. Alla fine fece un mezzo inchino e tese la mano.

"Matthew Bonati, per servirti. Gli amici di Wei sono amici miei."

"Tiago Melo, è un piacere," riuscì a dire il ragazzo, sorridendo al gigante.

Matthew fece schioccare le dita due volte.

"Rodolfo!" chiamò, girandosi verso la sala.

Uno dei camerieri corse all'istante verso di lui. Il proprietario indicò Tiago.

"Mi prepari il ventiquattro per il nostro ospite speciale," ordinò

Matthew, mettendo una mano sulla spalla del cameriere. "Mi dici pure a Tonio di preparare qualcosa di appropriato per l'amico Tango, qui."

Tiago alzò un dito e aprì la bocca. Guardò Wei, che stava scuotendo la testa, quindi abbassò il dito e chiuse la bocca, rassegnandosi all'italianizzazione del suo nome.

Matthew sorrise a Tiago e a Wei, quindi abbassò un tantino la voce e continuò a dare istruzioni al cameriere.

"Poi mi vai al quarantuno e mi pulisci quella monnezza sotto il tavolo, intesi? Chop-chop! Vai, dai, che ti pago a ora, non a minuto."

Rodolfo accusò ricevuta e invitò Tiago a seguirlo.

"Ci vediamo fra un'ora," lo salutò Wei mentre si avviava nella cucina con il proprietario. "Buon appetito."

Tiago venne fatto sedere al tavolo con la vista migliore in tutta la sala. Il posto era molto ben curato, pulito ed elegante. Si accorse solo in quel momento di essere dentro un ristorante di lusso.

"Signor Tango," lo chiamò Rodolfo con uno spiccato accento castigliano. "Ha allergie di cui dovrei avvertire lo chef?"

"Tiago. Il nome è Tiago. No, nessuna allergia."

Rodolfo assentì mentre prendeva da un tavolo vicino una cesta di pane e un piattino d'olio, poggiandoli con eleganza professionale alla sua destra.

"Signore, un po' di pane con cipolle caramellate e bruschette di pomodori con olio di oliva."

"Wow, grazie Rodolfo." Tiago annusò il contenuto e sorrise.

"Per servirvi signore. Questa è la lista dei vini. Il nostro sommelier..."

Tiago scosse la testa. "No, grazie Rodolfo, sono astemio."

"Prego signore? Come dice?"

"Oh...dicevo, sono astemio, non bevo alcol."

Rodolfo ripeté la parola 'astemio' come se la sentisse per la prima volta.

"Solo acqua?" chiese, come per avere un'ulteriore conferma.

"Sì, per favore."

Tiago iniziò a mangiare mentre il cameriere riempiva il bicchiere con un po' d'acqua gassata.

"Signore, lo chef Tonio voleva sapere se preferisce un menù di terra, di mare o vegetariano?"

"Va bene qualsiasi cosa decida lui."

Rodolfo annuì e sparì nella cucina. Mentre aspettava, Tiago ispezionò il menù di un tavolo a fianco. Non riuscì a trovare nulla che costasse meno di trenta dollari, eccetto l'acqua.

"Signore, polpettine di gambero e calamaro con salsa di formaggio dolce. Gradisce un po' di pepe?"

"Sì, sarebbe fantastico, grazie."

Quello che seguì fu probabilmente il miglior pasto della sua vita. Non riusciva a pronunciare neanche la metà delle cose che Rodolfo gli proponeva ma erano tutti piccoli capolavori. Wei aveva ragione, dopotutto. Lo chef poteva anche essere uno psicopatico, ma sapeva il fatto suo in cucina.

"Tra un momento lo chef Tonio verrà per accertarsi che tutto sia stato di suo gradimento," disse d'un tratto Rodolfo, mentre raccoglieva alcune briciole dal tavolo.

Tiago si strozzò con l'acqua che stava bevendo.

"Signore, va tutto bene?"

"Bene... bene, grazie Rodolfo," disse Tiago tossendo, mentre si puliva la bocca con un tovagliolo. Mr. catrame stava arrivando? Il ragazzo cominciò a sudare.

In quel momento sbucò dalla cucina un uomo magrissimo, sulla quarantina, senza barba e senza capelli. Aveva due enormi occhi sporgenti e bulbosi, un mento affilato e un naso così lungo che sarebbe stato squalificato in un incontro di scherma.

"Tonio, per servirti," si presentò lo chef.

"Catram... Tiago! Tiago Melo," disse il ragazzo, asciugandosi la mano sudata sui pantaloni e porgendola allo chef. "È un piacere, signore."

"Tonio," disse l'altro, sorridendo. "Dammi del tu. Allora, come ti è sembrato..."

"Non ho mai mangiato così bene in vita mia," lo precedette il ragazzo, indicando il tavolo sgombro. "I suoi piatti... i tuoi piatti sono dei capolavori. Opere d'arte. Se esistesse un premio Nobel per la cucina... Voglio dire..."

Tonio squadrò Tiago. "Wei ti ha raccontato la storia del licenziamento, vero?" chiese, aggrottando la fronte.

"Cos-? No... È che... Wei ha detto... No, no. Assolutamente no."

Una pausa.

"Sto per vomitare," ammise infine Tiago, massaggiandosi lo stomaco.

Tonio esplose in una fragorosa risata.

Quando ebbe finito, si asciugò gli occhi e disse, "Sì, è tipico di quel criminale. Guarda, non ho mai fatto nulla del genere, giuro." Lo chef si mise una mano sul petto, continuando a sorridere.

"Vuoi dire che non hai mai annegato il tuo capo nel catrame?" Tiago si accorse solo quando ebbe finito la frase di quanto suonava stupida.

Tonio rise ancora. "Stavolta era catrame? Quel teppista trova modi sempre nuovi per raccontarla."

Il cuoco si sedette lì vicino mentre presentava a Tiago il dessert che Rodolfo gli stava porgendo.

"Sorbetto di limone e menta con scaglie di arancia caramellata."

Tiago ringraziò. Prese il cucchiaio e lasciò che i sapori si confondessero per qualche secondo nella sua bocca prima di deglutire. Fu come se le sue papille gustative urlassero di gioia. Ancora una volta il piatto superò tutte le sue aspettative.

"Fenomenale," mormorò Tiago, complimentandosi con lo chef. "Ogni boccone è una benedizione, davvero. Se posso chiederlo, come fai a preparare cose così... beh, eccezionali?"

"Non lo so," rispose Tonio alzando le spalle.

"Voglio dire," precisò Tiago guardandolo con profondo interesse. "Dove hai studiato? Da quanti anni pratichi?"

"A dire il vero ho cominciato questo lavoro nove mesi fa."

Tiago si pulì la bocca. "Vuoi dire che hai cominciato a lavorare *qui* nove mesi fa," lo corresse.

"Oh no, hai capito bene. Prima facevo l'impiegato. È l'unico lavoro che ho fatto negli ultimi quindici anni."

Tiago guardò lo chef senza capire se stesse scherzando o facendo sul serio.

"Stai dicendo che non hai mai esercitato questa professione prima d'ora?"

"Ho finito il mio corso serale esattamente un anno fa. Prima l'unica cucina nella quale ero autorizzato a mettere piede era quella di casa mia."

Tiago si mosse sulla sedia. "Scusa, non credo di afferrare bene. Voglio dire, i tuoi piatti sono davvero eccezionali... sul serio. Mi aspettavo che per questo genere di cose ci volessero anni, se non decenni."

"Dicono che sia proprio così," affermò Tonio massaggiandosi il mento.

Ci fu un momento di silenzio. Tiago finì il sorbetto e posò il cucchiaio.

"Hai detto che eri un semplice impiegato. Prima, intendo," disse Tiago puntando un pollice dietro le spalle. "Cosa ti ha convinto a indossare il grembiule?"

"Wei," rispose Tonio senza esitazione. "È stato quel disgraziato a convincermi, a trasformare quello che io credevo un hobby nel sogno della mia vita. Prima non ho mai creduto fossi tagliato per il lavoro."

"*Wei* ti ha convinto?"

"Convinto a licenziarmi da quel deprimente lavoro e a prendere il mio diploma. Mi ha perfino presentato a Matthew che mi ha assunto su sua raccomandazione."

Tiago annuì, cogitabondo. Tonio sembrava il tipo di persona che amava parlare. Se solo fosse riuscito a fare le domande giuste...

"Da quanto è aperto questo ristorante?" chiese il ragazzo, cercando di mantenere un tono casuale.

"*Sapori&Sentimenti*? È piuttosto recente, non ha neppure tre anni." Tonio accavallò le gambe e si guardò intorno. "Matthew mi ha raccontato che quando ha aperto era poco più di un'osteria. Poi ovviamente sono arrivati Wei e i suoi magici consigli."

"Magici consigli?" ripeté Tiago, allungando il collo.

"Beh, da quanto mi hanno detto qui al ristorante, *Sapori&Senti-menti* non sarebbe quello che è oggi senza di lui. Non mi chiedere come, ma in qualche modo Wei ha messo in contatto Matthew con le persone giuste, gli ha introdotto la migliore clientela, suggerito come spendere e su cosa risparmiare. Ha letteralmente rivoluzionato questo posto."

Tiago aggrottò la fronte. "Davvero? Stai sempre parlando del dodicenne in t-shirt e sneakers?"

Tonio annuì. "L'unico e inimitabile."

"Guarda, non ti dico che... Va bene. La verità? È un po' difficile credere a una cosa del genere. Sembra tu stia parlando di un super manager, non di un ragazzino la cui idea di trasporto è una bicicletta. Wei è sveglio e intelligente, nulla da dire al riguardo, ma..." Lasciò la frase in sospeso, esibendo un sorriso scettico.

Tonio avvicinò la sedia al tavolo. "Non prendiamoci in giro, ragaz-zo," disse. "Se Wei ti ha portato qui significa che si fida di te e che lo conosci almeno quanto lo conosco io."

Tiago annuì, serio, anche se conosceva Wei da poche ore. Sentì il cuore battere più velocemente e il sudore sgusciare via dalla fronte. Quella conversazione si stava riscaldando. Sentiva odore di rivela-zioni nell'aria.

"Quel ragazzino ha qualcosa di speciale," continuò a bassa voce lo chef guardandolo negli occhi, "questo lo capisci appena inizi a parlarci, non è un segreto. Ma non è solo dannatamente precoce, colto e mostruosamente intelligente. È il modo in cui legge la gente come se fosse un libro aperto che ti fa davvero riflettere. A volte, quando lo vedo parlare con altre persone, mi corre un brivido lungo la schiena. Dovresti vedere il modo in cui tutti sembrano pendere dalle sue labbra." Tonio si guardò intorno. Incrociò le braccia e indicò con un cenno della testa la cucina, dove Wei e Matthew erano entrati.

"Vuoi la mia opinione spassionata?" disse, piantando entrambi i piedi per terra. "Quel ragazzo ha un dono."

"Sì, lo so. Ho visto cosa può fare con la sua parlantina..."

Tonio alzò una mano e scosse la testa. "Dimentica il suo cervello. Ci sono altri là fuori più giovani, intelligenti, precisi e veloci di lui.

No, Wei è speciale per un altro motivo. Qualcosa di molto meno visibile. Quel moccioso ha il dono di trovare talento. Sembra si senta in dovere di trovare persone speciali e insospettabili, persone che possono fare la differenza. Il suo dono è trovare questa gente e... non so come spiegarlo con parole ma, beh, una volta trovate, la sua magia è *attivarle*."

"Parlandoci francamente, sembra si senta anche in dovere di fare un bel po' di soldi," disse Tiago senza perdere di vista gli occhi del suo interlocutore. "Ho visto cosa ha fatto in uno dei suoi 'show' mattutini, su a Queensberry. Sai di cosa sto parlando? Hai un'opinione anche su quello?"

"Ti riferisci ai suoi piccoli sfoggi di conoscenza?"

Tiago annuì.

"Sì, quello è uno dei suoi passatempi preferiti, a quel che mi dice."

"Un passatempo remunerativo," disse Tiago, sfregando pollice e indice. "Ha macinato dieci dollari ogni dieci secondi per circa un'ora. Non vedo alcun interesse ad aiutare nessuno fuorché sé stesso in quel caso."

Tonio scosse la testa mentre puliva la tovaglia da alcune briciole. "Fidati," disse, "i soldi lì c'entrano poco. Il teppista ha una dozzina di altri modi per farne di più in meno tempo."

Tiago non replicò. Sentiva che la conversazione stava prendendo una piega decisamente interessante. Lasciò che lo chef andasse avanti a parlare e nel frattempo frugò senza dare nell'occhio in una delle sue tasche.

"Prendi *Sapori&Sentimenti*, per esempio," proseguì Tonio. "Ogni settimana Matthew mette in cassaforte una busta paga intestata al signor 'Nessuno'. Lui e Wei sono gli unici ad avere la chiave di quella cassaforte."

"E a quanto ammonterebbe questa busta paga?"

"Non so a quanto potrebbe ammontare una busta paga che non esiste," precisò Tonio muovendo una mano, come a scacciare del fumo invisibile, "ma sono sicuro che hai dato un'occhiata al menù di questo posto."

"Capisco," disse Tiago, grattandosi la testa. "Mi chiedo allora per quale motivo il signor 'Nessuno' stia usando tutte le sue doti per aiutare chi ne ha bisogno, come dici tu, e allo stesso tempo per fare un mucchio di soldi."

"Stai attento a non farti confondere dalle apparenze. I soldi sono soltanto un mezzo per raggiungere un obiettivo. Wei ha un obiettivo, questo è sicuro come il sole che sorge, ma il denaro è solo parte della risposta. Quel disgraziato ama circondarsi di persone utili, con potenziale, ma allo stesso tempo bisognose di aiuto. Guarda me e Matthew, per esempio. Matthew era sull'orlo della bancarotta prima che Wei arrivasse, ed io ero infelice di una vita che non mi dava niente di importante. Ho intenzione di restituire il favore quando lui mi chiederà di farlo. Glielo devo, così come glielo deve Matthew."

"Ha fatto un ragionamento simile anche con me," disse Tiago, guardando lo chef, "ma non ho la minima idea di cosa voglia. Non ho niente di speciale da offrirgli."

Tonio scosse la testa. "Se oggi sei qui significa che anche tu hai una qualche importanza per lui. Questo fa di te una persona speciale in qualche..."

"Tiago Silva Abreu Melo!" Una voce squillante interruppe la loro conversazione. "Hai finito d'ingozzarti? Dobbiamo andare!"

Tiago vide Wei aprire la porta del ristorante e uscire senza dire altro. Si alzò di scatto dalla sedia e porse la mano allo chef, che la strinse.

"Grazie di tutto," disse Tiago.

"Non c'è di che." Poi Tonio aggiunse, "Non sei di qui, vero?"

"Los Angeles," rispose Tiago.

"Ti stai godendo il giro turistico?"

"Diciamo che più di un turista mi sento un tassista, al momento. Comincio a sospettare che gli servisse soltanto un mezzo di trasporto a buon mercato."

"È una buona cosa," affermò lo chef, annuendo.

"Davvero?" chiese Tiago, posando il tovagliolo sul tavolo. "Sicuramente lo è per lui. Si è rimediato un autista per il resto della giornata."

"No," Tonio scosse la testa, "significa che gli piaci davvero."

"Ti vuoi muovere?" urlò Wei da una delle finestre lì vicino.

"Sembra proprio di sì," disse Tiago, facendo una smorfia. Dopo aver fatto un cenno a Rodolfo si avviò velocemente verso l'uscita.

"Finalmente!" esclamò Wei quando la porta del ristorante fu chiusa. "Siamo in ritardo, lo sai? Chop-chop!"

Tiago lo raggiunse velocemente.

"Sai, ho avuto una conversazione molto interessante con Tonio," disse, indicando il ristorante.

"Sono sicuro," rispose Wei. "Quel mangiaspaghetti è un chiacchierone."

"Vorrei farti alcune domande."

"Non vedo perché no."

"Davvero? Bene. Tonio mi ha parlato un po' di te... dei tuoi interessi, di quello che hai fatto per lui e per Matthew. Sembra tu stia utilizzando le tue doti per creare una specie di... rete di persone fidate. È così?"

Wei attraversò la strada mentre controllava l'orologio. Sembrò ignorare del tutto la domanda.

"È così?" ripeté Tiago.

L'Onniologo continuò semplicemente a camminare, senza neppure guardarlo.

"Vuoi degnarti di rispondere?"

"Rispondere?" domandò Wei, girandosi improvvisamente verso il ragazzo. "Pensavo si fosse parlato di domande. Puoi farmi tutte le domande che vuoi."

"Vuoi dire che non risponderai?"

"No," disse sorridendo Wei. "Visto? Ho risposto."

Tiago si fermò di scatto poco prima che raggiungessero la sua motocicletta. Wei lo fissò senza capire.

"Non ho motivi per continuare questa pagliacciata se non ne ricavo qualcosa. Lo capisci?" disse Tiago, infilando le mani in tasca.

Wei si avvicinò al ragazzo e lo fissò dritto negli occhi. "Capisco," disse, "che, da quando sei uscito da quel ristorante, ne sai di più sul mio conto di quanto ne sapessi stamattina partendo da Los Angeles, rincorrendo semplici voci. Capisco che continuando a seguirmi potresti annusare da altre parti e dare risposte ad altre domande. Ma capisco anche che non ti piaccia l'idea di fare da chauffeur a un dodicenne e che probabilmente tu abbia cose migliori da fare che cercare di svelare il mistero dell'Onniologo."

Wei si fermò giusto in tempo per alzare le mani e indicare la motocicletta parcheggiata lì vicino. "Ora devi decidere se salire su *questa* e tornare a casa o continuare a raccogliere materiale per il tuo Pulitzer. La scelta è tua."

Tiago sapeva che il suo bluff era stato smascherato ancora prima che Wei finisse di parlare. Il ragazzo tolse le mani dalle tasche, si avvicinò alla motocicletta e accese il motore. "Dai, sali," disse.

Wei accennò un sorriso e salì sul mezzo. "Vai dritto e svolta a sinistra quando te lo dico io."

CINQUE MINUTI dopo si trovavano di fronte a un edificio non molto alto, nel bel mezzo del distretto finanziario.

Appena entrati, Wei chiese informazioni alla reception.

"Quarto piano," disse, indicando a Tiago le scale.

Una volta saliti, Wei si fermò davanti a un bagno.

"Aspetta qui, torno subito." Ciò detto, estrasse dallo zainetto una busta di plastica ed entrò.

Qualche minuto dopo l'Onniologo tornò completamente rivestito: camicia, giacca, cravatta e scarpe nere. Mise i vecchi abiti nello zainetto mentre Tiago lo stava studiando con interesse.

"Non fare domande," lo precedette Wei, mettendosi l'indice sulle labbra.

"Fare domande è il mio lavoro," ribatté Tiago, "e una risposta non costa niente. Mi andrebbe bene anche una bugia. Una bugia è qualcosa su cui posso lavorare."

"Ci sono risposte che vanno guadagnate."

Tiago sbuffò, frustrato. Poi indicò la cravatta verde e gialla che l'Onniologo si stava sistemando. Era una cravatta molto particolare, liscia e lucente. Sembrava uscita da un cartone animato.

"Ken non sarà felice di sapere che hai frugato nelle sue cose," lo stuzzicò Tiago.

"Un fan di Barbie," annunciò Wei, mettendosi le mani sulle guance e guardandosi attorno, come se si stesse rivolgendo a un pubblico immaginario. "Ora mi spiego molte cose."

Il ragazzino mise una mano sul fianco, si rigirò un dito nei capelli e lo superò ancheggiando come una modella su una passerella. Tiago scosse la testa mentre lo seguiva.

Si trovarono presto davanti a una porta di legno. Wei bussò e la porta venne aperta quasi immediatamente. Comparve una signora di mezza età con grossi occhiali e guance cadenti che li invitò a entrare.

I due furono accompagnati in una sala d'attesa vuota con una televisione accesa.

"Il signor Banks la riceverà a momenti," disse la donna.

"Grazie," risposero all'unisono.

Quando la segretaria li lasciò da soli, Tiago disse, "Posso almeno sapere che ci facciamo qui?"

"Devo sbrigare una faccenda," tagliò corto Wei, lisciandosi la cravatta.

"Di che faccenda si tratta?"

"Se te lo dico, poi devo farti fuori," rispose serissimo Wei, guardandolo negli occhi.

"Io ci ho provato," disse Tiago alzando le sopracciglia. "Per amor di conversazione, penso sia giusto tu sappia che la giacca va sbottonata quando ci si siede. Visto che vuoi sembrare un adulto, tanto vale comportarsi come tale."

Wei fissò la sua giacca, piegata in modo irregolare all'altezza dello stomaco. "Questo è il mio stile, Barbie-boy," rispose facendogli l'occhiolino.

Tiago fece per replicare ma la donna che li aveva accolti entrò in quel momento nella stanza.

"Il signor Banks è pronto a riceverla," disse. "Prego, da questa parte."

Wei seguì la segretaria, chiudendosi la porta dietro di sé.

Tiago si trovò a fissare annoiato le pareti della stanza.

Alla televisione stavano trasmettendo un documentario sulla recente espansione di un'organizzazione chiamata LAND. Al momento stavano intervistando un certo Spine Woodside, un uomo alto e avvenente con il sorriso più largo che Tiago avesse mai visto. Sul petto aveva una spilla che mostrava un uomo e una donna inginocchiati ai lati di una sfera che conteneva i quattro elementi. Tiago immaginò fosse la Terra.

Senza aver nulla di meglio da fare, per la successiva mezz'ora Tiago ascoltò il commentatore descrivere l'opera di proselitismo che i cosiddetti landisti stavano portando avanti in California, Texas, Washington, D.C. e Florida. L'ultima scena mostrava una dozzina di landisti urlare slogan all'interno del Kennedy Space Center, a Cape Canaveral, e venire portati via dalla sicurezza.

Wei uscì poco dopo dall'ufficio del signor Banks.

"Fatto," sbuffò, apparentemente esausto. Si tolse la cravatta. "Possiamo andare."

Tiago seguì controvoglia l'Onniologo mentre dava un'ultima occhiata allo schermo che proponeva nuovamente Spine Woodside.

Una volta nel corridoio, Wei si fermò in bagno per cambiare nuovamente i vestiti. Uscì dopo pochi minuti, ancora intento a infilarsi la maglietta.

"Bello," disse Tiago, indicando lo strano ciondolo a forma di otto che Wei aveva intorno al collo. "Perché otto?"

Wei guardò il ragazzo, come se non capisse di cosa stesse parlando. Poi vide il ciondolo e il suo volto impallidì all'istante. Se lo mise frettolosamente sotto la maglietta.

"Non è un otto, imbecille," disse in tono acido, per poi superarlo senza guardarlo negli occhi.

Tiago sorrise. L'Onniologo era imbarazzato, pensò, incuriosito. Doveva scoprire di più su quel ciondolo.

Quando furono usciti dall'edificio, il sole del tardo pomeriggio stava continuando la sua parabola discendente.

"Prossima destinazione?" chiese Tiago montando sulla moto-cicletta.

"Aspetta un secondo qui," disse l'altro. "Prendo una cosa e torno."

Tiago spense il motore e attese, guardando il suo cellulare.

Wei tornò non molto tempo dopo stringendo in mano un grosso mazzo di fiori.

"E questi?" chiese Tiago, odorando l'aroma.

"Per la mia ragazza."

"Oh... hai una ragazza?"

"Qualcosa da ridire?"

"No," disse Tiago, allargando le braccia, "e nessun commento da fare al riguardo. Andiamo allora, non vorrai fare aspettare la tua principessa."

Wei salì a bordo e sistemò il mazzo di fiori in modo che non si rovinasse.

"Siamo in ritardo pauroso," disse Wei, guardando il suo orologio. "Vámonos."

Tiago accese il motore e partì. "Allora," disse, fermandosi davanti a un semaforo, "come si chiama la tua bella?"

"Evangeline," rispose immediatamente Wei. Il tono della sua voce, notò Tiago, era cambiato radicalmente. Da acido e sprezzante a lento e pacato.

"Che tipo è?" chiese Tiago, mentre superava una macchina.

L'Onniologo seguì con lo sguardo una nuvola, quindi sorrise. "Alta e magra, capelli e pelle chiara, occhi color mare," disse con voce sognante. "È insieme spiritosa, intelligente, solare, affascinante e incredibilmente dolce. Adora i cheeseburger, i cieli stellati, le colazioni abbondanti, il profumo di gerani, i quadri di Monet e le notti di luna piena. Sai, ha un talento naturale per..."

Tiago sorrideva mentre ascoltava l'Onniologo descrivere con eccitazione crescente Evangeline in tutti i suoi particolari. Per la prima volta da quando lo aveva incontrato si ricordò che, dopotutto, Wei era un preadolescente e, quando si parlava di ragazze, non era affatto diverso dalla maggioranza dei suoi coetanei. Sembrava quasi normale.

"Ci siamo," disse Wei toccando Tiago su una spalla e indicandogli una casetta dipinta di bianco.

Tiago si fermò e parcheggiò sul bordo della strada.

Wei scese dal veicolo e si guardò nello specchietto, tentando di domare i capelli ribelli.

"Come sono?" chiese, esitante.

"Agitato, insicuro e dannatamente divertente," rispose Tiago, stuzzicandolo.

Wei fece uno strano verso mentre fissava la casa.

Tiago stava contemplando una persona completamente diversa dall'Onniologo tagliente, geniale e impietoso che aveva imparato a conoscere. In quel momento gli sembrava un semplice ragazzino impacciato, desideroso solo di fare una buona impressione.

Quando furono davanti alla porta, Wei fece un profondo respiro e mise bene in vista il suo mazzo di fiori. Bussò tre volte.

"Michelle mi scuoierà vivo," disse Wei a voce bassissima, incurante dello sguardo interrogativo che Tiago gli stava lanciando.

La porta non fu aperta, ma quasi scaraventata via dai cardini. Una donna di colore, con capelli lunghi e crespi, un seno largo e pieno e due mani grosse quanto guanti da baseball li accolse con gli occhi iniettati di sangue.

"Tu," sibilò la donna, indicando l'Onniologo con un pugno. Una grossa vena bluastra sporgeva dalla fronte. "Sei in ritardo."

"Accidenti, lo so Michelle, scusa!" Wei sembrava sul punto di mettersi in ginocchio e implorare perdono. "Ho avuto qualche imprevisto. Ho cercato di sganciarmi il prima possibile, ma... Guarda, ho preso questi per..."

"Fammi vedere," disse Michelle, strappandogli di mano il mazzo di fiori.

"Rose, tulipani, margherite, lillà..." scandì, ispezionando il regalo dell'Onniologo, "... e gerani rossi," concluse.

Ci fu un lungo momento di silenzio. Tiago era sicuro che la donna avrebbe gettato per terra il mazzo di fiori, calpestandolo senza pietà.

"Almeno sai come farti perdonare," disse invece Michelle, mostrando una fila di denti bianchissimi. La vena si assottigliò e il suo sguardo si fece più gentile. "Sbrigati a passare, teppista, prima che cambi idea."

Wei sospirò, quindi indicò il compagno.

"Questo è un mio amico. Tiago, Michelle. Michelle, Tiago."

I due si strinsero la mano.

"Questo sarebbe il ragazzo di cui mi parlavi?" chiese la donna, squadrando Tiago da capo a piedi. Wei rispose con un cenno della testa.

"Va bene," disse Michelle scansandosi dalla porta e lasciandoli entrare.

"È sveglia?" chiese Wei, superando un piccolo salotto pieno di fiori, quadri e libri e avviandosi su per le scale.

"L'ultima volta che ho controllato stava dormendo," rispose Michelle fissando il ragazzo di Los Angeles e indicandogli le scale.

Tiago si avvicinò più che poté a Wei, cercando di non farsi sentire da Michelle.

"Il ragazzo di cui gli hai parlato?" sussurrò al suo orecchio.

Wei non rispose e continuò a camminare. In cima alle scale, si trovarono di fronte una semplice porta giallo ocra. Wei si sistemò meglio i capelli. Inspirò, espirò e inspirò nuovamente.

Tiago non capiva cosa stesse succedendo. Più che andare a trovare la ragazza, Wei sembrava sul punto di iniziare una maratona. Alla fine, deglutendo a fatica, Wei mise la mano sul pomello e aprì la porta. Tiago varcò la soglia seguito da Michelle.

La stanza semibuia in cui si ritrovarono pulsava di luci rosse, blu e gialle. Oloposter sparsi sul soffitto e sulle pareti proiettavano immagini e suoni pacati che facevano sembrare l'ambiente un antico santuario.

Tiago impiegò qualche secondo prima di mettere a fuoco le forme che lo circondavano, ma alla fine riconobbe alcuni degli oggetti evanescenti che vorticavano tutt'intorno: pianeti, comete, asteroidi, nebulose e stelle. Il ragazzo aveva tutta l'impressione di essere di fronte allo spettacolo offerto da un planetario, se non meglio. Erano le proiezioni tridimensionali più nitide che avesse visto in vita sua.

Wei attraversò quella che doveva essere una riproduzione di Saturno e si avviò velocemente nell'angolo più appartato della stanza. Le riproduzioni tridimensionali erano talmente tante che a volte si sovrapponevano a vicenda, confondendosi con le forme e i profili degli oggetti reali. Mentre seguiva l'Onniologo, Tiago rischiò di inciampare due volte.

"Stai attento al tavolo," lo avvertì appena in tempo Michelle.

"Grazie," disse il ragazzo schivando all'ultimo momento uno spigolo. Evitò anche la scia di una cometa apparsa alla sua destra. Tiago guardò la cometa attraversare metà stanza per poi rimbalzare sulla parete. Scosse la testa, confuso. Di certo l'aveva immaginato. Gli oloposter erano decorazioni spesso usate in feste e ricevimenti o grandi raduni. Erano proiezioni tridimensionali di oggetti che si muovevano all'interno di una stanza, creati da un proiettore che poteva essere programmato a piacimento. Erano anche molto costosi, l'ultimo parto dell'industria dell'intrattenimento, ma non potevano certo rimbalzare sulle pareti.

"Cosa stai facendo?" chiese Michelle, indicando davanti a loro. "Wei sta aspettando."

Tiago si riscosse dai suoi pensieri e continuò a camminare.

Wei stava mettendo i suoi fiori in un vaso circondato da una piccola cintura di asteroidi. Stava canticchiando le note di una canzone che Tiago non riconobbe.

L'improvvisa esplosione di una supernova illuminò il volto pallido della ragazza che giaceva sul letto, silenziosa e immobile. Tiago avvicinò una mano alla bocca mentre metteva a fuoco i particolari che fino a quel momento erano rimasti nascosti dal meraviglioso e ingannevole spettacolo siderale.

Evangeline era malata, questo Wei non lo aveva incluso nella sua mirabile e spassionata descrizione. Il corpo gracile, le piccole vene che affioravano come una rete intricata di cavi e il volto assediato da ombre suggerivano a Tiago debolezza, tristezza e rassegnazione. Le sottili lenzuola bianche indicavano ai suoi occhi una gamba amputata all'altezza del ginocchio. Sul comodino una protesi coperta di polvere gli fece capire che Evangeline non lasciava quella stanza da un bel pezzo.

La sorpresa, presto sostituita da fastidio per l'omissione dell'Onniologo, si tramutò in vera e propria rabbia repressa. Per quale ragione non glielo aveva detto?

"Che cos'ha?" sussurrò Tiago rivolgendosi a Michelle.

"Osteosarcoma," disse Michelle, tirando su col naso.

"Cos'è?" Tiago non aveva mai sentito quella parola ma non gli suggeriva nulla di buono.

"È un tumore, un tumore maligno dell'osso."

"Un tumore? Perché... Voglio dire, qual è la causa?"

"Sconosciuta. Nessuno lo sa."

"Dio," si lasciò sfuggire Tiago guardando la figura insignificante che giaceva davanti ai loro occhi. "E lei è... Evangeline, voglio dire... Si rimetterà?"

Michelle non fece in tempo a rispondere. In quel momento gli occhi di Evangeline si aprirono. Wei le sorrise e disse, "Ma non ti stanchi mai di dormire?"

La ragazza si leccò le labbra aride e si schiarì la voce. Sembrava confusa e disorientata. I suoi occhi catturarono un'altra piccola esplosione, provocata dall'incontro di due comete. Solo a quel punto un sorriso impreziosì il suo volto.

"Mhmm..." Evangeline cercò di alzarsi, facendo leva sul gomito, ma Wei le mise gentilmente una mano sul petto. "Un po' d'acqua, prima."

Evangeline annuì e lasciò che Wei l'aiutasse a bere. Quando ebbe finito, l'Onniologo prese un fazzoletto dal comodino e le asciugò il mento.

"Come infermiera fai schifo," mormorò Evangeline, indicandolo con un dito scarno e bianco come il latte. Tiago si accorse che la ragazza stava tremando.

Wei le prese la mano tra le sue.

"Lo so, sono una frana," disse Wei, alzando le spalle. "Sono

ancora bloccato al Primo Soccorso. Respirazione bocca a bocca."
L'Onniologo alzò e abbassò le sopracciglia.

Evangeline sorrise. "Deficiente."

Wei continuò a tenere la mano della ragazza, quindi indicò
Tiago.

"Guarda, ti ho portato qualcuno."

Evangeline si accorse del ragazzo, che si sforzava di sembrare il
più naturale possibile. Dopo un lungo silenzio gli fece segno di avvicinarsi.

Maledicendo Wei tra sé e sé s'incamminò lentamente verso il
capezzale, insicuro sul da farsi. Nessuno gli aveva detto cosa aspettarsi, o come comportarsi.

Sorridere e basta? Porgerle la mano? Sorridere e porgerle la
mano? Tiago, pallido e sudaticcio, lanciò un'occhiata a Wei in cerca di
aiuto.

"Non sembri essere in gran forma," disse Evangeline guardando
Tiago.

Il ragazzo pensò che detto da qualcuno senza una gamba, pallido
come la morte e con problemi di respirazione quella suonasse come
una battuta.

"Tiago Melo," si presentò. Poi, temendo non fosse abbastanza,
abbassò la testa e piegò leggermente le ginocchia.

"Un inchino," disse Evangeline rivolgendosi a Wei. "Ecco qualcuno che conosce le buone maniere."

"Inchino? Io pensavo stesse per inciampare," disse Wei.

Da quella distanza Tiago vedeva meglio il volto adombrato della
ragazza. Seppur magra e alterata dalla malattia, non poteva avere
meno di sedici anni. Molto più matura di quanto si aspettasse. Aveva
una bandana che le copriva la testa, quindi non riuscì a vedere i
capelli. Anche se chiaramente malata e denutrita, Evangeline era una
ragazza che suggeriva un tipo di bellezza semplice e universale, come
la prima luce dell'alba.

"E così saresti tu," disse Evangeline.

Wei fece per dire qualcosa ma la ragazza alzò una mano.

"Lasciateci per qualche minuto. Vorrei parlare con lui. Da sola."

"Tesoro," intervenne Michelle, rimasta nella penombra. "Non credo sia..."

"Michelle, starò bene. Te lo prometto."

Wei si alzò dallo sgabello su cui era seduto e senza dire altro lasciò la stanza. Michelle guardò prima Evangeline e poi Tiago, quindi uscì, riluttante, chiudendosi dietro la porta.

"Siedi," disse Evangeline, indicando lo sgabello lasciato libero da Wei.

Tiago obbedì. Un'altra luce improvvisa, dovuta a chissà quale scontro tra proiezioni, illuminò nuovamente la stanza. Evangeline sorrise. Scintille di luce scarlatta illuminarono i suoi occhi color mare.

Solo allora Tiago si rese effettivamente conto di essere da solo, con una ragazza che combatteva la morte davanti a lui, circondato dalle meraviglie della galassia che si muovevano, brillavano ed esplodevano tutto intorno.

Qualcosa dentro di lui gli diceva che stava vivendo uno di quei momenti particolari dei quali si legge spesso in giro. Una di quelle rarissime situazioni in cui ti senti in un posto dove sai che non dovresti essere, con una persona che pensavi non avresti mai conosciuto e senza la minima idea di cosa fare.

"Ero sicura che avrebbe scelto una donna," disse Evangeline guardando il soffitto. "Mi ha sempre detto che raccontano le storie migliori, quelle più vere, che ti fanno venir voglia di rileggerle."

Tiago scosse la testa. "Mi dispiace, non capisco."

Evangeline si girò e lo guardò negli occhi.

"Non farci caso. Raccontami di te. Studi? Lavori?"

"Studio all'USC Annenberg da..."

"Non posso crederci," lo interruppe Evangeline, stupita. "Sei un pappagallo?"

"Temo di sì," rispose Tiago con fare grave. "Non ho idea di cosa voglia dire o perché mi chiamino così, ma è il mio secondo nome da quando sono qui."

Evangeline alzò le spalle. "Sai, è la parola che usiamo per i tipi come te. Giornalisti, curiosoni, paparazzi, eccetera, eccetera."

"Capisco."

"Wei architetta modi sempre nuovi per evitarli, specialmente da quando ha deciso di... beh, di farsi maggiore pubblicità, se così possiamo dire."

"Sì, siamo tipi decisamente poco raccomandabili," ammise Tiago, mettendosi una mano sul cuore. "Estorsori, criminali, bugiardi incalliti..."

Evangeline rise, una risata soave, cristallina. Un forte colpo di tosse la costrinse a fermarsi e a piegarsi in avanti.

"Stai bene?" chiese Tiago, nervoso e preoccupato al tempo stesso. Si guardò intorno. La porta rimase chiusa. Nessuno entrò correndo. Era davvero da solo.

"No, affatto," rispose la ragazza, pulendosi la bocca con un fazzoletto. "Mi passeresti quel bicchiere, per favore?"

Tiago si girò di scatto e per poco non fece cadere il bicchiere colmo d'acqua che si trovava sul comodino. Maledicendosi in silenzio, prese il bicchiere con entrambe le mani e glielo porse.

"Sei venuto per lui?" chiese Evangeline, restituendogli il bicchiere semivuoto.

Tiago annuì. "Sì, solo curiosità, immagino. Volevo... volevo semplicemente sapere."

Evangeline annuì.

"Cosa ne pensi di Wei? Dammi la tua opinione spassionata."

"*Spassionata?*" chiese Tiago, alzando un sopracciglio.

Evangeline arricciò le labbra guardando l'espressione combattuta del ragazzo.

"Non ti preoccupare, conosco il soggetto. Spara."

"Va bene, se proprio insisti." Tiago incrociò le braccia e fissò il soffitto. Pensò a tutto quello che aveva visto quel giorno, e al fatto che Wei non gli avesse parlato della situazione di Evangeline.

"La prima impressione che ho avuto è stata quella di un piccolo, avido, saccente, manipolatore. Ora penso sia anche un criminale, un opportunista e un bugiardo."

Ci fu un lungo momento di silenzio.

"È molto meglio di quanto mi aspettassi," disse Evangeline,

toccandosi distrattamente la bandana, come per accertarsi che fosse ancora al suo posto. Si schiarì la voce e continuò, "Wei non è sempre stato così. Prima... prima che ci conoscessimo, era una persona molto diversa. Un bambino isolato, silenzioso, asociale, non parlava mai con nessuno, era chiuso in sé stesso in una maniera che definirei pericolosa, intrappolato in un mondo diverso dal nostro. Una persona limitata e spaventata. Poi le cose sono cambiate."

"In che modo?"

Evangeline rifletté prima di rispondere alla domanda. Alla fine disse, "Immagino sia iniziato tutto da un roditore."

"Chiedo scusa?"

Evangeline scosse la testa. "Lascia stare, è una lunga storia. Diciamo che con il tempo abbiamo scoperto di avere una passione comune che ci ha aiutato a conoscerci meglio. Penso che il nostro rapporto lo abbia trasformato. Pian piano Wei ha imparato a fidarsi delle persone, o perlomeno di *alcune* persone. Ha smesso di avere paura."

La ragazza sembrava essersi ripresa. Dopo un altro lungo momento di silenzio, Tiago si sporse verso di lei.

"Prima hai detto che lui mi ha 'scelto'. Scelto per cosa?"

"Non sono io che devo rispondere a questa domanda. Se non te l'ha ancora detto, significa che non è ancora venuto il momento che tu lo sappia."

"Ha anche detto che gli dovrò un favore."

"Puoi giurarci, è il modo in cui ragiona. Non fa nulla per nulla, ma è molto selettivo quando si tratta di scegliere le persone che crede utili."

"Utili per cosa?" chiese Tiago, senza riuscire a mascherare la sua impazienza. "Senti, è tutto il giorno che lo seguo e sembra ne sappia sempre meno sul suo conto. Ho bisogno di aiuto. Quel ragazzino... non so neanche come dirlo. È un enigma racchiuso in un rompicapo nascosto nel labirinto più intricato del mondo. Le stranezze che ho visto oggi mi basteranno per i prossimi dieci anni. Ho bisogno di saperne di più. Cos'è che vuole? Che cosa sta cercando di fare?"

Evangeline scrutò gli occhi color nocciola del ragazzo. "Hai un bel volto," disse, indicando il viso di Tiago. "Hai una bella pelle color ambra, capelli scuri e una barba molto corta mantenuta con una cura quasi maniacale. Hai spalle ampie, braccia muscolose e sei alto. Molto alto. Insomma, sei un bel ragazzo."

Tiago arrossì. "Ehm, grazie," disse, non sapendo cos'altro dire.

"Eppure non è quella la prima cosa che ho notato quando ti ho visto. E credo che Wei abbia notato la stessa cosa."

"A costo di suonare ripetitivo, non capisco di cosa stai parlando."

Evangeline si concentrò sui suoi occhi. "Percepisco gentilezza, curiosità, passione e determinazione nel tuo sguardo. Comincio a capire che cosa Wei abbia visto in te."

Evangeline si lasciò cullare per un momento dallo spettacolo stellare che si stava svolgendo attorno a loro. Quella che sembrava una piccola galassia stava sorvolando il suo letto. Un paio di pianeti simili a minuscole palle da Rugby la seguivano a breve distanza.

"Wei è un dono," disse Evangeline, affogando i suoi occhi nello spettacolo di luci. "Penso che sia nato per sbalordire la gente. Guarda intorno a te. Non è stupefacente?"

Tiago guardò gli oggetti stellari che vorticavano nella stanza.

"Parli degli oloposter?" chiese, un po' sorpreso dal repentino cambio di argomento. "Sì, in effetti non penso di aver mai visto riproduzioni così realistiche. Ma cosa c'entra Wei con tutto questo?"

Evangeline sorrise. "Questi non sono oloposter."

Tiago rimase immobile per qualche secondo, cercando di afferrare quella che credeva fosse una battuta. Poi si girò di scatto, come se avesse avuto una rivelazione.

Si guardò intorno per un minuto buono e finalmente capì: non c'era nessun proiettore nella stanza, nessuna fonte di energia che alimentasse le forme stellari, nessun dispositivo che spiegasse il loro danzare fluido e ipnotico.

"È il regalo che mi ha fatto per il mio compleanno," disse la ragazza, indicando intorno a sé con aria estasiata. "Il miglior analgesico che mi abbiano mai prescritto."

Tiago seguì la parabola discendente di un asteroide a forma di freccia, incapace di distogliere lo sguardo. Qualsiasi cosa fossero quelle forme in movimento, ora sapeva che non erano in vendita nei negozi: erano pezzi unici, il regalo personale e magnifico di un artigiano visionario.

"Sono debole. Ho paura che la nostra chiacchierata finisca qui," disse improvvisamente Evangeline, sfiorando la mano del ragazzo. "È stato un piacere conoscerti, Tiago Melo. Prima che chiami gli altri, voglio chiederti di farmi un favore. Wei può sembrare soltanto una bocca larga con un cervello sopra la media ma sappi che dietro di lui si nasconde un grande progetto, qualcosa che coinvolge tutti noi. Per favore, abbi una mente aperta, armati di molta pazienza ma soprattutto abbi fede. Mi sembra abbia fatto una buona scelta con te. Dimostragli che non si sbagliava. Prometti che avrai cura del suo sogno, diventando parte di esso."

Tiago non sapeva cosa dire. In realtà non capiva neppure di che cosa Evangeline stesse parlando. Rimase in silenzio per alcuni secondi, cercando di afferrare il senso di quelle parole.

"Stai mettendo in attesa una moribonda?"

Tiago distolse velocemente lo sguardo dalla gamba amputata che aveva preso a fissare senza neppure accorgersene. Senza ulteriori indugi annuì.

"Prometto," disse alla fine, stringendole la mano.

"Grazie."

Evangeline rivelò un braccialetto bianco nascosto sotto il pigiama. Lo sfiorò e la porta fu aperta da Michelle che entrò a grandi passi.

Wei, comparso alla sinistra di Tiago, guardò Evangeline. Evangeline assentì. Unì pollice e indice e sorrise.

"Vieni, andiamo," gli disse Wei, afferrandogli gentilmente il braccio e conducendolo fuori dalla stanza.

Tiago lo seguì senza replicare mentre guardava per l'ultima volta Evangeline. La ragazza portò la mano sulle labbra, produsse un bacio e soffiò gentilmente.

Quando la porta della stanza fu chiusa Tiago aveva completamente dimenticato di avercela a morte con l'Onniologo. Provava semplicemente un gran vuoto dentro di sé e un senso di smarrimento che non sapeva come spiegarsi.

Scesero entrambi le scale, attraversarono il salone in silenzio e uscirono dalla casa.

Fuori cominciava a fare freddo. Il sole si era ridotto a una palla appiattita all'orizzonte. La mente di Tiago era affollata da pensieri, infestata da dubbi e incertezze. Si sentiva stanco, molto stanco. Si accorse sorpreso di trovarsi davanti alla sua motocicletta. Non ricordava come ci fosse arrivato.

"Troverai un messaggio nella tua posta elettronica," disse Wei, interrompendo il flusso dei suoi pensieri. "Ci sono i dati e le informazioni per cui sei venuto, più un piccolo regalo."

Tiago aggrottò la fronte. Prese il suo cellulare. Nella cartella 'posta in arrivo', c'era un messaggio arrivato tre minuti prima da un certo...

"Kruscha?" domandò Tiago, senza capire.

Wei indicò sé stesso.

"Che cosa vuol dire?" chiese Tiago, leggendo il messaggio. "Vuoi che pubblichi fra trenta giorni una storia su questa giornata senza citare il vero nome delle persone coinvolte e... chiamandoti l'*Onniologo*? Spiegati."

"Beh, ho deciso che mi piace, dopotutto. L'Onniologo è un nome come un altro."

"Non parlavo di quello," rispose Tiago, infastidito dalla risposta. "Non capisco perché tu voglia che pubblichi un articolo su di te a queste condizioni. Cosa... a cosa ti serve? Fa anche questo parte del tuo grande piano?"

"Grande piano?" ripeté Wei. "No. Nessun grande piano. Solo tanti piccoli progetti."

"Continuo a non capire di cosa stai parlando. Cosa c'entro io? Se vuoi scrivere un riassuntino di questa giornata, fattelo da solo."

"Impossibile, sono un disastro con la grammatica."

"Che cosa?"

"Mi hai sentito. Non ci so fare con le parole."

"Aspetta un attimo. Ho sentito bene? Mi vuoi far credere che un'enciclopedia vivente in grado di craccare una tecnologia sperimentale e costruire quelle cose volanti non sa scrivere?"

"Non c'è che dire, sei un campione nel sottolineare la tua mancanza di tatto."

Tiago lesse il messaggio un'altra volta. "Questo sarebbe il favore che ti dovrei?"

"Esatto."

"Nient'altro? Tutto qui? Mi stai praticamente autorizzando a fare quello che volevo."

"Sì, la sola condizione è che dovrai aspettare trenta giorni da oggi."

"Perché?"

"Perché lo dico io."

"Ah sì? E che succederebbe se pubblicassi il mio pezzo dopodomani?"

"Non lo farai."

"No? Come fai a esserne sicuro?"

"Perché hai luce verde caro il mio Tiago Silva Abreu Melo."

Tiago batté un piede sull'asfalto, frustrato. "Dacci un taglio con le pagliacciate, voglio delle risposte vere. Cosa ti aspetti di ricavare da me? Perché vuoi che sia *io* a scrivere questa storia?"

"Perché ho letto il tuo articolo sulle disuguaglianze sociali nei ghetti di Los Angeles e l'ho trovato emozionante. Perché ho seguito la tua ricerca sulle possibili applicazioni telematiche della Nuvola e mi ha fatto riflettere. Perché ho visto la tua mostra fotografica sull'evoluzione del saluto e sono rimasto senza parole e perché hai dimostrato un talento innato nelle relazioni pubbliche quando si è trattato di sponsorizzare lo spazio web del tuo compagno di classe. Quando oggi ti ho visto davanti a casa di Max mi sei subito sembrato diverso. Diverso dagli altri. Mi hai dimostrato di essere risoluto e testardo quando hai aspettato come un idiota per un'ora e mezza che mi facessi vivo e ho avuto la conferma della spontaneità che dimostri nei tuoi lavori scambiando qualche parola con te. Questo risponde alla tua domanda?"

Tiago rimase a bocca aperta.

"Io... Non ci posso credere. Come fai... Come fai a sapere queste cose? Non ci siamo mai visti prima!"

"Tiago, non essere stupido. In un'era fantastica e spaventosa come quella in cui viviamo, chiunque può sapere cosa hai mangiato ieri a colazione."

"Tu..."

Wei annuì. "Ho fatto un giro in rete mentre tu brucavi nel giardino."

"Sapevi... sapevi benissimo chi fossi anche prima di incontrarci?"

"Che domanda? I tuoi genitori non te l'hanno mai detto che non si parla agli sconosciuti?"

"Stai zitto! Evangeline mi ha detto che hai scelto qualcuno per raccontare una storia. Si riferiva a tutto questo? È a questo che ti servo?" e indicò il messaggio sul suo cellulare.

"No, lei pensa sempre in grande. Si stava riferendo al ritratto completo. Il motivo per cui ti ho scelto è molto egoistico, sai? Ti ho scelto perché in futuro qualcuno si guarderà indietro e porrà davanti a un mucchio di gente la domanda: 'che tipo era Wei Wang prima che tutto cominciasse?' Io voglio che sia tu a rispondere a quella domanda."

Il volto di Michelle fu sfiorato da una minuscola cometa color ghiaccio. La donna di colore si morse le labbra carnose mentre teneva le mani dietro la schiena, avvinghiate l'una intorno all'altra.

"Le ho fatto mangiare una minestra e le ho dato qualcosa per il dolore," mormorò, guardando dietro di sé. "Ha detto... ha detto che vuole vederti."

Wei assentì e fece per superare Michelle ma la donna gli prese il braccio, impedendogli di andare oltre.

"Ricordi che cosa mi hai detto riguardo a tuo padre quando ti sono venuta a trovare all'ospedale, subito dopo l'incidente?"

"Sì, ricordo," disse Wei. "Ti ho detto che la paura è una bussola. Segna la direzione che dobbiamo seguire per migliorarci."

Michelle annuì. Il suo volto era imperscrutabile. "So che cosa vuoi fare. Me lo ha detto Evangeline."

"Non ne avevo dubbi."

"Wei, è pericoloso. Non si tratta semplicemente di fare qualcosa che ti spaventa. È un rischio enorme; potresti perdere tutto. Non sei costretto a farlo."

Wei scosse la testa. "Apprezzo il consiglio, ma ti stai sbagliando. Non ho niente da perdere. Ho solo un mondo da guadagnare."

Michelle aprì la bocca, ma la richiuse subito dopo. Gettò uno sguardo verso Evangeline. "Si sta spegnendo," sussurrò, gli occhi lucidi. "Non... non penso abbia..."

Wei mise una mano sul braccio della donna. Sorrise.

Michelle lo lasciò andare. Tirò su col naso e continuò, "Ha bisogno di riposare. Cinque minuti. Hai cinque minuti."

Wei assentì. "Grazie."

Michelle chiuse la porta dietro di sé.

L'Onniologo fece un passo. Si fermò e chiuse gli occhi. Inspirò ed espirò, cercando di rallentare il martellare veloce e incontrollato del suo cuore, quindi riprese a camminare.

Quando fu seduto sullo sgabello osservò il petto di Evangeline che si alzava e si abbassava lentamente.

"Mi piace Tiago," disse improvvisamente Evangeline, tenendo gli occhi chiusi. "Ha un gran bel culo."

Wei alzò un sopracciglio. "Non so se ridere o vomitare."

"Fai entrambe le cose, ti prego. Sarebbe uno spettacolo spassoso."

Evangeline tossì. Wei le diede da bere.

La ragazza s'inumidì le labbra. "Pensi di poterti fidare di lui?"

"Totalmente."

"Bene," annuì Evangeline. "Molto bene."

Rimasero in silenzio per un paio di minuti. Poi Evangeline si girò verso di lui.

"Che cosa ha detto Matthew?" chiese, aprendo gli occhi.

Wei sospirò. "Non l'ha presa molto bene."

"Vuoi dire... pensi che non ti aiuterà?"

"Al momento è preoccupato della nuova filiale a Los Angeles e di quella in costruzione a New York. Quando capirà che *Sapori&Senti-*

menti non sta andando incontro al fallimento, saprà che la mia proposta ha senso."

"Farà bene," disse Evangeline. Sembrava fosse seccata. "La sua piccola oasi italiana non esisterebbe neppure se non fosse per te."

Wei non rispose.

"E come se la cava Tonio con i nuovi... ingredienti?" Evangeline suonava curiosa e divertita al tempo stesso.

Wei cercò di non ridere. "Penso che il suo nido di scorpioni in salsa piccante stia migliorando, ma fa ancora fatica a toccare metà delle cose che Nok gli mette davanti. Rabbrividisce come un bambino. Al momento, la sua frittura di cavallette è l'unico piatto commestibile."

"Come fai a dirlo?" chiese Evangeline, coprendosi la bocca con una mano. "L'hai provata personalmente?"

"Certo," rispose Wei, come se fosse una cosa ovvia.

La ragazza fece una strana smorfia e mostrò la lingua, come se avesse appena bevuto una medicina amara.

"Non ti bacerò mai più."

"È una promessa?"

Risero entrambi.

Evangeline si sfiorò la bandana. "Sei andato da Banks?" chiese.

Wei annuì. "Sì. È il motivo del mio ritardo."

"Allora?"

L'Onniologo si grattò la fronte. "Beh, ha detto che legalmente è possibile. Mi metterà in contatto con qualcuno che potrebbe darmi quel tipo di documenti. Il Visto sarà probabilmente la cosa più difficile da ottenere."

Passò un altro lungo momento di silenzio. Wei si accorse che Evangeline si stava appisolando.

"Wei?"

"Sì?"

"Puoi spegnere le luci? Ho voglia di sognare."

Wei si alzò dallo sgabello e si mise al centro della stanza.

Alzò la mano destra in aria e la strinse a pugno.

Le proiezioni si bloccarono all'unisono, immobili come pesci congelati in una vasca.

Wei roteò il braccio teso, come se stesse agitando un lazo.

Le proiezioni si mossero verso il pugno in movimento, trascinate inesorabilmente da una forza invisibile.

Wei fermò il braccio e aprì di nuovo la mano. Le proiezioni persero la loro forma trasformandosi in semplici fasci di luce che si gettarono verso di lui. Per una frazione di secondo, Wei vide galassie, comete, stelle e pianeti brillare sul palmo della sua mano. Un universo in miniatura che sgusciava tra le sue dita.

Toccò il bracciale che nascondeva sotto la manica e l'ultimo residuo di luce scomparve.

La stanza ora era buia e silenziosa. Infinitamente più piccola.

"Grazie," disse Evangeline.

Wei tornò a sedere al suo fianco.

La ragazza si sarebbe addormentata molto presto.

Rimase in silenzio per alcuni minuti.

"Eva," la chiamò a bassa voce, sfiorandole una mano. "Ho deciso un nome."

"Davvero?" mormorò Evangeline, nel confine tra il sonno e la veglia. "Finalmente. Sentiamolo."

L'Onniologo si avvicinò al letto. La baciò sulla fronte e le sussurrò qualcosa all'orecchio.

Evangeline sorrise con gli occhi.

"Polaris," mormorò, prima di abbandonare la testa sul cuscino e seguire il richiamo di Morfeo.

Quella notte, sognò un oceano d'erba che guardava un oceano di stelle e due persone familiari nel mezzo di quell'infinito.

In quel luogo senza spazio e senza tempo, ricordò Polaris.

PARTE II

POLARIS

INTROLOGO

2015

K RUSCHA GIRÒ SU sé stesso per qualche secondo prima di notare la mano aperta che lo invitava ad avvicinarsi. Il cincillà annusò le dita, fece un piccolo saltello, salì sul braccio e finì per accoccolarsi sulla spalla.

Evangeline carezzò distrattamente la testa piccola e pelosa del roditore. Kruscha fissò la ragazza, rimanendo immobile e silenzioso. Dopo qualche secondo alzò la coda, le orecchie e saltò per terra, cominciando a gironzolare nuovamente attorno alla padrona, senza allontanarsi mai per più di un paio di metri.

La serata era fresca e tranquilla. La ragazza aprì le braccia e roteò su sé stessa un paio di volte, come a salutare con quel gesto la bellezza della natura che la circondava. Una leggera brezza proveniente da Ovest carezzava i suoi lunghi capelli color fieno, senza scompigliarli. Evangeline guardò il cielo e sorrise. Chiuse gli occhi, inspirò e stiracchiò le braccia, mormorando di piacere.

Le stelle erano una successione ininterrotta di punti luminosi che speziavano il manto senza tempo del firmamento.

Cominciò a contarle. S'interruppe a trenta e perse il conto. Iniziò nuovamente, aiutandosi con un dito, ma arrivata a cinquanta perse nuovamente il conto. Rise di gusto. Si sdraiò per terra e incrociò le braccia dietro la testa. L'erba si piegò sotto il suo peso, trasformandosi in un materasso soffice che profumava di foglie, corteccia, fiori e vento.

Evangeline guardò alla sua sinistra.

"Wei, l'erba non morde," disse, sospirando. "Te lo prometto."

Wei si guardò attorno, massaggiandosi un gomito. Chiaramente, non era a suo agio. Aveva l'espressione di qualcuno che, per una sfortunata circostanza, si trovasse nudo su un palco, davanti a una platea di persone.

Il ragazzino avanzò di un passo, esitò, fece altri due passi, quindi si fermò completamente. Fissò Evangeline, che lo invitava a sdraiarsi al suo fianco, poi notò Kruscha, che trotterellava felice come una pasqua attorno alla padrona. Sembrava davvero spassarsela.

Wei sbuffò ma si avvicinò alla ragazza, mantenendo una distanza di circa tre metri. Guardò per terra e storse il naso.

"È bagnata?"

"No, è fantastica."

"Non voglio sporcarmi i pantaloni."

"Allora toglili e siediti in mutande."

Wei stava per replicare a quell'affermazione, ma alla fine ci ripensò.

Dopo aver trovato quello che credeva essere l'angolo di terra meno sporco, piegò lentamente le ginocchia e sedette.

La posizione era scomoda. La terra era dura e granulosa al tatto, l'erba solleticava le sue natiche in un modo fastidioso. Diverse formiche cominciarono a invadere le sue gambe nel momento in cui toccò terra. Prese un bastoncino e combatté per qualche secondo gli insetti.

Era una battaglia persa in partenza. I suoi vestiti continuavano a essere assediati da plotoni di formiche, incessanti e numerose come le stelle sopra la sua testa. Anche il bastoncino, si accorse, era pieno d'insetti. Lo buttò via con un sospiro frustrato, racchiuse le ginocchia nelle braccia e gettò uno sguardo alla ragazza vicina, che stava guardando in silenzio la volta celeste.

Wei deglutì mentre osservava Evangeline muovere distrattamente una ciocca di capelli. Si allontanò di qualche centimetro, quindi distolse lo sguardo e cercò di non pensare al fastidioso prurito che cresceva alla base dello stomaco.

"Guarda! La costellazione del Dragone!"

La ragazza stava indicando con un largo sorriso l'oceano di stelle. Wei guardò il cielo e alzò un sopracciglio.

"Veramente, quella è Cassiopea," replicò, arido come un deserto. "La costellazione del Dragone è lì."

Evangeline lo guardò con un'espressione che Wei non riuscì a decifrare. La ragazza tornò a fissare il cielo, e un momento dopo tese un braccio e indicò un altro gruppo di stelle.

"Quella è Gemini! Non è bellissima?"

Wei si schiarì la voce mentre seguiva l'indice della ragazza. "Gemini? Non credo proprio. Non è visibile nell'emisfero settentrionale in questa parte dell'anno."

Evangeline sembrò ignorare il suo commento. Dopo cinque secondi tornò alla carica.

"Guarda, guarda! La costellazione del Pelargonium!" disse la ragazza, fuori di sé dall'eccitazione.

"Cosa?" proruppe Wei, colto completamente alla sprovvista. "Non esiste niente del genere!"

Evangeline gli si avvicinò strisciando sull'erba, puntellando il terreno con i gomiti. Lo stava guardando con molta attenzione, come se stesse per prendere una delle decisioni più importanti della sua vita. Wei si ritrasse istintivamente di qualche centimetro. Quello sguardo lo metteva a disagio.

"Sai indicarmi la costellazione del Termosifone?"

"Cos-? No, certo che no, perché non esiste!"

"E quella della Mutanda Minore?"

Wei fece per rispondere, ma fu preceduto da Evangeline. "E che mi dici della costellazione dell'Impiccato, del Palazzo Reale, della Banconota, del Mare in Tempesta, del Fenicottero, del Crocifisso, del Portachiavi, dell'Avocado, dell'Innamorato e dell'Immortale?"

Wei scosse la testa, senza rispondere. Non capiva se la ragazza volesse prenderlo in giro o semplicemente si stesse lamentando della sua puntigliosità. Probabilmente entrambe le cose, pensò.

"Sei strana," disse Wei, senza guardarla negli occhi. Evangeline continuò a fissarlo per un minuto buono, quindi tornò al suo posto, senza dire altro.

I due rimasero silenziosi e immobili per parecchio tempo, facendosi cullare dall'opera semplice e imponente del firmamento. Il vento creava intorno a loro una sinfonia di suoni quasi impercettibili, muovendo l'erba e le foglie secche come un maestro d'orchestra incredibilmente esperto. Il modo che la natura ha di dialogare con sé stessa.

"Sai, non penso che la costellazione del Dragone assomigli a un dragone, dopotutto," disse Evangeline, valutando con serietà il tetto del mondo. "No. Assomiglia molto più a un fiume. Credo la chiamerò così d'ora in poi: la 'costellazione del Fiume'.

Wei la guardò e sospirò. Cominciava ad averne abbastanza di quel gioco insensato.

"Che cosa stupida," disse. "Non puoi mica cambiare il nome alle costellazioni."

"Perché no?"

"Perché è una convenzione," spiegò Wei. "Non puoi cambiare di punto in bianco il nome a una costellazione e aspettarti che qualcuno ti prenda sul serio."

Evangeline sembrò riflettere su quelle parole. Alla fine disse, "Wei, quali sono le stelle più brillanti nella costellazione del Fiume?"

Wei roteò gli occhi. "Le stelle più brillanti nella costellazione del *Dragone* sono Eltanin, Aldhibain, Rastaban e Altais."

Evangeline si avvicinò, fino a toccare la sua spalla. Wei poteva sentire il calore sprigionato dal suo corpo e il distinto profumo senza nome che emanava; un misto tra vaniglia e pesca che a volte si perdeva completamente in qualcosa di dolce e alieno, come un mazzo di fiori esotici raccolti in una prateria ai confini del mondo.

"Wei?"

"Che c'è?"

"Quale di loro è la stella più brillante? Nella costellazione del Fiume, intendo."

Wei deglutì mentre spiava la ragazza con la coda dell'occhio. Per una frazione di secondo si perse nella lucentezza dei suoi capelli, che si muovevano con l'ondulazione ipnotica dei tentacoli di una medusa, luminosa e splendida nelle vastità dell'oceano.

Wei distolse a fatica lo sguardo, chiuse gli occhi e si schiarì la voce.

"L-la stella più brillante nella costellazione del Fium...del Dragone! Nella costellazione del *Dragone*, è Eltanin."

Evangeline annuì, cogitabonda.

"Wei?"

"Cosa?"

"Se io cambiassi il nome di Eltanin in Acquamarina, pensi che la costellazione del Fiume sarebbe meno splendente?"

Wei fece per replicare ma quando aprì la bocca, i suoi occhi trovarono quelli di Evangeline ad attenderlo. Simili a due finestre che si aprivano su un mare infinito, erano splendenti come diamanti lavorati dall'artigiano più dotato del mondo.

Per la prima volta dall'inizio di quella conversazione quegli occhi lo costrinsero a tacere. Iniziò così a riflettere. Ripensò alle strane domande che la ragazza gli aveva fatto e uno schema preciso cominciò a formarsi nella sua mente.

Cambiare un nome a una stella non la priva certo della sua luminosità, o della sua posizione nel firmamento, rifletté. Una convenzione è il modo comune con cui l'umanità dialoga con sé stessa. Non descrive la realtà delle cose, ma solo il bisogno degli uomini di trovare un ordine a quella stessa realtà.

Suo malgrado, le labbra si aprirono e disegnarono un sorriso sul suo volto. Evangeline aveva un modo tutto suo di impartire lezioni.

"No, non credo. Non credo farebbe molta differenza," rispose Wei alla fine, distogliendo lo sguardo e osservando la costellazione del Fiume.

"È la prima cosa sensata che ti sento dire da quando ti conosco." Evangeline gli diede un colpetto sulla spalla.

"Sai," disse Wei, "una volta ho incontrato una persona che si chiamava Eltanin."

"Davvero?" Evangeline aggrottò la fronte. "Non ho mai conosciuto qualcuno con quel nome. È originale."

"Non credo fosse davvero il suo nome. Voglio dire, credo che fosse un soprannome che gli avevano dato i suoi colleghi, o qualcosa del genere."

"Che tipo era?"

Wei scrollò le spalle. "Era molto vecchio, quando l'ho incontrato. Credo... credo che stesse per morire."

Evangeline lo studiò in silenzio per qualche secondo. "Aveva paura?" chiese, la sua voce poco più di un sussurro. "Di morire, intendo. Aveva paura di morire?"

Wei rifletté sulla domanda, e alla fine disse, "No. Non credo avesse paura. Sembrava più che altro interessato a raccontarmi la storia della sua vita, di quello che aveva fatto, e per quale motivo l'aveva fatto. Era come... era come se mi volesse passare una torcia, sai? Come se non volesse essere dimenticato. Non so come spiegarlo."

"L'hai appena fatto, Wei," gli fece presente Evangeline. "E direi che Eltanin è riuscito nel suo intento."

"Che vuoi dire?"

"Stiamo parlando di lui, giusto? Non morirà mai finché continuerà a vivere nella nostra memoria."

Wei sbatté le palpebre. "No," disse. "Immagino tu abbia ragione."

Un'altra isola di silenzio chiuse la conversazione ed entrambi si persero per qualche minuto nei rispettivi pensieri.

Kruscha rotolò per terra, annusò l'aria, quindi seguì il richiamo della padrona che gli stava porgendo un piccolo bastoncino di salice. Il cincillà si avvicinò, lo prese avidamente, se lo mise in bocca e cominciò a lavorare con i denti.

"Da quanto tempo ci conosciamo?" chiese improvvisamente Evangeline, guardando Kruscha masticare con gusto. "Era la scorsa settimana che ci siamo incontrati?"

"Due settimane e due giorni," rispose Wei. Le sue guance arrossirono quasi immediatamente. Si schiarì la voce e aggiunse, "Credo."

"Due settimane," sussurrò Evangeline, guardandolo come se fosse una strana scultura.

"Wei?"

"Sì?"

"A cosa stai lavorando?"

Wei scosse la testa, sorpreso dal repentino cambio di argomento. "Che vuoi dire?"

"Lo sai che voglio dire. Ti vedo sempre prendere appunti, ascoltare le conversazioni della gente, leggere libri dal titolo impronunciabile, studiare cose che farebbero vomitare Einstein e fare un mucchio di altre cose strane per un bambino della tua età."

"Non sono un bambino!" protestò Wei, accorgendosi subito di suonare come uno di loro.

"A cosa stai lavorando?" insistette Evangeline, trafiggendolo con gli occhi.

Wei odiava quello sguardo. Lo faceva sentire nudo come un verme. Non rispose, ma le sue guance arrossirono ulteriormente. Ora sembrava un pomodoro maturo.

Passò un minuto... due. Evangeline continuava a fissarlo, Wei a guardare dall'altra parte. Il ragazzino si mosse leggermente, come a volersi scrollare di dosso il disagio provocato da quello sguardo.

"Penso tu voglia cambiare le cose," disse alla fine Evangeline, come se fosse riuscita a trovare il modo di leggere i suoi pensieri. "Penso tu stia cercando di costruire qualcosa."

Wei mantenne il suo silenzio, fissando con ostinazione il firmamento.

"Va bene, non dirmi nulla," sbottò Evangeline, sfregandosi le mani sulle ginocchia. "Qualsiasi cosa tu voglia fare, non penso ci riuscirai mai. Anzi, ne sono sicura."

L'affermazione fece girare Wei di scatto. "Non so di cosa tu stia parlando," disse, conficcando le unghie nella terra, "ma se davvero *volessi* costruire qualcosa, stai sicura che ci riuscirei senza problemi."

"No, invece."

"Cosa ne sai tu?" proruppe Wei. Risentimento e astio infiammavano la sua voce.

"Io ti conosco, Wei Wang," disse Evangeline, indicandolo con entrambi i diti indici. Il ragazzino aveva imparato a riconoscere quella posa. Era il modo in cui Evangeline si preparava a uno dei suoi discorsi. Fece per dire qualcosa, ma l'altra lo interruppe.

"Ammettilo. Sei un bambino cocciuto e testardo, chiuso nel tuo mondo piccolo e complicato, impossibile da raggiungere. Tratti gli altri con disprezzo e disgusto. Non guardarmi così, lo sai che ho ragione! Insulti me, Kruscha, qualsiasi persona ti circondi. Sono sicura che oggi hai insultato qualcuno prima di colazione. Insultare è ciò che fai meglio, il tuo modo per tenere la gente a distanza. Il tuo modo di sentirti te stesso."

"Io non..." iniziò Wei, inciampando nelle sue stesse parole. Era arrabbiato, oltraggiato e impressionato allo stesso tempo. Non sapeva se nascondersi dallo sguardo della ragazza o semplicemente prenderla a schiaffi.

"Tu non sai niente di me. *Niente*," riuscì a dire alla fine, balbettando, il cuore che martellava rapidamente. Non aveva idea di come quella conversazione fosse degenerata in quel modo, ma in quel momento non importava. Era stato attaccato e umiliato, trattato come un moccioso senza cervello. Fece per alzarsi. Voleva allontanarsi da quella ragazza stupida e testarda.

"Io ti conosco," ripeté ostinatamente Evangeline, senza smettere di fissarlo.

Wei rimase dov'era, guardandola, sfidandola con gli occhi.

"Rimanendo come sei, non riuscirai mai a fare niente. Mai."

"Come fai a esserne così sicura? Tu... tu non sai cosa posso fare, le cose che conosco e..."

"Non ti serviranno a nulla. Tutta la tua conoscenza e la tua sicurezza, da sole non servono a niente."

"Anche se fosse, a te che te ne frega?"

"Wei, voglio che tu capisca."

"Tu non sai di cosa stai parlando."

"Sì, invece."

"Va bene, sentiamo," cantilenò Wei in modo fastidioso, indicandosi con un pollice. "Di cosa avrei bisogno, secondo te?"

"Avrai bisogno di altre persone."

Wei strabuzzò gli occhi. "Altre persone?" ripeté, scuotendo la testa. Sembrava un ospite arrivato nel bel mezzo di una conversazione, senza la minima idea di cosa gli altri stessero parlando. "Che cosa significa?"

"Avrai bisogno di gente come te se vuoi sperare di riuscire nel tuo progetto, o costruire quello che vuoi costruire, o qualsiasi cosa tu voglia fare. Non capisci? Solo uno stupido potrebbe pensare di farcela da solo."

Wei sostenne lo sguardo della ragazza. Assumendo l'espressione più sicura e minacciosa che avesse, indicò Evangeline con un dito ammonitore. "Le altre persone mi rallentano," disse, liberando una colata di magma dalla bocca. "Le persone sono stupide!"

"Io sono una persona."

Wei fissò Evangeline. La vampata di calore che gli scaldava il collo sparì all'istante, trasformandosi in un brivido che gli corse lungo la schiena.

"Tu sei... diversa," disse alla fine Wei, la voce incerta. "Tu non pensi come gli altri. Sei strana, non riesco a capirti. Tu hai... uno scintillio. Non so come spiegarlo. A volte... a volte mi fai un po' paura."

Evangeline rise. "Davvero?"

Wei annuì. Abbassò la testa e fissò l'erba.

D'un tratto la tensione che c'era stata tra i due sembrò dissolversi, come neve al sole.

Evangeline si mise le mani sui fianchi.

"Scemo," disse, sorridendo.

Wei la guardò, ma non rispose.

"Ascolta, tu sei incredibilmente intelligente, è vero," concesse Evangeline. "Ti ho visto fare cose che non ho mai visto fare a nessun altro prima. Lo ammetto, sei speciale, ma non sei onnipotente. Ora, cerca di considerare le persone intorno a te. Sono esseri umani, Wei, con passioni, punti deboli e punti di forza. Sono risorse. Risorse che puoi usare. Se vuoi cambiare le cose, se hai un'idea, ti serviranno altre persone per realizzarla."

"Perché?" chiese Wei, ostinato.

Il volto di Evangeline fu impreziosito da un sorriso spontaneo. "Perché sono le persone a cambiare le persone."

Wei tacque, riflettendo su quella frase.

Alla fine distolse lo sguardo e cominciò a strappare dell'erba dal terreno, mormorando qualcosa che non andò mai oltre le sue orecchie.

"Senti," disse Evangeline, "anche se ti conosco da poco più di due settimane, sono convinta che tu sia un dono dal cielo, un dono rinchiuso in una cassaforte. Aprire quella cassaforte è la mia missione, qualcosa a cui voglio dedicarmi. È un compito che accetto con gioia."

"Un dono rinchiuso in una cassaforte." Wei strappò un altro stelo d'erba. "Tutto qui? Sono solo questo per te?"

Evangeline si sfregò le mani, sembrava improvvisamente a disagio.

"Wei?"

"Che vuoi, adesso?"

"Scusa, non volevo alzare la voce o... dirti quelle cose brutte."

Wei rifletté sulla risposta. Aprì e chiuse la bocca un paio di volte. La terza volta scrollò le spalle e disse semplicemente, "Scuse accettate."

Evangeline si avvicinò nuovamente. Wei si allontanò di qualche centimetro. La ragazza rise, punzecchiandolo con un gomito.

Evangeline continuò a tormentarlo per un po', facendogli il solletico o tentando di abbracciarlo. Wei rispose con gradi diversi d'irritazione e indifferenza.

Dopo qualche minuto, Evangeline tornò a sdraiarsi sull'erba. Ci fu silenzio per alcuni battiti di cuore.

"Wei, dov'è la Stella Polare?" chiese dopo un po' la ragazza, guardando con sguardo assente il cielo. "Dov'è Polaris?"

Wei considerò una risposta acida e tagliente ma quando soffermò il suo sguardo sul volto sognante della ragazza, dimenticò quello che stava per dire.

Una costellazione decisamente più umana di lentiggini punteggiava il suo viso. Alla fine, riluttante, distolse lo sguardo e cominciò a perlustrare il cielo.

I suoi occhi seguirono uno schema ben noto. Scandagliò il cielo e trovò velocemente la costellazione del Grande Carro, luminosa e familiare come poche altre. Si concentrò quindi sulle due stelle al margine della formazione, Dubhe e Merak. Tracciò un segmento immaginario da Merak verso Dubhe e moltiplicò la distanza per cinque volte lo spazio tra le due stelle. Alla fine del segmento, splendente e stabile, stava Polaris, la Stella del Nord.

Wei la indicò a Evangeline, che annuì.

"Come hai fatto a trovarla?" chiese, guardandolo con ammirazione. "Io non ci sarei mai riuscita tra tutte quelle luci."

Wei fece un gesto noncurante. "È facile," disse. "Basta farsi aiutare dalle costellazioni."

"Davvero?"

"Sì."

"Quindi anche tu hai bisogno di aiuto, ogni tanto."

Wei non rispose, ma dentro di sé, una vocina stava annunciando: *Evangeline = 2, Wei = 0.* Era in momenti come quelli che odiava e ammirava la ragazza. Era anche una delle ragioni per cui provava tanto disagio in sua presenza. Nessuno riusciva a farlo sentire in quel modo. Così... stupido.

La ragazza si frugò una tasca. "Voglio darti una cosa," disse.

Wei vide Evangeline tirar fuori un oggetto. Era un ciondolo, molto strano, come la sua padrona. Era di un argento particolare che striava in sfumature di blu e azzurro. Aveva la forma di un otto orizzontale.

La ragazza lo diede a Wei.

"Il simbolo dell'infinito?" chiese il ragazzino.

"Un portafortuna," spiegò Evangeline. "Ne avrai bisogno."

"Non credo nella fortuna."

"È il motivo per cui te l'ho dato, deficiente," disse Evangeline, ridacchiando.

"Okay. Grazie," disse Wei, non trovando altro da dire.

"Ti piace?"

"È... è da femmina," constatò lui, rigirandoselo tra le mani. Era sottile e luminoso. Catturava lo sguardo.

"Certo che è da femmina. È mio, scemo! E se lo perdi, ti ammazzo."

Wei si mise il ciondolo al collo, senza replicare.

Kruscha gettò il bastoncino di salice e annusò intorno a sé, alla ricerca della mano della padrona. La trovò, alla fine, ma sembrava occupata a stringere qualcos'altro... un'altra mano, più piccola e pallida, che cercava di divincolarsi dalla presa, senza troppa convinzione.

7

AVALON
2022

I GRATTACIELI DI Saemangeum City offrivano uno spettacolo imponente, una miscela di frenesia e magnificenza unica nel suo genere. Era il lavoro in corso prodotto da una città giovane, senza una forma chiara, dove centinaia di svettanti torri di acciaio si ergevano isolate e incomplete, dove il cemento armato era esposto al sole e all'umidità e le scintille che univano le ossa di metallo brillavano come il cuore stesso della Via Lattea.

Travi, funi e impalcature titaniche dominavano l'orizzonte. Sembravano una ragnatela robusta e intricata pronta a sorreggere le fondamenta del mondo.

Strade e ponti in costruzione univano parti lontane e selvagge, ancora assediate da acqua, muschio e fango. La città era un essere pronto a destarsi, un capolavoro dell'ingegno umano unito al meglio che la tecnologia potesse offrire.

La maggior parte degli edifici erano nudi, il loro profilo appena accennato, come l'idea abbozzata e confusa di un pittore che stenta a prendere forma. Il panorama era caotico e vivace allo stesso tempo. Le costruzioni dritte e scarne che aspiravano al blu cobalto del cielo salutavano con lo sfolgorio di materiali in lega il nascente ambiente urbano che cresceva e si espandeva secondo dopo secondo.

La città neonata era in costante movimento, percorsa da un esercito laborioso di formiche con imbracature e caschi color verde
smeraldo, impegnate in una frenetica danza per aggiungere altezza,
consistenza e spessore agli edifici che tutto dominavano.

Avalon Moon posò la forchetta. Si pulì il bordo della bocca con
una manica mentre osservava la città pulsante di vita davanti ai suoi
occhi. L'odore di terra bagnata e cemento fresco riempiva le sue
narici. Inspirò profondamente e chiuse gli occhi. La fragranza della
città era particolare e pungente, come l'odore di un animale sudato
che aveva appena terminato la caccia.

Trovandosi all'ultimo piano di uno dei pochi edifici completi, si
rendeva conto di essere uno spettatore privilegiato. Poteva ammirare
il mondo sottostante che prendeva lentamente forma davanti ai suoi
occhi.

Anche la voce della città aveva un suo fascino particolare. Era
un rumore ritmico e potente che si sposava al brusio di fondo di
acciaio su acciaio. I suoni martellanti che si ripetevano intorno a lui
ricordavano i battiti del cuore di un gigante, un essere infinito e
potente come il tempo che sprizzava scintille e progresso da tutte le
parti.

L'uomo sbatté le palpebre e tirò su col naso, grattandosi distrattamente le natiche mentre spostava il suo peso sulla sedia. Uno scric-
chiolio sinistro accompagnò i suoi movimenti.

Le sue proporzioni erano ragguardevoli. Sembrava un'enorme
foca in procinto di partorire. Senza alcuna traccia di baffi o barba,
aveva un naso schiacciato e deforme dal quale uscivano peli lunghi e
ritti. Il volto era giallo e sudato, la testa larga e grassa e le guance
erano due cascate di carne che sfioravano il collo corto e tozzo. Il
resto del corpo non era diverso. Infiniti strati di grasso si arrampica-
vano l'uno sull'altro, come un albero di Natale fatto da un macellaio
con un discutibile senso dell'umorismo.

L'uomo inspirò rumorosamente tappandosi una narice con un
dito. La sua gola produsse un rantolio incontrollato che ricordava il
verso di un animale selvatico.

Dopo un paio di secondi sputò un grumo di catarro, che andò ad aggiungersi alla pozzanghera di muco e saliva a qualche centimetro dai suoi piedi.

Finalmente distolse lo sguardo dal profilo della città in costruzione. Grugnì e inspirò una seconda volta. Sembrò che dovesse sputare ancora, ma cambiò idea all'ultimo momento. Invece, si leccò ripetutamente le mani, quindi le passò diligentemente sui capelli piatti e unticci attaccati alla fronte, sistemandoli con cura.

Ripeté l'operazione un paio di volte prima di rivolgersi in tono asciutto alla figura che lo stava osservando, immobile e silenziosa alle sue spalle.

"Non ha alcun senso," disse Avalon, sfregandosi le mani. "Una crescita di quelle proporzioni nel Nord-Est? In così poco tempo?"

Avalon alzò una natica facendo leva sulla gamba. Un rumore lungo e intermittente proruppe dal suo corpo, cambiando tonalità diverse volte prima di morire in un veloce lamento. L'uomo si sistemò sulla sedia, annusò l'aria e annuì compiaciuto.

"Sembra avrò bisogno di un altro paio di mutande, Hector."

L'uomo alto e magro dietro di lui aveva la schiena tesa e le spalle dritte. Ricordava molto una tavola da surf rigida e scintillante che non era mai stata usata. Le sue sopracciglia formavano una linea scura e sottile che delimitava la parte bassa della fronte, sporgente e amplia. L'uomo adottò un'espressione severa mentre si schiariva la gola. Ignorando l'ultimo commento, si concentrò nel mantenere il suo cipiglio.

"Le analisi delle performance dell'ultimo trimestre della Somsak Khon Kaen confermano i nostri sospetti, signore," rispose, le mani giunte dietro la schiena. "Ho fatto controllare i dati e le proiezioni una mezza dozzina di volte."

"Una mezza dozzina di volte?" Avalon fischiò e batté le mani sul tavolo, facendo saltare alcune ciotole. "E c'è chi dice che hai il senso dell'umorismo di un forno a microonde."

"Un'analisi accurata mi sembrava semplicemente la soluzione corretta, signore," rispose l'altro, mantenendo la postura dritta.

Avalon Moon scosse la testa e sbuffò, apparentemente contrariato dalla risposta.

"Curva di crescita assistita?" chiese alla fine, grattandosi la pancia formato mongolfiera.

"In crescita esponenziale, come nel passato trimestre. Nella provincia di Khon Kaen hanno fatto registrare un aumento di profitti del trentacinque percento. In altre province dell'Est del paese, come Sakon Nakhon e Si Sa Ket, hanno conseguito un aumento simile, nonostante le nostre contromisure. La loro intraprendenza cresce giorno dopo giorno, insieme ai loro profitti."

Il volto di Avalon impallidì ulteriormente. L'ombra di sarcasmo che aveva speziato la sua voce svanì in una sinistra espressione d'inquietudine.

"E dici che hanno intenzione di espandersi anche nel Nord?" chiese, dopo aver rimuginato per qualche secondo.

"Sì, signore. Hanno già una presenza stabile nella provincia di Lampang," rispose l'assistente. "Secondo il dipartimento logistico, la Somsak Khon Kaen avrebbe inoltre contattato alcuni proprietari terrieri della zona per garantirsi parte della loro produzione di bruchi da bambù. Sappiamo per certo che hanno aumentato la loro domanda d'insetti provenienti dal Laos e dalla Birmania. Sospettiamo sia una mossa volta a incrementare le loro scorte del prodotto, trattarlo nei loro stabilimenti per poi venderlo in altre parti della Thailandia e in Cina."

"Grilli e formiche tessitrici nel Nord-Est, cavallette e belostomatidi a Est ed ora un'espansione nel mercato di bruchi da bambù nel Nord," disse visibilmente accalorato Avalon, tossendo e sputando per terra. "Questo è un attacco su tutti i fronti!"

"Come le ho già mostrato, la nostra fetta di mercato continua a essere dominante, signore," aggiunse Hector, come per sottolineare qualcosa di importante. "Il nostro vantaggio sul loro..."

"Risparmiami, per favore," lo interruppe Avalon, alzando un grosso dito unticcio. "So riconoscere un predatore quando ne vedo uno. Abbiamo commesso due errori: il primo errore è stato permettere a una pecora di entrare nel nostro gregge. Il secondo errore è stato non riconoscere che quella pecora era in realtà un fottutissimo lupo. Abbiamo sottovalutato questa Somsak e dato troppe cose per scontato, facendoci cullare dalle nostre stramaledette statistiche."

Avalon tenne premuto un dito sul tavolo, muovendolo lentamente fino a formare un cerchio.

"Questi musi bianchi sono arrivati dal nulla. Dal *nulla*, e in un anno hanno fatto l'impossibile. Adesso, grazie alla nostra stupidità, controllano il dieci percento del mercato d'insetti commestibili del Sud-Est asiatico."

"Il quindici, signore. Il quindici percento," lo corresse Hector.

"Shia!" imprecò Avalon, scuotendo la testa. "Com'è potuta accadere una cosa del genere? Come?"

Ci fu un momento di silenzio, interrotto soltanto dall'avanzare imperioso del branco di bulldozer, trattori e caterpillar che orbitavano nelle vicinanze, intenti a costruire senza sosta.

Avalon Moon batté una mano sul tavolo. "Questa Somsak Khon Kaen è un problema che deve essere risolto. Ora!" Strinse la mano. "Questo è il mio territorio. Chiaro? Mi farò mangiare vivo da una legione di marabunta piuttosto che permettere a questa colonia di yankee di spargere merda nel mio cortile di casa."

Avalon sputò per terra prima di girarsi e guardare l'assistente negli occhi. "Fai in modo che il reparto Q si occupi di scoprire quali agricoltori li riforniscono di materiale e quali stabilimenti stanno utilizzando per processare il prodotto. Voglio anche sapere come hanno fatto a produrre quella quantità di belostomatidi in così poco tempo. Non ha davvero alcun senso. Se dovessimo credere ai rapporti, sembrerebbe che abbiano aumentato la produzione del centocinquanta percento in quattro mesi. Questo è impossibile e l'impossibile è inaccettabile! Voglio dati, non favole. Voglio risposte a queste domande, risposte soddisfacenti, e le voglio prima di subito. Chiaro?"

"Sì, signore."

Avalon annuì e si sistemò meglio sulla sedia, avvicinandosi al tavolo. Sopra di esso, una dozzina di piatti e ciotole giacevano vuoti o semivuoti. Con un gesto automatico del braccio trascinò verso di sé l'unico piatto ancora pieno. Valutò per qualche secondo il suo contenuto: una generosa porzione di frittura di cavallette, grilli domestici, termiti e formiche, il tutto mischiato in una pastosa salsa color cremisi. Annusò rumorosamente, quindi infilò una mano nella mistura d'insetti e ne assaggiò un paio, sgranocchiandoli con gusto. Scosse leggermente la testa e aggiunse un po' di pepe prima di riprendere la forchetta e riempirsi la bocca.

"Beh, non startene lì impalato," continuò Avalon, deglutendo. "Che cosa ne è stato del nostro piano edilizio in Vietnam? Mi avevi detto che era urgente che ne parlassimo. Bene, parliamone."

Hector non rispose. Si limitò a guardare lo schermo in carbontecno che circondava il suo polso e parte dell'avambraccio. Numeri e grafici orbitavano intorno al dispositivo cilindrico, muovendosi o cambiando a seconda dei suoi gesti.

"Sì, signore." Hector esitò per qualche secondo. Poi disse, "Sfortunatamente... sfortunatamente sembra che le autorità locali non siano inclini a dare il via libera al nostro progetto."

Avalon non smise di mangiare, ma grugnì qualcosa in direzione dell'assistente. Hector continuò a parlare.

"Nel loro rapporto preliminare hanno sollevato diversi problemi riguardanti la nostra proposta. Tra gli altri le autorità citano le specifiche del piano stesso, una mancanza di fondi nel progetto, il possibile impatto negativo sull'ambiente, carenti misure di salvaguardia dei lavoratori, trascurabili benefici per l'economia locale e per la loro forza lavoro, una..."

Avalon chiuse gli occhi e si massaggiò le tempie. Interruppe l'elenco agitando una mano piena di salsa.

"Tradotto, quei sacchi di vomito vogliono un incentivo più consistente?"

Hector scosse la testa. "Il nostro... incoraggiamento non è stato neppure considerato, signore. Personalmente penso che stiano..."

"Lo so cosa stanno cercando di fare," lo interruppe seccato l'altro. "Una scusa, come un predatore, è facile da riconoscere."

Avalon si morse l'interno della guancia e inspirò profondamente. "Non capisco. Devono avere una ragione per tenerci fuori dal loro territorio. La domanda è: quale? I rapporti indicavano un forte interesse della comunità locale per i nostri insetti. Importano più grilli e cavallette loro che il Laos e la Birmania messi assieme, dannazione. Hanno bisogno del prodotto. Lo vogliono. A che gioco stanno giocando?"

Hector aprì la bocca ma la chiuse subito dopo. La domanda rimase senza risposta e il silenzio si protrasse per diverso tempo. Avalon tornò a concentrarsi sul suo pasto.

Finì l'ultimo grillo fritto e svuotò il bicchiere di vino rosso che aveva davanti, producendo con la bocca un poco elegante risucchio.

L'uomo schioccò le dita, alzò il bicchiere vuoto e il giovane cameriere che attendeva silenzioso alla sua sinistra si mosse celermente per riempirlo. Quando il bicchiere fu pieno, Avalon fece segno di sparecchiare i piatti e le ciotole vuote e servire la prossima portata mentre esplorava con il dito medio la vastità delle sue narici.

Guardò il cameriere pulire con grazia professionale le ultime briciole, servire un piatto, posate pulite e indicare la nuova portata.

"Nido di scorpioni in salsa di soia, aceto e uva sultanina."

Avalon lo congedò, agitando una mano, senza neppure guardarlo. Il cameriere annuì e tornò nella sua postazione.

Hector stava valutando i dati che orbitavano intorno al suo avambraccio. Sembrava nervoso e insicuro al tempo stesso. Il suo cipiglio si fece se possibile più marcato. La sua schiena era più dritta e rigida che mai. Le labbra sembravano fuse in un'unica linea orizzontale.

Chiuse gli occhi, inspirò profondamente e fece un passo esitante verso il suo capo.

"C'è dell'altro, riguardo al nostro piano in Vietnam, signore," disse alla fine, a voce bassa, come se temesse di essere ascoltato da orecchie indiscrete.

"Sto ascoltando," disse Avalon, continuando a mangiare.

L'assistente si guardò attorno, quindi proseguì.

"È una possibilità che sembra improbabile ma che non mi sono sentito di escludere dal rapporto." Hector indicò i dati che il suo dispositivo stava emettendo. "Il motivo della nostra esclusione dal Vietnam potrebbe non dipendere dalle politiche dell'amministrazione locale, o non semplicemente da queste ultime. Potrebbe... potrebbe essere stato causato da un fattore esterno."

Avalon inghiottì un boccone, pulendosi con una mano il rivolo di salsa scura al lato della bocca. "Mi sembra chiaro che siano loro a non volerci tra i piedi. Di quali fattori esterni vai blaterando?"

Hector non rispose immediatamente. Per qualche secondo si limitò a guardare il suo capo dare ordini al cameriere con grugniti e gesti.

Alla fine l'assistente mosse le dita, sfiorando numeri e lettere. "Il reparto F ha inviato una serie di dati," riprese, soppesando ogni parola. "Singolarmente, non sembrano avere nessuna importanza particolare, eppure... Io sospetto spieghino cosa stia accadendo davvero in Vietnam se... beh, se letti in un certo modo."

"Sono tutt'orecchi," disse Avalon.

"Dai rapporti risulta che la Somsak Khon Kaen stia importando merci e intessendo rapporti commerciali con tutti i mercati degli insetti edibili nella regione, ma che non abbia neppure lontanamente considerato il Vietnam."

"Una prova che quei porci non hanno il dono dell'ubiquità, dopotutto," disse Avalon, trionfante. "Una buona notizia in questo mare di merda."

Hector scosse la testa. "Signore, la Somsak Khon Kaen è risultata attiva in Malesia, Filippine, Indonesia, Birmania, Laos, Cambogia e perfino nel sud della Cina ma non in Vietnam. Nessuna attività in quella regione. Non sto parlando solo di piani d'appalto o di contatti con l'amministrazione o la manodopera locale. Importazione, esportazione, assistenza tecnica, scambi di know-how... nulla. Non c'è nulla. Hanno trattato quella regione come una zona fantasma."

Avalon s'interruppe d'improvviso, la forchetta a metà strada tra il piatto e la bocca aperta. Il suo collo s'irrigidì mentre il cervello elaborava quanto l'assistente aveva detto.

"Fammi vedere," disse alla fine, posando la forchetta e muovendo velocemente le dita.

Hector si tolse il bracciale e dopo averlo sfiorato un paio di volte, il dispositivo cambiò forma, allungandosi e appiattendosi. Era diventato un semplice tablet. Hector lo porse al suo capo, che lo prese velocemente e cominciò a valutarlo.

"A mio avviso, le loro mosse sembrano suggerire due possibili spiegazioni," aggiunse Hector, mentre Avalon studiava lo schermo. "O che non mostrino la minima traccia d'interesse per il mercato vietnamita, la qual cosa non sembra avere molto senso considerati i loro precedenti, o che stiano cercando di..."

"... Stiano cercando di non attirare la nostra attenzione," concluse per lui Avalon, serrando la mascella. "Che stiano cercando di espandersi a Est e impedirci allo stesso tempo di entrare nel mercato vietnamita."

"La mia conclusione, signore."

Avalon continuò a osservare i dati, gli occhi sgranati e iniettati di sangue. "Se è vero, la situazione è molto peggiore di quanto sospettassimo. Non solo hanno stabilito una presenza qui. Ora stanno cercando di espandersi in una zona vergine, cercando di escluderci completamente dal processo. Ma come hanno fatto a..."

"Il vostro problema, signori, è che continuate a trattare la Somsak come un ostacolo, quando davanti a voi non avete altro che un'opportunità."

Avalon e Hector distolsero all'unisono gli sguardi dal tablet e fissarono il punto dal quale proveniva la voce.

Quello che pochi secondi prima era stato il loro cameriere, aveva percorso metà del balcone e si era seduto all'estremità opposta del tavolo, senza che nessuno dei due se ne accorgesse.

Per terra giacevano una cravatta, una giacca, una camicia e un paio di scarpe. Ora, a parte una semplice maglietta e pantaloni scuri, il ragazzo indossava solamente un sorriso vivace e un'espressione impudente.

Una persona completamente diversa da cinque minuti prima.

La trasformazione nelle sue sembianze era stata talmente drastica e repentina che Avalon pensò per qualche secondo che fosse qualcun altro.

L'uomo guardò il ragazzo sorridente e subito dopo il posto in cui era stato dritto e immobile fino a quel momento, come se non riuscisse a coniugare le due cose. I suoi occhi continuavano a cercare il cameriere, pur sapendo di averlo proprio davanti.

Il primo a riprendersi dallo stupore fu Hector, che indicò il ragazzo seduto con un dito ammonitore.

"Che cosa stai facendo?" disse a bassa voce, incredulo, con un tono a metà tra lo stupito e l'indignato.

"Saemangeum City è uno spettacolo che va gustato da seduti, signor Hoberdan."

"Che cosa... che cosa hai detto?" esalò l'assistente.

Il ragazzo si sporse per prendere una bottiglia d'acqua. Una volta svitato il tappo, cominciò a trangugiare avidamente il suo contenuto.

"Chiamo la sicurezza," disse Hector, il volto oltraggiato, trafficando con il tablet che aveva assunto nuovamente la forma di un bracciale.

Avalon non disse nulla, si limitò a guardare il ragazzo con molta attenzione, come se stesse osservando una forma all'orizzonte di un deserto, per tentare di capire se fosse vera o un miraggio.

Era la prima volta che guardava davvero il ragazzo. Sembrava giovane, molto giovane. Era basso e magro, con un volto scarno e abbronzato. Aveva capelli scuri tenuti in alto con del gel. Gli occhi a mandorla erano color ambra e ricordavano due gocce di rugiada cadute perpendicolarmente su un viso con tratti orientali e occidentali. Un misto, pensò Avalon. Probabilmente un incrocio tra un Han e un muso bianco.

L'uomo non interruppe il ragazzo mentre scolava la bottiglia. Invece, continuò a osservarlo con stupore e fascino. Chiaramente, sembrava essere a suo agio.

Quando ebbe finito di bere, Avalon si sporse verso di lui, indicando la bottiglia vuota con entrambe le mani.

"Posso farti portare un'altra bottiglia? Sembri essere assetato."

"Dopo, forse. Ora sto bene."

"Succo di frutta, latte, cioccolata calda?" continuò a informarsi l'uomo, indicando la porta del balcone.

"Magari più tardi."

Avalon puntò i gomiti sul tavolo, incrociò le dita e appoggiò la testa su di esse, fissando il ragazzo senza battere ciglio. "Sei uno spostato, un cialtrone o hai semplicemente deciso di licenziarti con stile?"

Il ragazzo piegò il lato della bocca e sorrise. "Tutte e tre le cose e nessuna in particolare."

"Sarei curioso di capire il motivo di questa pagliacciata."

"Semplice. Sono qui per farle da consulente, signor Moon. Darle consigli utili."

"Consigli? Tu? Mi sfugge qualcosa? Pensavo fossi qui per pulire le briciole dal tavolo e servire la prossima portata."

"Quello e fare in modo che lei diventi oltraggiosamente ricco."

Avalon sbuffò. "Questa cosa andrà a finire male per te. Non amo essere preso in giro. Ragazzino, hai la benché minima idea di chi hai di fronte?"

"Avalon Yolay Moon," rispose l'altro prontamente. "Nato a Singapore il 31 marzo 1985. Figlio di Jin-ho Moon e Anong Kasemsarn. Fondatore e Presidente della Sanuk Edible Insects, Inc. Multimilionario, stacanovista, ateo, entomofago e convinto sostenitore del movimento *Bestiame A Sei Zampe*. Consuma solo insetti o prodotti derivanti da essi. Amante del calcio e del basket, single, suscettibile ed estremamente cocciuto. Ha una memoria fotografica e un discutibile senso dell'umorismo." Il ragazzo fece una pausa e annusò l'aria. "Non particolarmente appassionato d'igiene personale," aggiunse, grattandosi il naso. "Colore preferito, marrone; piatto preferito, scorpioni grigliati con salsa barbecue. Ha due grandi passioni: la sua azienda e la sua pancia."

Avalon Moon si passò una mano sulle labbra, gli occhi sgranati.

"Chi *diavolo* sei?"

"Una domanda interessante, che ha più risposte," disse il ragazzo, tamburellando le dita sul tavolo. "Sarò franco con lei, signor Moon. Il mio nome è *Nessuno*."

Avalon alzò le sopracciglia e mostrò i denti. "Davvero?" disse, scuotendo leggermente la testa. "Bene, questo semplifica le cose. Non dovrebbe fregare a *nessuno* se stasera il corpo di *Nessuno* verrà trovato sul letto di un fiume."

In quel mentre due donne in uniforme smeraldo e oro comparvero all'unisono. Hector le accolse velocemente e indicò il giovane cameriere, ancora tranquillamente seduto.

La sicurezza annuì e si diresse velocemente verso di lui.

"Mi dica, signor Moon," disse il ragazzo, giocherellando con il tappo della bottiglia, senza badare affatto alle due guardie che si avvicinavano. "Se qualcuno le mettesse in mano quello che secondo lui è il biglietto vincente della lotteria, lei lo butterebbe prima o dopo essersi accertato che sia la combinazione vincente?"

Avalon alzò una mano, "Un momento," disse, rivolgendosi alle guardie.

"La Somsak Khon Kaen sta effettivamente progettando di espandersi in Vietnam," disse il ragazzo, continuando a giocherellare con il tappo. "Io sono qui per dirle come fare per risolvere il problema e trarre un beneficio inaspettato allo stesso tempo."

"Ti aspetti seriamente che mi metta ad ascoltare quello che dice un ragazzino che cinque minuti fa mi spareccchiava il tavolo?"

"Signor Moon, la veda in questo modo. Se sono un pazzo, lei avrà perso dieci minuti del suo tempo. Se non lo sono... beh, non è proprio questo che rende l'intera faccenda così interessante?"

La sicurezza guardò Avalon che teneva ancora la mano alzata. Era combattuto sul da farsi. Il ragazzo era sicuramente una seccatura, ma i suoi modi avevano destato la sua curiosità. Inoltre, aveva intenzione di scoprire come facesse a sapere tante cose sul suo conto.

"Aspettate qui fuori," disse alla fine Avalon, indicando alle due donne la porta. Le guardie obbedirono, uscendo dal balcone senza fiatare.

Hector fece per dire qualcosa ma il suo superiore lo interruppe. "Voglio sentire che cosa ha da dire questo scarafaggio, prima di insegnargli le buone maniere."

Hector annuì, anche se sembrava non approvare.

"Questa conversazione continuerà a due condizioni," stabilì Avalon con voce inflessibile, "voglio sapere il tuo nome e il vero motivo di questa farsa."

Il ragazzo sbuffò, chiaramente annoiato, come se gli fosse stato chiesto di ripetere un compito frustrante per l'ennesima volta.

"Il mio nome è un regalo che pochi ricevono, signor Moon, e lei non ha fatto nulla per meritarselo. Se proprio vuole una serie di lettere da associare alla mia faccia, 'Onniologo' farà al caso suo."

"Onniologo," ripeté a bassa voce Avalon, come se stesse assaggiando per la prima volta un frutto aspro e poco familiare. Si girò verso Hector, allargando le braccia.

L'assistente stava già trafficando con il suo bracciale. Dopo dieci secondi disse, "Secondo DataMorph è un cyberio, signore."

Avalon scosse la testa. "Dovrei sapere di cosa stai parlando?"

Hector continuò a leggere. "È un termine associato in occidente a un gruppo di terroristi del cyberspazio, come I Fratelli dell'Eternità e Black Anonymous. Non si sa se sia un solo individuo o un gruppo d'individui."

"Da-Da!" fece il ragazzo, muovendo le mani in modo teatrale. Poi guardò verso Hector. "Un consiglio per le sue successive ricerche, signor Hoberdan. Se vuole informazioni vere, la prego, non usi quel rigurgito di media e di propaganda elettorale per le sue fonti. Meglio Wikipedia."

"Un terrorista?" Avalon trattenne a stento un sorriso. Il ragazzo non poteva avere più di sedici anni.

"È un'imperdonabile semplificazione," disse l'Onniologo, "ma immagino spieghi perché non ricevo molte cartoline a Natale."

Avalon non trovò niente da replicare a quell'affermazione. Semplicemente per lui non aveva alcun senso.

Il ragazzo approfittò del momento di silenzio per continuare. Alzò due dita. "Per quanto riguarda la seconda domanda... beh, credo la risposta sia ovvia. Dubito che il signor Hoberdan, qui, le avrebbe fissato volentieri un appuntamento con un adolescente sconosciuto."

"Quindi hai deciso di prendere l'iniziativa e organizzare questa carnevalata," disse Avalon assottigliando gli occhi. "E come saresti riuscito a entrare nel reparto risorse umane?" poi aggiunse, con una nota di sarcasmo nella voce, "*Onniologo*."

"Ha qualche importanza, a questo punto?"

Un lungo silenzio seguì quella domanda. "No," rispose alla fine Avalon, sorridendo. Dopo qualche secondo speso a valutare il ragazzo si girò verso Hector. "Chi è a capo delle risorse umane?" chiese.

"Jiang Ping, signore," rispose prontamente l'assistente, senza neppure consultare il suo bracciale polimorfico.

"Bene," disse Avalon, annuendo, "mettilo a capo del reparto 'passatempi e hobby'."

Hector guardò il suo capo, senza rispondere. Alla fine riuscì a dire, "S-signore, non esiste un reparto passatempi e hobby."

Avalon lo guardò senza battere ciglio. "Devo proprio farti un disegnino? Leggi tra le righe, genio."

Hector annuì. "Ehm, giusto signore," disse, sfiorando il bracciale con un veloce movimento delle dita. "Ho capito. Lettera di licenziamento inviata."

"Quanti anni hai, ragazzo?" chiese Avalon, sempre più incuriosito.

"Diciassette."

"Diciassette anni," ripeté Avalon, passandosi una mano tra i capelli e scuotendo la testa. "Beh, *Onniologo*, congratulazioni. La tua sfacciataggine ti ha fatto guadagnare dieci minuti. Usali bene."

Il ragazzo non perse tempo. Quando guardò nuovamente negli occhi del suo interlocutore, l'espressione furbetta e sbarazzina di poco prima aveva lasciato il posto alla pura determinazione. Avalon fu sorpreso dal cambiamento repentino. Il giovane sembrava essere invecchiato di dieci anni in dieci secondi. La cosa gli fece accapponare la pelle.

L'Onniologo indicò gli insetti sul tavolo.

"Il motivo per cui mi trovo qui, signor Moon, è perché io la conosco. So di essere di fronte a una persona speciale, che pensa fuori dagli schemi e che ha la capacità unica di concretizzare sogni e aspettative. Un uomo che può trasformare con le sue scelte il mondo che ci circonda. Cinque anni fa lei ha deciso di investire in quella che la maggior parte delle persone credevano una barzelletta. Una barzelletta che non faceva ridere. Una catena di ristoranti e fast-food costruita attorno all'universo degli insetti commestibili. Lei avrebbe venduto un prodotto considerato tabù da metà della popolazione terrestre e avrebbe costruito un business intorno a esso. Grazie alla sua perseveranza e ai suoi investimenti, lei ha creato un mercato completamente nuovo e ha trasformato un limitato costume tailandese in una pratica diffusa nell'intero Sud-Est asiatico. Un affare da mezzo miliardo di dollari che è andato oltre le aspettative di chiunque. Ora, cinque anni dopo l'inizio di quella scommessa, nessuno ride più e molti occhi si sono girati con interesse verso di lei e quello che sta facendo qui in Asia."

Avalon osservò molto attentamente l'Onniologo. Che il ragazzo avesse qualcosa di particolare era stato subito chiaro. Il modo in cui parlava, si muoveva e interagiva con le persone non era quello di un normale adolescente. Sicuro di sé, intraprendente, loquace, colto perfino, l'Onniologo era una costante sorpresa, imprevedibile e al tempo stesso impossibile da ignorare.

"Sono sorpreso, lo ammetto," disse Avalon alzando le mani al cielo, come arrendendosi alla loquacità del ragazzo. "Mi aspettavo di avere di fronte un ragazzino saccente e sconsiderato, non un ragazzino *saccente, sconsiderato* e *dotto in storia del marketing*. Ora, cosa vuoi che me ne faccia del tuo rapporto sulle mie performance? Credi che sia impressionato?"

"Quello che ha fatto non ha più alcuna importanza, a questo punto. È quello che farà a contare davvero. Il motivo stesso per cui sono qui."

L'Onniologo prese un piatto pulito e ci mise dentro uno dei grilli fritti che Avalon aveva consumato poco prima.

"Cinque anni fa, due terzi degli abitanti del pianeta avrebbero guardato questo piatto e storto il naso, o vomitato. Lei, guardando lo stesso piatto, vedeva un alto concentrato ipocalorico di amminoacidi, vitamina B12, riboflavina, vitamina A e proteine, incredibilmente facile da trovare, allevare, trattare, conservare e vendere. Il tutto pagando un prezzo irrisorio e ricavando dieci volte il denaro investito. Gli insetti sono uno dei prodotti più sottovalutati e fraintesi del nostro tempo. Disinformazione e ignoranza aleggiano su di loro. Essi sono incredibilmente efficienti nel convertire vegetazione in proteine commestibili. Quattro cavallette forniscono tanto calcio quanto quello contenuto in un bicchiere di latte. Cento grammi dello stesso prodotto contengono più ferro dell'equivalente quantità di manzo e meno calorie e grassi. Gli insetti producono meno rifiuti e gas a effetto serra del bestiame tradizionale. Hanno bisogno di una quantità limitata di terra e richiedono molto meno mangime. Come se ciò non bastasse, sono molto più convenienti per l'ambiente, costano meno risorse e possono generare molti posti di lavoro."

L'Onniologo prese il grillo dal piatto, lo osservò per un istante, quindi lo mise in bocca e masticò con gusto.

"Senza contare che sono incredibilmente gustosi."

Avalon non disse nulla, era interessato a capire dove quel discorso sarebbe andato a parare.

"La creazione della sua Sanuk ha mostrato al mondo che gli insetti sono una risorsa di cui nessuno aveva davvero approfittato. E ora, come conseguenza delle sue azioni, il mercato degli insetti commestibili è sul punto di trasformarsi radicalmente. Altre persone si sono accorte che i tempi sono maturi per investimenti in questo settore, e presto la sua leadership in questo campo sarà minacciata. In realtà, la sua leadership è in discussione nel momento stesso in cui stiamo parlando. Non è vero?" L'Onniologo indicò Hector, senza smettere di guardare Avalon negli occhi. "Nel tempo, lei perderà il suo primato e importanti multinazionali la scalzeranno dal podio, riducendola a un semplice giocatore senza alcuna influenza, costretto a racimolare le briciole di quello che una volta era il suo stesso impero."

Avalon si sistemò meglio sulla sedia. Le parole e il tono del ragazzo non gli piacevano affatto.

"Così sei un esperto di marketing e *anche* un indovino?" disse, massaggiandosi il collo. "La tua lezione di storia è interessante, lo ammetto, ma se il tuo consiglio è quello di preoccuparmi di un futuro che esiste solo nel tuo cervello, questa conversazione è stata una vera perdita di tempo. Cosa vuoi che me ne faccia delle previsioni di un diciassettenne? Ti aspetti che rigurgiti le tue parole solo perché hai messo su questo bello spettacolo? Perché sei riuscito a passare sotto il naso della mia sicurezza?"

"No," rispose l'Onniologo, sporgendosi verso Avalon, "le chiedo solo di fermarsi a riflettere. Lei continua a dare troppa importanza alla mia età e al mio aspetto fisico. Dimentichi quello che sembro. Chiuda gli occhi, se vuole, ma non si faccia ingannare dalle apparenze. Io le sto chiedendo di concentrarsi sul messaggio. Il *messaggio*, signor Moon."

"Il messaggio," ripeté Avalon, cominciando a spazientirsi. "Non c'è nessun messaggio nascosto, trama o complotto contro la mia Sanuk. Quello che dici non ha senso."

"Lei non è uno stupido. Ha ascoltato il rapporto del signor Hoberdan e legge i giornali. Come lei, tutti sanno cosa sta accadendo."

"Illuminami," disse Avalon, invitando l'altro ad andare avanti.

"Che le piaccia o meno, nel momento stesso in cui stiamo parlando la sua egemonia su un mercato che lei ha praticamente creato da zero si sta sfaldando. Rifletta! Un nuovo giocatore sbucato dal nulla si è stabilito nel suo territorio, prendendo un decimo del suo mercato in sei mesi. Più adattabile, aggressivo, imprevedibile e sicuro di quanto credesse possibile, sembra essere ogni volta una mossa davanti a lei. Questo giocatore capisce il prodotto, capisce i consumatori e il mercato. Sa come muovere i pezzi sulla scacchiera ed è a un paio di mosse dal dichiararle scacco matto."

"Parli della Somsak Khon Kaen?" realizzò Avalon, scrutando l'Onniologo e cominciando a respirare rumorosamente. "Non capisco cosa..."

"Una piccola impresa statunitense sta stravolgendo il suo piano attentamente calcolato, strappandole pezzo dopo pezzo l'egemonia sul mercato degli insetti. Uno straniero, un muso bianco, come lo chiama lei, ha sviluppato la capacità di distruggere tutto quello per cui ha lavorato." L'Onniologo incrociò le braccia. "Ora mi ascolti. La Somsak Khon Kaen è solo il primo della fila. Nei prossimi cinque anni, il Sud-Est asiatico avrà una mezza dozzina di giocatori, più veloci e preparati della Somsak Khon Kaen e dieci volte le dimensioni e le risorse della sua Sanuk. A quel punto, se non si adatta, lei scoprirà di essere completamente disarmato. Sarà un bambino che gioca a fare il soldato contro adulti con armi nucleari."

La mente di Avalon rideva alle affermazioni del ragazzino; presuntuose, vaneggianti, assolutamente infondate. Eppure il suo cuore cominciò a battere più velocemente. Le sue mani cominciarono a sudare. C'era qualcosa d'inquietante nello sguardo dell'Onniologo e nelle sue parole, una sensazione d'inevitabilità che risuonava nelle sue frasi ed entrava nelle ossa, senza dare scampo. Un brivido gli corse lungo la schiena e per qualche ragione, iniziò a sentire freddo.

"Continui a parlare come se avessi una sfera di cristallo davanti agli occhi, moccioso, ma io non so che farmene delle tue previsioni catastrofiche. Non so cosa credi di sapere sulla mia compagnia, ma ti sbagli."

"Le mie affermazioni sono basate su fatti. Se ha prestato attenzione a quello che ho detto, dovrebbe essere chiaro che ho fatto i compiti a casa."

"Quindi sei a conoscenza d'informazioni, notizie, o dati che noi non abbiamo? Prove concrete sconosciute a me e alla mia compagnia? È questo che stai cercando di dirmi?"

"Pensavo la cosa fosse chiara, a questo punto."

Avalon rifletté su quello che aveva sentito. "Come sei venuto a conoscenza di tutto questo? Voglio dire, questa guerra di cui stai blaterando, l'entrata in campo di nuove compagnie. Io non so nulla di tutte queste fesserie." Avalon guardò l'assistente per un istante. Hector scosse la testa. "Dove sono le prove di quello che dici? Ascolta, posso bere la storia del ragazzo loquace e intraprendente che vuole farsi notare, mi piace il tuo stile e la montatura che hai messo in scena con questa farsa dell'Onniologo, ma se stai parlando d'informazioni confidenziali, utili alla mia compagnia, questo è il momento di sputare il rospo. Dammi una ragione per credere alla tua storia o levati dalle palle!"

"Tutto questo ha poca importanza, signor Moon," disse l'Onniologo. "Ancora una volta, presti attenzione al messaggio, si fidi del suo istinto. Ciò che importa adesso è la sua risposta a questa minaccia e la sua visione per il futuro."

"La mia risposta?" Avalon non seguiva più il discorso astratto dell'Onniologo, e la cosa lo irritava parecchio. Sembrava fosse finito suo malgrado dentro la tenda di un'indovina che gli stava leggendo la mano, raccontandogli il suo futuro. Odiava questo genere di stronzate.

Fece per alzarsi, ma il ragazzo continuò a parlare.

"La Somsak Khon Kaen le ha dimostrato di fare sul serio, che possono batterla sul suo stesso territorio. Lei non si trova di fronte un gruppo di agricoltori che può spaventare con alcuni dei suoi uomini, o a una piccola impresa tailandese che dichiarerà bancarotta da qui a sei mesi per mancanza di risorse. Lei ha di fronte una compagnia straniera aggressiva e motivata. La loro mossa in Vietnam è solo l'inizio. Se non gestisce la situazione in fretta, la cosa le sfuggirà di mano. E, mi creda, lei non sarà in grado di gestire la faccenda nel modo in cui vuole. La Somsak Khon Kaen è un animale fuori dai suoi schemi, adattabile e con un'agenda imprevedibile. Se lei decide di iniziare questa battaglia, le prometto che sarà lunga ed estenuante, e alla fine lei perderà miseramente."

"Va bene. Ho capito. Non vuoi dire come, non vuoi dire perché, ma vuoi farci credere che sei tre passi avanti a tutti gli altri," disse Avalon. "Sai già tutto. No? Tanto vale che ti disegni un neo grosso come una casa sul naso e metta su la tua tenda da chiromante. Oppure no, aspetta! Questo è il momento magico in cui mi suggerisci un'alternativa alla mia disfatta. È questo il motivo per cui sei qui, dopotutto. Per *darmi consigli*, giusto?"

"Il mio consiglio è semplice," disse l'Onniologo, ignorando il tono di Avalon. "Unisca le sue forze con la Somsak Khon Kaen. È l'unico modo per evitare che tutto ciò che avverrà da qui a qualche anno distrugga il suo lavoro."

"Che cosa hai detto?"

"Una fusione, signor Moon. Una fusione tra la sua Sanuk e la Somsak Khon Kaen è l'unico modo per evitare l'oblio."

"Una fusione?" Avalon batté le mani un paio di volte e scoppiò a ridere. "Ah! Sei uno scrigno di sorprese, moccioso. Davvero! Non posso credere a metà delle stronzate che hai detto, ma le hai dette così bene che non riesco neanche a muovermi. Guarda! Ho il culo foderato alla sedia. Mi piaci. Sei uno spasso!" Avalon si pulì la bocca con il dorso della mano. "Va bene, d'accordo, stiamo al tuo gioco. Cosa ti fa credere che loro vogliano... che la Somsak voglia avere qualcosa a che fare con me?"

"Lo so per certo, signor Moon."

"*Come?*" abbaiò Avalon, stanco di quella conversazione senza senso.

L'Onniologo aveva un volto impassibile, una maschera bianca che non lasciava trasparire nulla.

"Perché sono io la Somsak Khon Kaen," disse, piegando la testa fin quasi a toccare la spalla.

Un lungo silenzio seguì l'affermazione dell'Onniologo.

La sua ultima frase rimase nell'aria per dieci secondi, senza che nessuno dei presenti osasse parlare o muoversi.

Quando Avalon riprese a respirare, si lasciò andare a una risata roca e incontrollabile. Si asciugò gli occhi e tirò su col naso un paio di volte. Fece per parlare, ma fu interrotto da un'altra scarica di risate. La tensione che aveva aleggiato nell'aria fino a poco prima era morta e sepolta.

"Hector, chiama le guardie," disse Avalon, rosso in volto, muovendo una mano in direzione dell'entrata. "Abbiamo finito con questa pagliacciata!"

Hector iniziò a toccare il suo bracciale ma fu interrotto dall'Onniologo, che non si era mosso di un millimetro.

"E perdersi la faccia del suo assistente quando la segreteria della Somsak Khon Kaen lo chiamerà?"

Avalon roteò gli occhi, incredulo.

"Davvero?" disse dopo un paio di secondi, poggiando le mani sui fianchi. Guardava il ragazzo come se fosse una mosca troppo rumorosa. "La segreteria stessa? E quando dovrebbe avvenire questo incredibile colpo di scena?"

L'Onniologo cominciò a tamburellare un dito sul tavolo. "In sette, sei, cinque, quattro, tre, due, uno..."

L'avambraccio di Hector s'illuminò di una luce azzurra, e il dispositivo iniziò a emettere una suoneria ritmica e ripetitiva.

Avalon si girò a bocca aperta verso il suo assistente, che gli restituì uno sguardo vacuo, inespressivo. Sembrava scioccato almeno quanto lui.

Quando Hector sfiorò il dispositivo, il suono s'interruppe. Avalon guardò l'Onniologo, che gli restituì lo sguardo senza battere ciglio.

"È... è la segreteria della Somsak Khon Kaen, signore."

"Va avanti," disse Avalon lentamente, sostenendo lo sguardo del ragazzo. L'atmosfera era di nuovo repentinamente cambiata. L'aria era forgiata di tensione e aspettative, una bomba pronta ad esplodere al minimo sussurro. "Che cosa dicono?"

"Il loro messaggio dice semplicemente: *è vero*," confermò l'assistente. "Null'altro."

"Sarà contattato nuovamente," disse l'Onniologo. "Deve rendersi conto che lei ha di fronte una scelta che determinerà il destino non solo delle nostre compagnie, ma quello di quest'intero mercato nascente. Con le nostre forze combinate potremmo creare un'unione inarrestabile che nessun'altra compagnia sarebbe in grado di contrastare. Potremmo raggiungere altri mercati, espanderci e crescere. Potremmo diventare il monopolista di questo settore. E quando gli altri si accorgeranno della vacca da mungere e i giganti cominceranno a valutare la loro entrata in scena, noi saremo una forza da tempo affermata, con la quale saranno costretti a fare i conti."

Il cervello di Avalon faticava a elaborare le informazioni che stava ricevendo. Nell'arco di dieci minuti, il suo cuore si era fermato una mezza dozzina di volte e il suo respiro si era fatto rapido e incontrollabile.

Si asciugò la fronte con la manica della giacca, tutto questo senza smettere di fissare l'Onniologo. "Due colpi di scena in meno di dieci minuti," disse. "Dimentica la tenda e la palla di cristallo. Dovresti considerare una carriera a Broadway. Faresti una fortuna."

Avalon inspirò profondamente e ordinò a Hector di dargli il tablet polimorfico. Quando ebbe finito di leggere il messaggio, si rivolse nuovamente all'Onniologo.

"Hai altri conigli nel cilindro? Vorrei saperlo se oggi è il giorno in cui il dio degli insetti ha deciso che debba crepare d'infarto."

L'Onniologo aprì le braccia e mostrò le mani vuote, come per stabilire che non fosse pericoloso. "Un altro paio. Nulla di letale. Per ora le chiedo solamente di considerare una sana, familiare e vantaggiosa proposta d'affari."

"Come una fusione?"

"Un assorbimento, a dire il vero," precisò l'Onniologo. "La sua Sanuk assorbirà di fatto la Somsak Khon Kaen. I dettagli sono stati trasferiti al suo assistente."

Avalon guardò Hector, che rispose con un rapido segno d'assenso. L'Onniologo non stava mentendo.

Faceva ancora fatica a credere che questo ragazzino fosse davvero quello che diceva di essere.

"Questa proposta d'affari mi sembra un regalo," stabilì Avalon, leggendo i dati sul tablet e cercando di mascherare il suo tono eccitato. "*Regalo* in questo mondo è una parola che non esiste. Sempre che tu, oltre che un mago e un indovino, non sia anche il figlio di Babbo Natale."

L'Onniologo rise. Per la prima volta il suono spontaneo e fanciullesco ricordò ad Avalon che stava parlando con un semplice adolescente. La cosa lo inquietò parecchio, molto più di quanto si aspettasse.

"Lei assumerà il controllo totale della sua rivale" disse l'Onniologo, incrociando le braccia. "Le sue risorse, la sua tecnologia, i suoi contatti e il suo personale. Tutto quello che è la Somsak, sarà suo. Vorrei però che gli elementi chiave del successo della Somsak Khon Kaen entrino a far parte del suo consiglio direttivo. Specialmente i ricercatori e gli specialisti in relazioni pubbliche, due elementi di cui la sua Sanuk ha fortemente bisogno."

Avalon annuì. "Mi aspettavo delle condizioni," disse, guardandolo con occhi ridotti a fessure. "Questo è un altro regalo. Mi dispiace rovinarti la festa, ma ti ci vuole ancora un miracolo per diventare santo."

L'Onniologo sorrise. "L'accordo si farà se accetterà due condizioni. Condizioni non negoziabili."

"Ora sì che ragioniamo," disse Avalon battendo le mani. Finalmente si parlava una lingua che riusciva a capire. "Forza! Colpiscimi!" L'uomo allargò le braccia e chiuse gli occhi in modo teatrale.

"Lei farà in modo di espandere il mercato degli insetti edibili in Saemangeum City. Voglio che questo posto diventi uno dei centri nevralgici del suo impero commerciale."

Avalon si guardò attorno, sorpreso. Chiuse la bocca e scosse la testa, confuso. "Vuoi dire, *qui*? In questa città?"

"Esattamente."

Avalon rise, una risata nervosa e incredula. "Di cosa stai parlando? Questa città è un guscio vuoto. Ha una popolazione di operai, architetti e ingegneri. A chi dovrei vendere i miei insetti? Ai pesci?"

"Chiuda gli occhi," gli disse l'Onniologo. "Immagini come sarà questa città venti anni da adesso, quando sarà popolata da milioni d'individui."

"Mi dispiace," rispose Avalon, toccandosi la testa. "Ho una pessima immaginazione."

L'Onniologo si guardò attorno, ammirando il profilo appena accennato di alcuni grattacieli.

"È proprio vero. Saemangeum City è un dono che pochi capiscono."

Avalon ignorò l'ultima frase. "Va bene. Vediamo... vediamo se ho capito bene quello che mi stai chiedendo. Tu vuoi che venda insetti ai coreani. È questo quello che vuoi? Questa sarebbe la tua prima condizione?"

"No, non ai coreani. Voglio che entri nel mercato di Saemangeum City con il suo prodotto. Quando sarà costruita la prima casa, il primo supermercato e il primo negozio, io voglio che lei si trovi lì, ad attendere, con il suo prodotto in mano e un sorriso a trentadue denti stampato sulla faccia."

"Mi dispiace scoppiare la bolla di sapone, ragazzo, ma vedo che la geografia non è il tuo forte. Saemangeum City è *parte* della Corea. Perché parli come se fossero due cose separate? Non ha alcun senso."

"Si fidi, le due cose possono sembrare parti della stessa sinfonia ora, ma le assicuro che non sarà così per molto tempo."

"Un poeta," sospirò Avalon, alzando le braccia al cielo.

L'Onniologo lo ignorò. "Pensi a Saemangeum City come a un mercato a parte, una città indipendente. Avrebbe più senso se usasse un pizzico d'immaginazione e di prospettiva, ma io non le sto chiedendo di fare nulla di tutto questo. Le sto semplicemente offrendo una possibilità."

Il ragazzo alzò una mano, precedendo il commento di Avalon. "Questa non è una discussione, signor Moon. Questa è una *condizione*. Prendere o lasciare."

"Non capisco la tua ostinazione," insistette Avalon. "Oggi, domani, fra un anno. Non fa alcuna differenza. Anche se questa città fosse uno Stato a parte e avesse dieci milioni di abitanti sul punto di morire di fame, nessuno comprerebbe i miei insetti. Considera la geografia del posto, dannazione. Considera la cultura e le tradizioni. Avrei la stessa possibilità di vendere grilli e formiche ai saemagesi che ai francesi o agli italiani. Questa gente non mangerà mai insetti. Sono stati addestrati a pensare che siano le feci della Terra."

L'Onniologo sorrise. "Beh, sarebbe sorpreso di scoprire cosa mangerebbe un italiano con la giusta quantità di passata di pomodoro sopra."

"Cosa?"

L'Onniologo scosse la testa. "Non ho alcun modo di spiegarlo bene con parole. Lo so e basta. Ascolti. Stiamo assistendo alla creazione della città più avanzata che l'umanità abbia mai costruito. Una città che non sorge da un'altra città, ma una provincia urbana vergine, che nasce e cresce da un terreno incontaminato e reclamato alla natura. Questa città è un foglio bianco sul quale scrivere a proprio piacimento, e le persone abbastanza intelligenti da capirlo faranno in modo di plasmarla come desiderano, nel bene e nel male. Di una cosa può essere sicuro. Questa città non sarà quello che le persone che la stanno costruendo si aspettano. Sarà un animale completamente diverso. Un regalo affascinante e imprevedibile. Internazionale, verticale, progredita, ricca e completamente autosostenibile. Un gioiello prezioso e bellissimo che non avrà eguali al mondo. Un'opportunità unica nel suo genere. Voglio che il mercato degli insetti edibili giochi una parte importante in tutto questo."

Avalon scrollò le spalle e si sfregò le mani. "Anche se fosse il paradiso sceso in terra, Saemangeum City è comunque al di là della mia giurisdizione. Dove troverei le risorse anche solo per tentare una cosa del genere? Non ho neppure i permessi o i contatti per operare in questa parte del mondo. Oltretutto il tuo discorso puzza di uova marce. Non ha alcun senso. Stai suggerendo un investimento epocale basato su una visione che potrebbe non avverarsi mai. Un impiego di mezzi e risorse su qualcosa di reale e tangibile quanto l'aria che sto respirando."

L'Onniologo mosse un dito, come indicando qualcosa molto distante. "Non lo chiamano capitalismo per questo motivo, signor Moon?"

Avalon non era convinto. "Il consumatore non avrà alcun interesse nel mio prodotto." Si mosse nervosamente sulla sedia, poi aggiunse, "Se davvero t'intendi di quello di cui parli, dovresti capirlo bene."

"Avrà interesse se noi faremo in modo che sia così. Se verranno fatte scelte coraggiose, che uomini come lei sono chiamati a fare. Scelte che possono disfare uomini, o creare leggende."

Avalon fece per replicare nuovamente, ma alla fine si trattenne. Capiva che l'Onniologo era più che determinato su quel punto. Decise una ritirata strategica, per il momento.

Grugnì e tornò a poggiare il peso del suo corpo sullo schienale, quindi si massaggiò il mento, aspettando che il ragazzo dicesse qualcos'altro. Aspettò invano.

"Ho bisogno del cesso," annunciò l'uomo, scorreggiando. Si grattò un'ascella, ma dopotutto non sembrò intenzionato ad alzarsi. Cominciava anche a sentire uno strano fastidio alla base dell'occhio. L'annuncio familiare e sgradito di un'emicrania. "E di un po' di polvere salvavita," aggiunse.

L'Onniologo lo guardò con curiosità.

Avalon infilò la mano dentro la tasca dei pantaloni e ne emerse con una piccola fiala. La aprì e riversò parte del contenuto sul palmo della mano. Era una polvere molto fine color ocra.

Avalon si tappò una narice e avvicinò il naso alla polverina. Si sentì un risucchio, poi un suono gutturale, come uno strano rigurgito. Alla fine batté un piede per terra e starnutì cinque volte di seguito. Gli occhi lacrimarono, ma non sembrò preoccuparsi degli effetti degli starnuti. Si toccò la fronte e la parte bassa della nuca. Sorrise, rivelando una fila storta di denti gialli che si sovrapponevano l'uno sull'altro.

Il mal di testa era scomparso.

"Dopo questa tua richiesta, ho paura di sentire la seconda," continuò Avalon, pulendosi il muco giallastro con il palmo della mano. "Di cosa si tratta, esattamente? Eh? Vuoi che debelli la fame nel mondo con abbracci e sorrisi o che restringa il buco dell'ozono con le mie scorregge?"

"Ho bisogno che lei mi metta in contatto con Zhongnanhai."

Avalon fece cadere la fiala, che s'infranse sul pavimento. Balbettò qualcosa d'insensato, poi guardò Hector, come se avesse bisogno urgente di un traduttore. La richiesta lo aveva colto completamente alla sprovvista. Ancora.

"*Cosa?*" riuscì a sputare finalmente, guardando l'Onniologo con gli occhi sgranati.

"Ha sentito bene, signor Moon. Ho bisogno che lei mi metta in contatto con il suo amico nel politburo cinese. Il signor Lì, se non ricordo male."

Il primo impulso di Avalon fu di mentire, dire di non sapere di cosa stesse parlando, ma ci ripensò quasi immediatamente. 'Io la conosco' aveva detto poco prima il ragazzo. L'uomo cominciò a realizzare solo allora la profonda verità di quelle parole. Forse, si trovò a riflettere, l'Onniologo era *davvero* l'Onniologo.

Avalon non negò di sapere a cosa il ragazzo si stesse riferendo. La sua espressione di stupore aveva già rivelato tutto quello che c'era da rivelare.

Decise quindi di giocare la carta dell'indifferenza.

"In meno di un quarto d'ora ho scoperto che un adolescente che non ho mai visto prima sa più cose sul mio conto di mia madre. Non so come prenderla. Quella storia sul terrorista informatico mi sembra quasi plausibile, adesso."

"Lei è una persona con molte risorse, ma poco attenta ai particolari, signor Moon," disse l'Onniologo. "È un libro aperto che lascia dietro di sé molte pagine. La sua compagnia è una copia sputata del suo creatore e alcune persone hanno imparato a sfruttare questa debolezza. Per questo motivo è così facile per me sapere quello che fa e quando lo fa, i suoi scopi e i suoi contatti. Il suo problema è che non ha mai pensato di essere in guerra, quindi non si è mai preoccupato di imparare a prendere la mira e sparare. È il problema del pesce più grande del lago. A un certo punto, diventa grasso e indolente."

"Vuoi dire che oltre al tuo culo, c'è anche una vera e propria talpa nella mia organizzazione?" Avalon sorrideva, ma il suo labbro stava tremando di rabbia.

"No, signor Moon, voglio dire che oltre al mio, ci sono un'altra dozzina di culi che occupano uno o più posti in uno dei suoi reparti. Tutti sul suo libretto paga, ma rispondono a qualcun altro."

"Ed ecco spiegato il perché sei qui."

"Sono qui perché sono un cameriere con i fiocchi," ribatté il ragazzo.

Avalon scosse la testa. "Infiltrazione, raggiro, menzogne, probabilmente estorsione. Sono i presupposti migliori per iniziare una fusione tra compagnie, non è vero? Ora che ci penso, a che cosa serve questa fusione? Siamo già una cosa sola. Non riesco neppure a capire dove inizi la Sanuk e cominci la Somsak!"

"È irritato?"

"Irritato? Sono incazzato! Ti spezzerei il collo con le mie mani se non fossi così dannatamente intrigante."

"Diventeremo ottimi amici, signor Moon. Posso chiamarti Avalon?"

"No."

"Mi sembra giusto. Allora, è d'accordo a soddisfare le due richieste?"

"Non ti aspetti seriamente che risponda a questa domanda adesso, vero? Ho appena scoperto che la mia Sanuk è un colabrodo d'informazioni. Devo ancora decidere se ammirarti o ammazzarti."

"Comprensibile. Ha ventiquattro ore di tempo." L'Onniologo si alzò dalla sedia.

"Ehi! Dove stai andando?"

"È arrivato il momento dei saluti. Fuori c'è qualcuno che mi sta aspettando, signori. Questa conversazione è finita."

Avalon guardò Hector.

"La lobby non riporta nessuna macchina in attesa," disse l'assistente, studiando il suo bracciale.

"Chi ha parlato di una macchina?" disse l'Onniologo, raccogliendo i suoi vestiti.

"Aspetta un attimo," Avalon si alzò dalla sedia. Fu un'operazione lunga e difficile, che richiese un notevole sforzo. "Potresti almeno spiegarti meglio? *Ammesso* che abbia effettivamente dei contatti con il politburo, che cosa se ne farebbe un ragazzino come te dei pezzi grossi di Pechino?"

"Ho bisogno di spedire un regalo," rispose semplicemente l'Onniologo, avviandosi verso la porta.

Avalon aggrottò la fronte. Aveva sentito bene?

"Un regalo? Che regalo?" chiese, confuso. "Un regalo per chi?"

L'Onniologo aprì la porta. Prima di varcarla, guardò dietro di sé e disse, "Un regalo per l'umanità."

8

GLADIA

2025

GLADIA EGEA SAPEVA di aver perso ancor prima di finire l'ultima frase.

Si accorse che stava sudando. Era nervosa, e se lei poteva accorgersene, anche gli altri dovevano averlo notato.

Sentiva il cuore battere all'impazzata. Si leccò le labbra aride mentre poggiava il guanto sul pulpito. Avvertì gli occhi degli spettatori osservarla, valutarla, giudicarla.

Il pubblico applaudì in modo educato ma poco convinto. L'applauso si esaurì in pochi secondi.

Era stato un errore, si disse Gladia mentre abbandonava il palco in silenzio. Semplicemente, non era tagliata per quel genere di cose. Non era un animale adatto all'arena.

La sua armatura era un semplice camice bianco e la sua spada nient'altro che un miscuglio di grafici e numeri astratti.

Purtroppo, lei era stata l'unica a raccogliere la sfida, l'unica abbastanza pazza da entrare di sua volontà in una vasca con uno squalo e sperare di uscirne viva.

Desiderò non averlo fatto. La posta in gioco era elevata e lei non era stata all'altezza.

Quando finalmente fu seduta, prese il bicchiere colmo d'acqua e sorseggiò il contenuto.

"Grazie, grazie dottoressa Egea per il suo intervento," stava dicendo l'uomo seduto alla sua sinistra invitando con una mano il pubblico della sala al silenzio. "Ora, il nostro secondo oratore è il Presidente Spine Woodside, contrario alla mozione del giorno: *L'esplorazione spaziale è un fattore necessario per lo sviluppo della nostra civiltà*. Spine Woodside è un uomo estremamente versatile: esploratore, giornalista, filantropo, egli è particolarmente noto per aver fondato la LAND, quella che i suoi associati definiscono 'lega per lo sviluppo terrestre sulla Terra'."

Nel centro dell'enorme spazio gremito di gente apparve una riproduzione tridimensionale del simbolo dell'organizzazione: un uomo e una donna inginocchiati ai lati della Terra che conteneva i simboli dei quattro elementi.

"Bene, Presidente Woodside," proseguì il commentatore, indicando il pulpito. "Ci faccia sentire quello che ha da dire. Ha dieci minuti da adesso."

Spine Woodside si alzò dalla sedia e salutò il pubblico con un braccio alzato. Venne ricambiato con una generosa sequela di applausi e fischi. Una volta sul palco, indossò il guanto lasciato poco prima da Gladia e concentrò la sua attenzione sul pubblico. La sala era costruita su tre piani e ricordava un enorme teatro. Doveva contenere almeno tremila persone.

Gladia, tuttavia, sapeva che gli occhi che lo stavano fissando in quel momento, studiando ogni suo movimento, erano infinitamente più numerosi. Le telecamere, avide della sua immagine, stavano trasmettendo la sua riproduzione in milioni di case in tutto il mondo.

Il landista sorseggiò la sua bottiglietta d'acqua con calma. Si assicurò che il guanto fosse acceso e si schiarì la gola.

"Amici miei, confesso che dopo aver ascoltato il discorso di Gladia, mi sento un po' perduto." Spine Woodside stava indicando la dottoressa Egea. "Lei è venuta armata di prove, statistiche, numeri, sondaggi e fatti, esposti con passione e loquacità. Lo ammetto, Gladia. Mi hai convinto." Woodside tirò fuori dalla tasca il suo portafogli e lo mise sul pulpito, in bella mostra. Occhi e telecamere si spostarono di conseguenza. "Non ho bisogno di tappeti," continuò, alzando la voce, "la mia casa ne è piena, ma se tu ne vendessi qualcuno finita la trasmissione, questa è la mia carta di credito."

Il pubblico proruppe in una risata. Woodside sorrise e lasciò passare qualche istante, permettendo alla risata di esaurirsi.

"Sfortunatamente," proseguì, alzando le braccia, "io non ho numeri o dati. Non ho nulla da vendervi. Io mi presento davanti a voi con una semplice storia. La storia di Deng, un contadino che ho incontrato in Cina qualche tempo fa." Woodside bevve un sorso dalla bottiglietta, facendo dilatare il silenzio per qualche secondo. "Vedete, dopo aver discusso con lui sulla famiglia e sulla politica, mi è sembrato giusto informarmi anche sull'opinione che avesse questo signore, un uomo rappresentativo degli oltre trecento milioni di contadini che abitano la nazione asiatica, sulla recente stazione spaziale messa in orbita dal suo governo. Notizia questa che, sono sicuro saprete voi tutti, ha letteralmente assediato i media di tutto il mondo. Così ho chiesto a Deng: 'Che cosa ne pensi della vostra conquista nello spazio aperto?' Lui mi ha guardato per qualche secondo, poi mi ha chiesto, confuso: 'Che cos'è lo spazio aperto?'"

Dal pubblico si levò un brusio indistinto. Woodside mosse la mano guantata e al centro della sala apparve l'immagine tridimensionale di un oggetto a forma di noce che orbitava intorno alla Terra. Indicò l'oggetto che aveva evocato. "Questa *cosa*, la cui funzione non è ben chiara a nessuno, è costata al governo cinese l'equivalente di trenta miliardi di dollari e un cinese su cinque non sa neppure che esiste."

Il pubblico era silenzioso e attento, gli occhi e le telecamere erano puntati sulla stazione spaziale cinese.

"Ma torniamo a Deng e alla sua storia," continuò Woodside. "Una settimana fa sono tornato nel villaggio per invitare lui e la sua famiglia a far parte di un documentario che io e alcuni volontari stavamo girando. Con mio profondo rammarico ho scoperto che Deng e metà dei suoi compaesani non c'erano più. Un'ente non profit impegnata nell'area mi ha comunicato che una recente perdita in un impianto industriale ha contaminato le riserve d'acqua potabile della regione. Come conseguenza, un totale di centoquarantotto persone sono morte per avvelenamento. Deng e la sua famiglia compresi."

Woodside fece una pausa. Il silenzio era totale.

"Sono sicuro che nessuno in questa sala sa minimamente di cosa sto parlando. E perché dovreste, dopotutto? La notizia è cattiva pubblicità. Una verità scomoda. Non è certo l'ultimo orgoglio spaziale da trenta miliardi di dollari spedito in orbita in pompa magna, non è il meraviglioso fuoco d'artificio che merita la vostra attenzione."

Gladia si mosse nervosamente sulla sedia mentre il moderatore invitava il pubblico al silenzio. Woodside alzò il mento e gonfiò il petto.

"Io, davanti a voi, mi faccio portavoce di questi centoquarantotto fantasmi e li porto come prova contro la mozione di oggi. A questo punto vi chiederete quale sia il nesso fra questa mozione e un contadino nel Sud-Ovest della Cina. È molto semplice. Un superficiale controllo di routine all'impianto sotto accusa avrebbe individuato la perdita, allertato le autorità e salvato il villaggio. Questo controllo sarebbe costato al governo l'equivalente di millecinquecento dollari. Millecinquecento dollari che i burocrati di Pechino non hanno speso perché l'intervento fu considerato poco pratico, non necessario e, cito dalla risposta ufficiale pervenuta dal portavoce della fabbrica: *antieconomico*."

Woodside venne interrotto dal mormorio crescente del pubblico.

Attese che il silenzio fosse ristabilito prima di continuare.

"Amici miei, la nostra storia come civiltà è frutto di una serie di scelte. Io credo che quanto è accaduto a Deng, alla sua famiglia e al resto del villaggio, sia la prova di una cattiva scelta. Deng era un padre e un marito, un lavoratore instancabile e un amico. E ora è morto. *Morto*. E siamo stati noi come specie ad ucciderlo."

Woodside fece spaziare il suo sguardo sul pubblico. "Ma non crediate neppure per un istante che la mia storia sia un caso isolato, accaduto in un posto remoto e frutto di una circostanza unica. Oggi sul nostro pianeta vengono fatte migliaia di scelte come questa e la stragrande maggioranza delle persone non se ne rende neppure conto. Oggi lo sport preferito delle nazioni è il lancio di costosi pezzi di acciaio attraverso l'atmosfera con l'unico obiettivo di poter gridare ai quattro venti, 'anche io, anche io!' senza curarsi delle reali esigenze delle persone che vivono su questo pianeta. Per favore, guardate..."

Spine Woodside presentò immagini tridimensionali che mostravano esempi a sostegno della sua posizione. Man mano che si susseguivano, li commentava brevemente con ardore e sagacia.

Ecco apparire una sfavillante sonda lanciata dalla NASA verso le profondità del Sistema Solare, contrapposta a un giovane mendicante all'ingresso di un college che implorava: 'Per favore, pagate la mia istruzione.' Poi venne il turno di un enorme telescopio che esibiva il logo ESA contrapposto alla foto di un barbone davanti al Parlamento Europeo che mostrava la scritta: 'Disoccupato da dodici anni.' Seguì un filmato che mostrava un esercito di scienziati indiani circondati da mappe stellari, intenti a risolvere complicati calcoli astratti mentre in una strada poco distante un gruppo di bambini nudi e denutriti dormiva su un cumulo d'immondizia circondato da scarafaggi.

Woodside aveva fatto in modo che l'effetto delle immagini fosse dirompente, una bomba emotiva con la quale era facile empatizzare.

L'ultima immagine si perse nel nulla mentre il landista si sfilava il guanto e guardava con occhi penetranti il pubblico ammutolito.

"Ogni minuto governi, imprese private e semplici individui spendono nella cosiddetta 'fatica spaziale' milioni di dollari senza che l'umanità ricavi nessun beneficio concreto. Risorse che potrebbero essere utilizzate per salvare vite umane sono spese per mandare robot ultratecnologici a rastrellare sabbia e ghiaccio a milioni di chilometri di distanza o per scattare immagini colorate di oggetti spaziali che non esistono più da milioni di anni. Io, voi, nessuno può negarlo! Sono decenni che l'umanità spreca soldi, materie prime, strutture, idee e individui per un hobby che non ha mai portato e mai porterà un beneficio concreto alla nostra civiltà. La mozione di oggi, per il solo fatto che esista, testimonia la volontà di cambiare, di migliorare, di ammettere uno sbaglio e procedere oltre. Oggi, davanti al mondo intero, potete aiutarmi a fare la scelta giusta votando un sonoro, inequivocabile 'no' a questo scempio."

Spine Woodside scese dal podio circondato da un tripudio di applausi e una quasi generale standing ovation. Sorseggiò la sua bottiglietta d'acqua mentre tornava a sedersi a qualche metro da Gladia.

"Grazie, grazie," intervenne il moderatore sovrastando gli applausi e invitando tutti a sedersi. "Bene, abbiamo sentito i nostri due contendenti. Ora la parola passa a voi, il nostro pubblico. Avete un paio di minuti per pensare alle domande da rivolgere ai nostri due relatori, nel frattempo v'illustrerò come avete votato prima che il dibattito iniziasse. Ricordo che la mozione del giorno è: *L'esplorazione spaziale è un fattore necessario per lo sviluppo della nostra civiltà.* Dunque, 1.200.109 persone erano a favore della mozione. Contro la mozione, erano invece 1.300.005 persone. Ora, è importante sottolineare che 700.502 persone erano indecise al momento del voto. Dottoressa Egea, Presidente Woodside, mi pare ovvio che dovrete convertire questa massa di astenuti al vostro punto di vista per portare a casa il risultato."

Un cameraman lì vicino alzò un pollice nella sua direzione.

"Bene," disse il commentatore, annuendo verso il cameraman. "Iniziamo ora a sentire le vostre domande. Ricordo che alla fine chiederemo ai nostri spettatori a casa e in sala di votare una seconda volta. Potremo così confrontare i risultati e determinare un vincitore."

Egli guardò il pubblico e indicò un uomo con la mano alzata.

"Lei! Sì, lei che si agita sulla sedia. Sembra aver un urgente bisogno di fare questa domanda. Potete presentarvi brevemente se credete sia rilevante. Prego."

Dal pubblico si alzò un uomo di mezza età, alto e con le spalle spioventi.

"Mi chiamo John Bernardi, lavoro al Jet Propulsion Laboratory in Pasadena. Volevo chiedere a Spine Woodside se si rende conto del controsenso che va predicando. Lei parla di spreco di risorse, di ricerche inutili, di hobby superfluo quando si riferisce alle conquiste che abbiamo fatto come civiltà nello spazio. Sono sicuro non abbia la benché minima idea dei progressi che abbiamo ereditato grazie alle missioni Apollo, al telescopio Hubble, al programma degli Shuttle, all'ISS, al…"

"Signor Bernardi, la stiamo perdendo," lo interruppe il commentatore, alzando una mano. "Ha anche una domanda da qualche parte nel suo comunicato?"

Lo spettatore annuì. "Da quanto abbiamo sentito, persone come lei pensano che la regina Isabella non avrebbe dovuto finanziare una spedizione come quella di Colombo." Ci fu una breve pausa, quindi continuò a parlare, visibilmente accalorato. "Voleva una domanda? Ecco la domanda: perché non torna a casa e studia un po' di storia?"

Una parte del pubblico applaudì all'intervento mentre il commentatore cedeva la parola a Woodside.

"Ringrazio l'amico del JPL per la domanda," disse il landista, sorridendo. "Ora, mi preme soffermarmi sulle *mirabili* conquiste che il club dello spazio ha davvero ottenuto. Se non sbaglio, lei ha citato il programma Apollo, il telescopio Hubble, gli Space Shuttle e la Stazione Spaziale Internazionale. Analizziamo tutto questo da vicino. Ebbene, il programma Apollo costò all'epoca circa 24 miliardi di dollari, più o meno 130 miliardi di dollari odierni. Lo ammetto," Woodside alzò le mani, come se si stesse arrendendo, "sarei un ipocrita se non riconoscessi che con questa somma abbiamo ottenuto quasi quattrocento chili di roccia, suolo e polvere lunare e siamo riusciti finalmente a risolvere il problema della mancanza di sassi che devasta il nostro pianeta."

Il pubblico scoppiò a ridere.

Woodside incrociò le braccia e continuò a parlare. "Il telescopio Hubble è stato semplicemente la più costosa macchina fotografica costruita nella storia dell'umanità e la sua utilità è evidente quanto le sue foto sfocate. Più di dieci miliardi di dollari per sapere che Plutone ha un quarto e un quinto satellite e che esistono pianeti anche intorno a stelle diverse dalla nostra. Sono sicuro che tutto ciò abbia rivoluzionato le vite del miliardo e mezzo di persone che vivono con meno di tre dollari al giorno." Fischi e urla di approvazione si sommarono alle risate.

"Ma andiamo avanti! Gli Space Shuttle. Ottimo affare! Hanno messo una gigantesca macchina fotografica rotta nello spazio così che potessero giustificare i costi per ripararla, hanno consentito la crescita di alcuni cristalli a gravità zero e hanno permesso a un gruppo di scienziati, addestrati per anni, di scattarsi foto a vicenda mentre piroettavano come scimmie ammaestrate nel vuoto. Mi preme ricordare, inoltre, che questo programma che lei ha citato è costato la vita di quattordici persone. Sono sicuro che i familiari delle vittime che ci stanno ascoltando oggi saranno felici di sapere che i cadaveri dei loro ragazzi e ragazze sono costati al governo statunitense più di duecentodieci miliardi di dollari, adeguati all'inflazione."

Woodside venne interrotto da uno scroscio di applausi mentre Gladia stava sussurrando qualcosa all'orecchio del moderatore.

"Gentile pubblico magari sono solo io," disse Woodside, alzando la voce per farsi sentire sopra gli applausi, "ma non chiamerei *questo* un impiego intelligente delle vostre tasse."

Il pubblico rise, qualcuno fischiò e altri si alzarono in piedi e applaudirono.

"Va bene, va bene gente," s'inserì il moderatore, "passiamo alla prossima domanda."

"Ma io non ho ancora finito, Vostro Onore!" si lamentò Woodside, guardando con un mezzo sorriso il pubblico, che rise nuovamente.

"Sono sicuro avrà altre occasioni per continuare," gli disse l'altro di rimando. "Ora una domanda per la dottoressa Egea. Sì, per favore, quella signora in fondo con il chador. Prego."

"Salve. Studio fisica solare e astronomia all'università di Teheran. Volevo chiedere alla dottoressa Egea: cosa ne pensa della quantità di fondi che il governo statunitense ha deciso di concedere alla NASA in quest'anno fiscale? E quale crede sia il ruolo di società private come la Far Horizon e la sua SOL in quella che alcuni chiamano l'industria spaziale di prossima generazione?"

Gladia si sistemò meglio sulla sedia. "Prima di rispondere alle domande," disse, "ci tenevo a far presente al signor Woodside, perché evidentemente il nostro pubblico è abbastanza istruito da rendersene conto da solo, che l'elenco che ha fornito poco fa è meno divertente di una barzelletta raccontata male."

"Davvero?" chiese Woodside, alzando un sopracciglio. "Non so te, ma io ho sentito un mucchio di gente ridere."

"La *domanda*, dottoressa," le ricordò il commentatore.

Gladia strinse la mano mentre guardava Woodside, indecisa se rispondere alla domanda, prenderlo a pugni o fare entrambe le cose allo stesso tempo.

"Va bene," disse lei alla fine, evitando di guardare l'avversario. "È mia opinione che il budget di cui dispone la NASA oggigiorno sia un'altra barzelletta..."

"Certo," sussurrò Woodside con la chiara intenzione di farsi sentire dal pubblico, "hanno sicuramente bisogno di più soldi per fabbricare penne che scrivono nello spazio."

Il pubblico si lasciò andare a un'altra risata collettiva.

"... Per quanto mi riguarda," proseguì Gladia sovrastando le risate del pubblico, "confermo l'opinione che ho sempre avuto della NASA e di appendici governative simili sparse per il mondo. Il loro ruolo è stato importante negli anni passati ma oggigiorno è giunto all'epilogo. Il futuro dell'esplorazione spaziale appartiene al settore privato e alla scommessa di persone come la sottoscritta che decidono di investire pesantemente in questo campo. La SOL, ad esempio, impiega gran parte del budget accumulato dalla vendita dei suoi prodotti nella ricerca spaziale. Come saprete voi tutti, il progetto 'Spazio Libero' è stato il risultato ultimo di anni di ricerche e dello sforzo congiunto di migliaia di esperti. La tecnologia di materiali degradabili sviluppata..."

Woodside batté le mani in modo educato e assentì con la testa. "Gladia, mia cara," la interruppe. "Non mi sembra che la sala si renda conto del debito che il genere umano ha nei confronti della tua compagnia." Il landista alzò e abbassò le braccia, come a voler incitare il pubblico di uno stadio. "Prego tutti i presenti di ringraziare la dottoressa Egea per sponsorizzare ancora una volta quel magnifico aspirapolvere che ha eliminato la vernice spaziale dalle nostre teste."

Gran parte del pubblico seguì l'invito di Woodside, applaudendo e ringraziando educatamente Gladia.

La dottoressa si morse l'interno della guancia e lanciò a Woodside uno sguardo assassino.

"Va bene. Basta, basta così," disse il commentatore, riportando l'ordine. "Altre domande. Sì, lei, al secondo piano. Ha una domanda per il Presidente Woodside? Bene, proceda."

"Presidente, da quanto ci dice, mi sembra chiaro che lei non sia un patito della fantascienza. Voglio dire, le è mai capitato di sorprendere i suoi figli mentre guardavano Star Trek, o leggevano un libro di Asimov? Cosa farebbe se dovesse succedere una cosa del genere?"

Woodside strabuzzò gli occhi e si alzò in piedi. "Ma sta scherzando? Star Trek è una delle mie serie preferite! La adoro! Quanto ad Asimov, ho regalato la trilogia della Fondazione a mia figlia come regalo di compleanno."

Il pubblico, evidentemente confuso, si guardava intorno, mormorando.

"Mi scusi," intervenne il moderatore, "ma questo non sembra anche a lei un po'... strano? Una contraddizione, insomma. Voglio dire, queste due saghe parlano di un'umanità che vive nello spazio e si muove con astronavi, che è l'esatto opposto di quello che lei va predicando."

Woodside tornò a sedersi. Vestì il suo volto con un sorriso smagliante e si rivolse al pubblico.

"Non c'è nessuna contraddizione. Lasciate che vi faccia una domanda. Se un giorno mi alzassi e decidessi che gli unicorni e gli hobbit sono una buona idea, secondo voi, spendere il resto della mia vita a produrne uno potrebbe essere di qualche utilità per il resto del mondo? La risposta è ovvia e la gente sa che queste creature fantastiche sono e rimangono chimere, impossibili da creare perché frutto dell'immaginazione. *Immaginazione*, signori e signore." Woodside sottolineò la parola scandendo ogni sillaba. Fece una breve pausa, come se volesse dare al pubblico il tempo necessario per assorbire quello che aveva detto. Poi proseguì, "Non c'è nulla di sbagliato nell'immaginare. Il problema con la nostra società è che qualcuno un bel giorno si è alzato e ha deciso di far credere al resto del mondo che la fantascienza fosse una finestra sul futuro, qualcosa di reale piuttosto che una fantasticheria che va presa per quello che è. I viaggi a velocità maggiore della luce e le macchine del tempo sono mirabili invenzioni della mente. Il problema è che siamo stati abituati a pensare che siano anche possibili. Questa operazione mentale è sbagliata, ha un vizio di fondo. Io e la LAND non siamo contrari all'immaginazione, siamo contrari alle persone come te," e indicò Gladia, "che sprecano uomini e risorse per creare hobbit e unicorni."

"Il suo problema, Presidente, è che ha l'immaginazione di un tostapane e nessuna fiducia nelle capacità del genere umano," disse Gladia, ricevendo una robusta serie di applausi.

"E il problema di gente come *te*, mia cara," ribatté velocemente Woodside, tornando a concentrarsi sul pubblico, "è credere che rapinando le persone comuni sia possibile inseguire le fantasie di scienziati insoddisfatti. Riflettete! Se io muovo un pezzo di legno e dico che è una bacchetta magica pronta a trasformare una pera in un carciofo, tutti mi ridono appresso. Ma se sono un tizio vestito di bianco con il volto serio e annuncio che in capo a cinque anni sarò in grado di terraformare Marte, vado a finire su tutti i giornali. Per quale motivo? Perché non c'è stato insegnato che non esiste alcuna differenza fra Merlino e il teletrasporto umano. Sono entrambi il frutto della nostra fantasia. Niente di più, niente di meno."

"Va bene," s'inserì il commentatore, bloccando con una mano alzata la contro-risposta di Gladia. "Prossima domanda per la dottoressa Egea. Per favore, un po' di silenzio! Prego, lei, parli pure."

Una donna incinta si alzò dalla sedia. "Dottoressa Egea, lei ha parlato del bisogno della famiglia media di cominciare a concepire l'esplorazione spaziale come una faccenda di tutti i giorni, come una componente domestica, un elemento che si inserisca nella nostra giornata tipo. A mio avviso quello che dice non ha alcun senso e i fondi destinati da enti privati e pubblici all'esplorazione spaziale mi sembrano uno spreco di soldi. Ci pensi. Diciamo che lei abbia una famiglia di cinque membri e che debba dar da mangiare ai bambini, pagargli un'istruzione, fornirgli cure mediche, e quant'altro. Se le sue finanze sono limitate, come lo sono le finanze di tutte le famiglie, sarebbe uno spreco di soldi comprare un jet e volare per hobby, non crede?"

"Non capisco l'analogia," rispose Gladia, liquidando in quel modo la domanda.

Woodside rise di gusto mentre una serie di fischi echeggiarono nella sala.

"Lei con la giacca verde qui davanti," disse il moderatore, "la sua domanda."

"Presidente Woodside, la sua organizzazione è cresciuta molto negli ultimi anni, questo è innegabile. Eppure ci sono milioni di persone che non la pensano come i suoi landisti, persone pronte ad affermare che l'inizio dell'esplorazione spaziale sia stato l'avvento di una nuova era per l'umanità, un'opportunità unica nel suo genere, un nuovo sogno brillante di speranza. Come fa a negare la passione sincera nata dallo spirito d'intraprendenza di alcune delle nostre migliori menti?"

"Amico mio, credimi, mi fa male teletrasportarti via da Disneyland, ma penso sia giusto che un adulto ti metta al corrente dei fatti. La tua mirabile avventura spaziale è nata dal battibecco tra due superpotenze che facevano a gara tra chi lanciava in orbita più cani e scimmie." Ciò detto, Woodside guardò il resto della sala e chiese, aggrottando le sopracciglia in modo teatrale, "Buon Dio, c'è qualcun altro in sala che crede a Babbo Natale?"

Il pubblico rise ancora una volta mentre il moderatore indicava un altro spettatore che si rivolse a Gladia.

"Dottoressa Egea, nei passati settant'anni l'utilizzo di mezzi di trasporto come macchine, treni, navi e aeroplani si è intensificato in maniera formidabile ed ogni anno la loro efficienza aumenta e il loro costo diminuisce permettendo così che diventino di sempre più vasto accesso. Un esempio per tutti: settant'anni fa solo un pugno di persone potevano permettersi il lusso di un biglietto aereo. Oggi milioni d'individui salgono a bordo di un aereo ogni anno. Per contro, nello stesso periodo, meno di un migliaio di persone sono andate nello spazio e il modo in cui superiamo l'atmosfera è più o meno lo stesso, costoso metodo utilizzato dal razzo che ha trasportato l'Apollo II sulla luna. Che cosa servirebbe, secondo lei, per fare in modo che lo spazio diventi più accessibile per il consumatore comune?"

"Competitività, in una parola," rispose Gladia immediatamente. "Questo è stato il fattore che è sempre mancato e che non ha mai permesso di fare il balzo in avanti. Oggi costa circa diecimila dollari portare un chilo di qualsiasi cosa in orbita e non si può viaggiare nello spazio se non si supera il campo gravitazionale terrestre. Per far ciò bisogna raggiungere una velocità di diciassettemila cinquecento miglia l'ora e, come ha giustamente ricordato lei poco fa, l'unico modo in cui continuiamo a farlo è utilizzando la forza bruta, cioè un'esplosiva reazione chimica derivante dall'utilizzo di quantità considerevoli di carburante. Abbiamo bisogno di ridurre i costi necessari per abbandonare l'orbita terrestre e io credo che l'unico modo per riuscirci sia promuovendo una sana e robusta competizione tra gli enti pubblici e privati coinvolti nell'industria spaziale."

"Va bene, gente. Il tempo per le domande è terminato," sentenziò il moderatore allargando le braccia. "È giunto il momento di votare nuovamente. Ricordo al pubblico da casa che per votare basta accedere all'etere e dare il proprio input. La mozione del giorno è: *L'esplorazione spaziale è un fattore necessario per lo sviluppo della nostra civiltà.*"

Gladia si sistemò sulla sedia. Si sentiva il cuore in gola e si accorse che le stavano tremando le mani. Le nascose nelle tasche. Serrò la mascella mentre spiava Woodside, intento a conversare amabilmente con una ragazza in prima fila. La ragazza e le persone attorno stavano ridendo.

Dopo qualche minuto il moderatore prese nuovamente la parola e Woodside tornò a sedersi.

"Pubblico in sala e a casa, la votazione è chiusa! Lasciate che ricordi a tutti che prima di questo dibattito avete votato in questo modo la mozione: a favore 1.200.109. Contro la mozione 1.300.005. Gli indecisi erano 700.502. Ora i risultati finali. A favore della mozione *"L'esplorazione spaziale è un fattore necessario per lo sviluppo della nostra civiltà"* si è passati da 1.200.109 a... 502.223. Per favore, silenzio! Contro la mozione siamo ora a 2.322.938. Gli indecisi sono scesi a 375.455. Mi dispiace per lei dottoressa Egea e congratulazioni al Presidente Woodside. Grazie, da parte mia, e alla prossima."

Spine Woodside si alzò velocemente dalla sedia e tese la mano a Gladia. "Stimolante dibattito," disse. "Dobbiamo farlo più spesso."

La donna schivò la mano tesa.

"Si tolga quel sorriso soddisfatto dalla faccia," disse Gladia a denti stretti. "Crede di aver vinto una gara? Non ha dimostrato niente oggi. Niente! Il suo fanatismo fa presa solamente sulle persone frustrate, ignoranti e insoddisfatte come lei. C'è un mondo di persone con il cervello là fuori, se ne rende conto? Il suo movimento non è niente di più che una moda passeggera."

"Non sono certo di vederla come te, specialmente in questi ultimi tempi," disse Woodside. "La gente è stanca del tuo costoso passatempo." La guardò attentamente, poi aggiunse. "Basta guardarti per capire che le cose stanno cambiando."

"Guardarmi? Che vorrebbe dire?"

Woodside si avvicinò a Gladia e sussurrò a bassa voce. "Neanche tu credi più a quello che dici," disse, piegando le labbra in un sorriso. Dalla tasca prese qualcosa e la porse a Gladia. "Le porte della LAND sono sempre aperte per una persona della tua intelligenza. Gente che sia disposta a fare la differenza. Devi solo schiarirti le idee. Quando sarai in grado di distinguere un *cavallo* da un *unicorno*, chiamami."

La mano del landista stringeva un biglietto da visita. Gladia lo fissò per qualche secondo, poi lo prese... e lo strappò davanti ai suoi occhi.

Gladia racimolò in fretta le sue cose e uscì dalla sala, senza guardarsi dietro.

UNA VOLTA fuori dall'ascensore percorse un corridoio semideserto e in capo a pochi minuti si trovò all'aria aperta.

La limousine parcheggiata lì vicino aprì lo sportello quando Gladia si avvicinò.

Una volta dentro la vettura, una voce femminile atona e meccanica, proveniente dappertutto e da nessuna parte, la accolse dicendo, "Bentornata, dottoressa Egea."

"CP, agenda," disse esausta Gladia, chiudendo gli occhi e abbandonandosi sul sedile, felice dell'oscurità dell'abitacolo.

"Ore 13:45, pranzo con il Signor Gaspar O'Neil per discutere sulla questione..."

"Cancella," disse Gladia debolmente, massaggiandosi le tempie.

"Ore 16:30, discorso di apertura nella raccolta fondi semestrale..."

"Cancella... no, aspetta..." Gladia esalò un respiro, gonfiando le guance. "Avverti Orbit e digli che il programma è cambiato. Farò il discorso di chiusura. Digli che ho avuto... digli che ho avuto un contrattempo."

"Ricevuto. Trasmissione del messaggio. Messaggio trasmesso. Continuo la lettura dell'agenda. Ore 21:00, inizio serata di gala organizzata dalla Terawatt Corporation al Vancouver Convention Centre."

"Dio!" esclamò irritata la donna. "Sei sicura fosse oggi?"

"Sì. L'evento continua a essere previsto per oggi, 27 Marzo 2025, ore 21:00 p.m. PST."

Gladia chiuse gli occhi, premendosi le dita sul ponte del naso come se stesse combattendo contro un mal di testa. "Ho bisogno di un drink." Aprì il frigobar alla sua destra alla ricerca di una bottiglia ma la sua mano non afferrò nulla. Si sporse per controllare e scoprì con sua grande sorpresa che l'interno era vuoto.

"Mi chiedevo cosa diavolo ci facesse un Chianti Superiore dentro quell'affare," disse una voce maschile da qualche parte nell'abitacolo.

Gladia si girò di scatto. "CP, luci!" gridò, appiattendosi contro lo sportello.

"Mi dispiace, non posso eseguire," rispose la voce meccanica.

"Voglio dire," continuò la figura avvolta dall'oscurità, "lei non berrebbe mai una birra calda, giusto?"

"Chi c'è qui dentro?"

"Un suo grande ammiratore."

Gladia cercò di aprire lo sportello per uscire. "CP! Apri la porta, dannazione!"

"Mi dispiace," ripeté senza alcuna sfumatura la stessa voce atona, "non posso eseguire."

"Si rilassi! CP, luci," ordinò l'intruso.

L'abitacolo fu investito da una luce color quarzo e Gladia ebbe finalmente la possibilità di vedere lo sconosciuto. Era un ragazzo con occhi ambra e capelli a spazzola. La donna riconobbe tratti occidentali mischiati a quelli orientali. Mascella pronunciata, zigomi marcati, un mento appuntito. Vestiva un semplice paio di jeans e una camicia sgualcita. Indossava anche uno strano ciondolo, a metà tra un otto e un serpente attorcigliato su sé stesso. Le venne in mente che avrebbe anche potuto essere il simbolo dell'infinito.

"Chi diavolo sei? Cosa ci fai nella mia auto?"

"Si calmi. Non deve aver paura di me."

"Dice il sequestratore nella mia macchina!" ribatté Gladia.

"Ascolti. Per favore, si calmi. Non voglio farle del male. Sono un semplice uomo di mondo con una proposta d'affari per lei."

"Una proposta d'affari? Non potevi prendere un dannato appuntamento?"

"E rischiare di fare la fine del povero O'Neil? No grazie, questa cosa ha bisogno di tutta la sua attenzione."

"Bastardo! Lasciami andare!"

"Mi dispiace, ma la sua CP-car crede di essere circondata da dosi letali di gas nervino. Siamo in trappola." Lo sconosciuto fece un largo sorriso mentre sorseggiava lentamente il suo Chianti.

Gladia non ci pensò due volte. Si gettò contro lo sportello e tentò di sfondarlo ma non ottenne altro che dolore. Il suo misterioso rapitore la guardava in silenzio, senza far nulla per fermarla.

"Merda!" urlò Gladia alla fine, massaggiandosi la spalla dolorante. "Devo ritenermi un ostaggio?"

"No, deve ritenersi fortunata. Se fosse un ostaggio, ci sarebbero armi, urla, tipi loschi, cose di questo genere, insomma. Qui invece siamo solo io e lei nel comfort privato della sua vettura. Chiedo solo di scambiare quattro chiacchiere."

"Preferirei il comfort di un ristorante pubblico. Se davvero vuoi parlare, possiamo farlo all'aperto."

"No, dottoressa Egea. Non funziona in questo modo."

"Non sembra mi lasci molte alternative," si rassegnò Gladia, abbandonandosi sullo schienale. Guardò nuovamente lo sconosciuto. Era giovane, probabilmente intorno ai venti anni. Valutò i suoi abiti. Non aveva armi e non le sembrava affatto un tipo pericoloso.

Gladia non sentì un rischio immediato per la sua incolumità. Appoggiò la testa sul sedile e guardò verso l'alto. "Questa giornata non fa che peggiorare," sbuffò. Improvvisamente, si accorse di sentirsi debole e stanca.

"Si riferisce al dibattito di oggi? Può dirlo forte!" esclamò il ragazzo, ammonendola con un dito. "Poteva fare molto meglio," e indicò l'edificio dove si era svolto lo scontro con Woodside. Poi riprese, "Suppongo che non sia interamente colpa sua, dopotutto. Tutto questo conferma una mia vecchia ipotesi: in un dibattito pubblico, il cacciatore di applausi avrà sempre la meglio sulla persona di scienza."

Gladia irrigidì la schiena e recuperò d'un tratto la sua energia.

"Che cosa hai detto?"

"Andiamo, dottoressa. Woodside l'ha distrutta là dentro. Se ne rende conto?"

Gladia non poteva credere alle sue orecchie. "Mi sequestri e mi fai anche la predica? È tutto incluso nel pacchetto?"

Lo sconosciuto alzò le mani. "Dico solo che come suo fan mi aspettavo una performance migliore."

"E così saresti un mio fan? Desolata di averti deluso! Ora si può sapere cosa diavolo vuoi?"

"Niente di più semplice," rispose lui. "È da un po' che seguo il suo lavoro e il modo in cui gestisce i suoi affari. Quello che ha fatto con la SOL negli ultimi quattro anni è stato ragguardevole. Abbastanza, infatti, da attirare l'attenzione di un tipo come me alla ricerca di un partner per lo sviluppo di un'idea."

"Va bene," iniziò Gladia, respirando profondamente, "diciamo che *non* sono prigioniera nella mia macchina e che *non* sto parlando con il mio sequestratore. Cosa vuoi esattamente da me?"

"Beh, ascoltandola oggi penso che in realtà vogliamo la stessa cosa. Un modo veloce, sicuro ed economico per vendere le stelle sul mercato.”

Gladia scrollò le spalle. “Vendere le stelle sul mercato? Dovrei capire di cosa stai parlando?”

“L’ha detto lei stessa poco fa, non ricorda? ‘Abbiamo bisogno di ridurre i costi necessari per abbandonare l’orbita terrestre ed io credo che l’unico modo per riuscirci sia promuovendo una sana e robusta competizione tra gli enti pubblici e privati coinvolti nell’industria spaziale.’ Giusto?”

Gladia alzò le sopracciglia. Le sue esatte parole.

“Beh sì, l’ho detto, ma...”

“Oggi le propongo esattamente questo,” la interruppe il ragazzo, “un modo per riuscire a fare quello che nessuno è riuscito a fare in passato: rendere lo spazio la provincia della persona comune.”

Prima che Gladia potesse replicare, lo sconosciuto le passò un oggetto simile a una piccola piramide color zaffiro.

Quando la dottoressa lo accese, sfiorando la punta, la piramide cominciò a librare in aria. Da ognuno dei suoi lati apparvero riproduzioni tridimensionali in movimento. Gladia studiò attentamente l’oggetto. Non aveva mai visto un trigoy come quello. Le immagini erano incredibilmente nitide, stabili e scorrevoli, i comandi semplici e intuitivi. Rimase a osservare le proiezioni a colori per mezzo minuto, respirando velocemente.

“Non ho mai visto questo modello,” ammise, sfiorandolo con le dita. “Chi è il fabbricante?”

Il ragazzo sorrise. “Le mie manine,” rispose.

“Tu?”

“Già. Ma la risoluzione delle immagini del mio trigoy è davvero poco interessante in questo momento. È al suo *contenuto* che deve la nostra conversazione, dottoressa. La prego, vada avanti. Mi faccia sapere cosa ne pensa.”

Gladia fece come le era stato chiesto. Studiò le immagini e i dati che scorrevano avanti e indietro seguendo i suoi comandi.

Dopo cinque minuti di silenzio si era scordata di essere prigioniera nella sua macchina. Riemerse dalla lettura come se avesse lasciato in sospeso un'importante transazione finanziaria.

"Questo è veramente quello che credo? Cioè... costruire questa cosa. Non è uno scherzo?"

"Sono serissimo."

"Non ho mai visto qualcosa del genere. Voglio dire, l'idea è... brillante. Dimmi, per chi lavori? Chi ti ha dato queste specifiche?"

"Nessuno," rispose il ragazzo, "e lavoro per me stesso."

"Da solo?"

"Mi piace pensare di essere un lupo solitario, ma la verità è che collaboro con altre persone. Persone speciali, come lei, dottoressa. Se voglio fare in modo di trasformare quegli schemi in qualcosa di concreto devo passare alla prossima fase, ed è qui che entra in gioco lei."

"Io?"

"Ho bisogno delle risorse della sua SOL per portare avanti il progetto. Dei suoi tecnici, ingegneri, laboratori e della sua matrice, tra le altre cose."

Gladia guardò lo sconosciuto ma non rispose. Tornò a studiare i dati emessi dal trigoy con profonda attenzione. Si accorse che i battiti del suo cuore stavano accelerando.

"Allora, che dice? Ci sta?" chiese eccitato il ragazzo.

"Che vuoi dire?"

"Andiamo. Il progetto, dottoressa. Il progetto che sta guardando. Se la sente di farne parte?"

Gladia scosse la testa. "Certo che no," rispose, continuando a studiare le informazioni. "Non so nemmeno chi diavolo sei! Credi che possa prendere una decisione del genere da sola? Io rispondo a investitori, azionisti, gruppi d'interesse, senza contare la..."

"Stronzate," la interruppe l'altro. "Non sono stupido. So come funzionano queste cose, dottoressa. Lei ha sempre la prima e l'ultima parola, il che è esattamente ciò di cui ho bisogno. Le sto chiedendo cosa ne pensa lei, Gladia Egea. Cosa pensa di quegli schemi? Questa cosa è fattibile, secondo lei?"

"Fattibile? Vuoi dire questo parto della fantascienza qui?" e indicò le proiezioni che ruotavano. "Non riesco neppure a immaginare quanto potrebbe costare una cosa del gene..."

"Dimentichi i soldi," l'interruppe il ragazzo. "Immagini che ne abbia a disposizione davvero tanti. L'*idea* è fattibile?"

Gladia guardò le proiezioni, quindi il suo sequestratore.

"Cosa vuoi che ti dica? In teoria, anche un motore materia-anti-materia è fattibile."

"Bene, questo farà felici i fan di Star Trek," disse impaziente il ragazzo. "Cosa mi dice di questo," e indicò la piramide con entrambe le mani.

Ci fu qualche secondo di silenzio.

"Potenzialmente," disse alla fine Gladia, molto lentamente.

Il ragazzo sospirò. "È un inizio."

"Un inizio?" Gladia rise. Nonostante la situazione in cui era finita, trovò quella scena alquanto ridicola.

"Mi sta sfuggendo qualcosa? Credi davvero che la mia opinione faccia qualche differenza?"

"La sua opinione è l'unica che abbia una qualche importanza per me, dottoressa. Fa un *mondo* di differenza."

"Va bene. Hai avuto la mia opinione. Ora cosa facciamo?"

"Adesso iniziamo a costruire," disse il ragazzo, come se fosse la cosa più ovvia del mondo.

"Cos-?" Gladia lo guardò con gli occhi sgranati. "Ascolta, non so chi sei e non me ne frega niente. Ammetto che questa cosa qui," e indicò il trigoy, "è il miglior trigoproiettore che abbia mai visto. Sono anche pronta ad ammettere che la roba che c'è dentro è un ottimo spunto per una serie di fantascienza. Cos'altro vuoi da me?"

"Lo ha detto lei che è possibile. A me basta."

"È insufficiente!" sbottò Gladia, esasperata dall'insistenza del ragazzo. "Dio! Chi credi di essere? Pensavi davvero che costringen-domi a guardare qualche equazione e qualche schema potessi uscire fuori da qui con un contratto controfirmato? Sei un illuso! Ogni giorno ricevo dozzine di proposte ma se dovessi finanziare ognuna, la SOL sarebbe fallita da un pezzo."

"È una questione di soldi, allora?"

Gladia non poté trattenere un sorriso ironico. "Non lo è sempre?" Poi si sporse verso lo sconosciuto. "Senti, non importa quello che penso io su questo tuo progetto, sempre che sia davvero tuo. Se vuoi sottoporre questi dati ai miei esperti, non ho alcun problema, ma la cosa richiederà del tempo, il rispetto di un protocollo e tu dovrai rispondere a molte domande prima di sperare anche solo di..."

"Odio le domande, fanno perdere un sacco di tempo," dichiarò il ragazzo, lo sguardo afflitto. "Inoltre non c'è alcun bisogno che i suoi esperti valutino i miei calcoli per stabilire che siano esatti. *Sono* esatti. Mi rendo comunque conto della situazione in cui si trova. Dopotutto non le ho dato alcuna ragione per fidarsi di me. Va bene, diciamo che lei riceva una donazione anonima per valutare in maniera preliminare i miei dati e stabilire se questo progetto sia fattibile. Che cosa direbbe in quel caso?"

Gladia piegò un angolo della bocca, mostrando un sorriso sprezzante. "Direi che dovrebbe essere una donazione dannatamente generosa. Niente che tu possa permetterti, comunque," e lanciò uno sguardo esplicativo ai suoi jeans consumati.

"CP," chiamò il ragazzo, accarezzando un sedile, "per favore, aggiorna la dottoressa Egea sulla sua situazione finanziaria corrente. Fai riferimento in particolare alle attività che hanno interessato il suo conto bancario in Andorra nella scorsa mezz'ora."

"Il conto corrente in questione ha ricevuto otto bonifici di provenienza sconosciuta negli ultimi ventotto minuti," rispose la voce meccanica.

"Davvero?" chiese il ragazzo, simulando stupore. "Ma guardi un po'," e incrociò le braccia, come se fosse intento a rimuginare su qualcosa. "Sembra che la sua giornata sia appena diventata più interessante." Prima che Gladia potesse dire qualsiasi cosa la precedette alzando un dito. "CP, a quanto ammonta il totale trasferito?"

"Il totale trasferito ammonta a 3.291.980 dollari americani."

Gladia sgranò gli occhi. Aveva sentito bene?

"3.291.980 è un curioso ammontare," notò pensoso il ragazzo, massaggiandosi il mento. "Davvero curioso. Magari questa cifra contiene un'informazione segreta, un messaggio in codice. Vediamo.

Se trasformiamo questo numero in una data, viene fuori 3, 29 e 1980. Strano! Indovini chi è nato il ventinove marzo del 1980? Esatto, lei. Non è meraviglioso? Tanti auguri!"

"Sul serio," disse Gladia, guardandolo negli occhi, "ma tu chi sei?"

"Un'altra persona attaccata ai titoli," disse il ragazzo. Sembrava deluso. "E va bene, se ha proprio bisogno di un'etichetta da attaccarmi alla faccia, può chiamarmi Onniologo. Il mio vero nome se lo dovrà guadagnare."

"Onniologo?" ripeté Gladia a voce bassa. La parola suonava familiare. Le ci vollero alcuni secondi per collegare la parola ai ricordi. Alla fine le uscì fuori, "Vuoi dire, quell'Onniologo?"

"Oggi ce ne sono tanti, troppi, lo ammetto," rispose, toccandosi il petto, come a recitare un mea culpa. "Io sono stato il primo. Non ho alcun potere sugli altri che hanno adottato il mio nome. Cracker, hacker, adolescenti ribelli, sognatori, psicopatici, uomini di mezza età insoddisfatti, criminali, artisti e pagliacci virtuali, molti hanno copiato il mio nome o sposato la mia causa per ragioni simili o discordanti. Nessuno ha il mio stile."

L'Onniologo sorrise e fissò in alto, come se stesse rievocando un antico ricordo. Quando tornò a guardare Gladia, la sua espressione era cambiata radicalmente. Una trasformazione quasi impossibile da concepire. Sembrava invecchiato in un istante di dieci anni.

"Io sono un raccoglitore di speranze e verità peregrine, un pastore d'idee, di progetti impossibili e di sogni troppo importanti per non essere realizzati. Sono un concetto astratto che non ha corpo, non ha odore, non ha confini, forma o colore. Io sono l'Onniologo."

Gladia doveva ancora riprendersi da quella valanga di sorprese. Se quello che aveva detto quel ragazzo era vero, si trovava di fronte una specie di leggenda. L'Onniologo era una figura di cui tutti parlavano ma sulla quale nessuno sapeva davvero niente. Organizzazione terroristica? Singolo individuo? Forse nessuna di queste cose o entrambe allo stesso tempo. Qualsiasi cosa fosse veramente, gli venivano attribuiti crimini, così come sensazionali scoperte, come la cura per l'osteosarcoma che si diceva avesse inserito negli archivi medici di alcuni dei maggiori istituti di ricerca del pianeta. Quando l'Assemblea all'Istituto Karolinska diede a conoscere che avrebbe attribuito il premio Nobel per la medicina a chiunque provasse di aver elaborato quei dati, molti si aspettarono che l'Onniologo facesse finalmente la sua comparsa a Stoccolma, per ricevere il premio. Un bel po' di gente rimase delusa quel giorno.

Gladia stava guardando fuori dal finestrino. Si riscosse dai suoi pensieri quando notò che il ragazzo la stava fissando.

"L'Onniologo, dunque," disse, muovendosi a disagio sul sedile. "Va bene, d'accordo. Diciamo... diciamo che hai attirato la mia attenzione. Tralasciando il fatto che se sei davvero chi dici di essere starei parlando con un terrorista ricercato in tre continenti, ipotizziamo pure che questo progetto mi piaccia e che lo sostenga, mettendo da parte la burocrazia e i ricami legali. È quello che vuoi, giusto? Ma perché la SOL? Perché me?"

"Perché lei è l'ultimo tassello di un puzzle iniziato molti anni fa, dottoressa. Ho sempre voluto fare questa cosa a modo mio, senza scendere a compromessi e senza vincoli che limitassero le mie possibilità. Ascolti, avrei potuto dare queste schematiche al Pentagono o ai cinesi e mi sarei risparmiato parecchie fatiche, ma questa mia creazione sarebbe stata storpiata, corrotta, limitata. Avevo bisogno di visionari, di credenti nella causa dello spazio, proprio come lei. Solo così sarò certo che quello che verrà fuori da quelle proiezioni astratte sarà davvero ciò che volevo, ciò di cui sarò fiero."

Gladia tornò a studiare i dati con profonda attenzione.

In realtà non sapeva più cosa dire. Ogni secondo che passava la sua curiosità e il suo sospetto crescevano di pari passo. Doveva prendere tempo e scoprire di più su quella faccenda.

"Stando a queste note il tuo progetto sembra prevedere la partecipazione di altre società e compagnie, oltre alla mia. Qui nomini la Paragon Corporation, la Gaia, l'I & I e... questa Archetype Unlimited."

"Esatto."

"Il CEO della Gaia, Mark Strutzenberg, è un mio amico," disse la donna, scuotendo la testa. "Se la tua idea è convincere anche quel vecchio crucco, buona fortuna. Ti farà penare."

"Mark può essere un gran figlio di puttana, è vero, ma sa riconoscere un buon affare quando ne vede uno."

"Vuoi dire che lo conosci?"

"Voglio dire che giochiamo a scacchi quando non ci raccontiamo barzellette sporche. Abbiamo collaborato a diversi progetti in passato. Ha già detto che farà la sua parte."

Gladia arricciò le labbra. "Continua a succhiare i suoi La Flor Dominicana come se fosse un condannato a morte col cappio al collo?" chiese.

"La Flor Dominicana?" ripeté sorridendo l'Onniologo. "Mark fumerebbe terriccio prima di toccare un Double Claro. Le sue mani non sfiorano nulla che non sia un Maduro o un Oscuro. Ma questo lei lo sa meglio di me, non è vero?"

Gladia annuì. L'Onniologo conosceva Mark.

"Beh, congratulazioni. Questa sì che è una notizia. Ma non sono ancora convinta. Cosa mi dici della I & I? Non penso sia una compagnia sulla quale fare troppo affidamento di questi tempi. Ho sentito dire che navighi in acque burrascose dopo lo scandalo Joshua."

"Questo è il motivo per cui non sapranno dirmi di no."

"Non capisco."

"Posseggo la maggior parte delle azioni della I & I e ho diversi contatti ai piani alti. Diciamo che in passato ho fatto in modo che girassero alcune informazioni non proprio lusinghiere sul conto della società con lo scopo di ammorbidire il consiglio direttivo quando gli sottoporrò la mia proposta."

"Vuoi dire che in questo modo sarà più facile ricattarli?"

"Ricattarli? No, certo che no. Però avranno una mente più aperta quando ascolteranno il loro maggiore azionista."

"Sembra davvero che tu abbia fatto i compiti a casa," Gladia fece scorrere le informazioni davanti a lei mentre parlava. "E questa Archetype Unlimited? Non ne ho mai sentito parlare."

"Perché non esiste ancora."

"Che vuol dire non esiste ancora?"

"Esattamente quello che ho detto."

"Va bene, lasciamo perdere. Che mi dici della Paragon? Non

penso possa esserti utile. Sicuramente non producono manufatti collegati all'industria aerospaziale. Come potrebbero? Sono specializzati in prodotti farmaceutici."

"Si occuperanno di quello che dirò io."

"Ah sì? E perché dovrebbero?"

"Perché sono io la Paragon Corporation."

Gladia stava facendo di tutto per apparire in controllo della situazione ma gli ultimi dieci minuti erano stati semplicemente troppo da metabolizzare. Cominciava finalmente a rendersi conto di trovarsi nel bel mezzo di un piano architettato molto tempo prima, le cui reali dimensioni erano difficili da intuire.

Se quel ragazzo era davvero quello che diceva di essere e aveva accesso a quel genere di risorse, allora il progetto che le stava proponendo non era una farsa. Era una possibilità vera. E questa eventualità, si rese conto, la spaventava.

Molte, troppe domande rimanevano ancora senza risposta.

Gladia spense il dispositivo e la piramide si posò delicatamente sul palmo della sua mano. Dopo qualche secondo, restituì l'oggetto all'Onniologo.

"Quanto verrà a costare?" chiese la donna, incrociando le braccia.

"Vuole un preventivo su quello che sarà con tutta probabilità il singolo oggetto più costoso nella storia del genere umano?"

"Voglio la verità."

"La verità è che non ne ho la più pallida idea."

"Allora questa è una scommessa. Se la SOL decidesse di imbarcarsi in questa impresa dovrebbe usare tutte le sue risorse senza avere alcuna garanzia di successo. Sbaglio?"

"È vero, ci sono dei rischi. Per lei, per me, per la sua SOL e per tutte le persone coinvolte. Dottoressa Egea, sa meglio di me che i rischi sono una componente irrinunciabile in qualsiasi scommessa degna di questo nome. Mi ascolti, usi la sua immaginazione. Voglio che lei si concentri sul disegno più grande e pensi non a quello che la sua compagnia ha da perdere ma a tutto ciò che l'umanità ha da guadagnare. Pensi a quello che *lei* ha da guadagnare. Se davvero riesce in questa impresa, il suo nome sarà pronunciato dalle future generazioni più volte del caro, vecchio marchio Coca Cola."

La donna fissò intensamente l'Onniologo senza dire una parola, o accennare un movimento.

Pensò al dibattito perso e alla reazione del pubblico. Pensò all'amaro che aveva in bocca e al senso di frustrazione che le stava mangiando il fegato. Pensò a quello strano incontro e a quel ragazzo che diceva di essere l'Onniologo e pensò alla sua idea, alle sue promesse, al suo discorso e alla sua passione. Poi pensò a Spine Woodside, alla sua capigliatura impeccabile, alla sua andatura da modello, alla sua mascella squadrata e al suo stupido sorriso a trentadue denti.

"Diventare più famosa di una bibita gassata," disse Gladia finalmente, senza riuscire a trattenere un sorriso. Prese un bicchiere vuoto da una mensola lì vicino e lo porse al ragazzo, indicandogli la bottiglia di Chianti. "Perché no? È sempre stato il mio sogno nel cassetto."

9

SPINE

2028

S PINE WOODSIDE PRESE il trigoy dalla tasca.

Dall'altra parte del tavolo ovale c'erano tre persone che lo guardavano. Due uomini e una donna. Woodside lasciò passare una manciata di secondi, valutandoli attentamente uno dopo l'altro.

Alla fioca luce della stanza, la donna era la cosa più simile a una gigantesca mantide religiosa che avesse mai visto. Gli occhi, grandi e bulbosi, erano più vicini alle minuscole orecchie che al naso corto e appuntito. Indossava un paio di occhiali, con lenti spesse e rettangolari che amplificavano l'azzurro ghiaccio dei suoi occhi. Aveva labbra sottili e sporgenti. Sembrava che fosse sul punto di baciare qualcuno... o di sputargli in faccia. Il volto era un triangolo quasi perfetto che iniziava con un mento lungo e affilato e terminava con la testa coperta da un caschetto, scalato con precisione millimetrica.

L'uomo basso alla sua sinistra era decisamente meno appariscente. Con un volto piatto, fronte ampia, occhi piccoli e acquosi, sarebbe sparito immediatamente in una folla. Aveva spalle curve e la testa bassa, come se volesse tenersi nascosto da qualcosa. Sfregava le mani e guardava a destra e a sinistra, facendo saettare gli occhi da una parte all'altra della stanza.

L'ultimo dei tre sembrava a suo agio, con i piedi sul tavolo e le mani dietro la testa. La barba scura, corta e simmetrica, si perdeva facilmente tra la pelle color notte. Al nero dei capelli si aggiungeva il nero dei vestiti, delle scarpe e degli occhi. Se non fosse stato per la parte bianca, opaca e fibrosa dell'occhio e la cravatta color argento, l'uomo sarebbe scomparso nella stanza semibuia.

Woodside tornò a dedicarsi all'oggetto che teneva in mano, su cui era puntata tutta l'attenzione dei presenti. Lo accese con un gesto, lasciando andare la presa.

Il trigoy piroettò su sé stesso per una frazione di secondo, quindi si librò in aria, fermandosi a circa due metri da terra.

La riproduzione tridimensionale che si manifestò davanti a loro era familiare e sgradita al contempo.

Una persona bassa e magra con capelli color pece e il volto affilato si stava esibendo in un profondo inchino.

"Buonasera a tutti, gentili spettatori. Io sono Wei Wang."

Woodside alzò il volume e rese l'immagine di Wei più grande.

"Il mio nome non vi dirà nulla," proseguì Wei, sfiorandosi il petto, "e perché dovrebbe, dopotutto? Sono uno sconosciuto che bussa alle vostre porte per pubblicizzare un prodotto. Mi piace considerarmi come l'ultimo anello di una catena forgiata molto tempo fa dai bisogni che nutrono l'essere umano. Una catena fatta d'idee che ha mosso e continua a muovere la nostra civiltà oltre i confini inesplorati della conoscenza. Al pari di tutte le persone curiose, brillanti e arroganti che mi hanno preceduto, è mia convinzione di poter offrire a tutti voi qualcosa di cui avete bisogno ma che nessuno è mai stato in grado di darvi."

Woodside mandò avanti per qualche secondo la riproduzione. Wei apparve nuovamente, ma in una posa completamente diversa.

"La fase successiva consiste nel dare carne all'idea," stava dicendo Wei, gesticolando con le mani. "L'inventore lavora con una compagnia che crede nella sua idea e investe tempo e risorse per svilupparla, perfezionarla e testarla. Nel novantanove percento dei casi l'idea si dimostra troppo volatile, fragile, inconsistente. Il risultato? L'idea è sopraffatta dall'impietosa realtà dei fatti. Ma nell'uno percento rimanente si nasconde un mondo di possibilità, un territorio inesplorato, una sfida da raccogliere."

Wei si mosse agilmente, come schivando un proiettile invisibile, e congiunse le mani, proiettando le braccia verso l'alto. Davanti ai loro occhi apparve come per magia la riproduzione di una macchina, una macchina molto antica.

"In quell'uno percento c'era il Modello T prodotto da Henry Ford all'inizio del ventesimo secolo, la prima macchina abbastanza economica per la persona comune. Rivoluzionò per sempre l'industria dell'auto con l'introduzione della catena di montaggio."

Wei fece una pausa, quindi mosse le mani come aveva fatto poco prima e produsse dal nulla un simbolo bianco che rimase sospeso in aria. Una mela morsicata.

"Steve Jobs, per chi volesse un esempio meno illustre ma più recente," continuò Wei, indicando il simbolo. "Il suo Macintosh nel 1984 e l'I-Phone nel 2007 rivoluzionarono l'industria del personal computer, della telefonia e della musica, tra le altre cose."

Wei girò su sé stesso, come un tuffatore olimpionico che si prepara a un triplo salto mortale. Incrociò le braccia e formò una X. Il simbolo della mela morsicata e l'auto sparirono nel nulla e l'attenzione tornò a concentrarsi su di lui.

"Due uomini con due compagnie cambiarono la vita di centinaia di milioni d'individui. Io, come loro, ho avuto un'idea e ho dedicato la mia vita a realizzarla. Ma questa idea è un po' diversa dalle altre. Innanzitutto è diversa nelle proporzioni. Le due idee del passato sono state concretizzate da una singola impresa. Io, d'altro canto, ho avuto bisogno di cinque multinazionali solo per renderla realistica."

Woodside mosse nuovamente la mano e mandò avanti la riproduzione. Questa volta Wei stava indicando qualcosa con l'indice.

"Ora immaginate di trovare duemila dollari in una busta bianca. Non so voi, ma io mi guarderei attorno, intascherei la busta e me ne andrei per conto mio con un sorriso sulle labbra. Subito dopo il colpo di fortuna comincerei a pensare a come impiegare la somma. Oggigiorno con duemila dollari si possono fare un numero discreto di cose." Wei giocò con le sue dita, creando forme e figure immaginarie. Una serie d'immagini si susseguirono mentre parlava.

"Posso offrire al mio gruppo di amici una cena, posso farci la spesa per tre mesi, posso pagarmi un biglietto aereo non-stop Vancouver-New York o magari il soggiorno in un residence di lusso per me e la mia ragazza. Duemila dollari non stravolgono la vita, ma possono cambiarmi la giornata."

Wei si mise due dita sulle labbra. "Ora immaginate un mondo in cui possa con questa cifra anche comprare un biglietto per ammirare i contorni del pianeta Terra... dall'orbita terrestre stessa. No, non è un biglietto del cinema, è il biglietto per salire su questo."

Woodside ingrandì l'oggetto che Wei stava indicando. Strinse gli occhi per vedere più chiaramente, come se volesse stampare sulle retine ogni minimo particolare.

"Benvenuti a bordo!" Wei unì pollice e indice di entrambe le mani fino a formare un rettangolo. Apparve all'istante un oggetto ovale con diverse scanalature sulla superficie. Sembrava un gigantesco uovo di drago.

"Quella che state vedendo è un'immagine ingrandita di Polaris, pronto a iniziare la sua ascesa. Polaris è... beh, è difficile da spiegare. Essendo il primo nel suo genere non posso fare nessun paragone. Diciamo che è abbastanza giusto definirlo una macchina orbitale, o meglio, un vagone orbitale. La sua destinazione? Un osservatorio a diverse migliaia di chilometri dalla superficie terrestre. Lo scopo? Ammirare lo spettacolo indescrivibile che è il nostro pianeta, circondati dall'intero universo."

Woodside mandò la riproduzione avanti ancora una volta. Polaris era scomparso. Wei era ora seduto su una poltrona, un largo sorriso impreziosiva il suo volto.

"Sì, lo so. Oggi la 'fantascienza' non va certo di moda." Wei si alzò dalla poltrona e cominciò a camminare. "Viviamo in un mondo in cui ci sono persone che vogliono negarci il diritto di aspirare alle stelle. Questi cosiddetti landisti e tutta la gente che gli orbita attorno. Beh, ho un nuovo concetto per tutti loro. *Osare.* Qui, di fronte a tutti voi abitanti della Terra, dichiaro che *io* sono un *altista*, una persona che aspira alle stelle. Io sono un altista e ne sono fiero. Sono una persona che alza il mento e vede possibilità nuove per la nostra specie, ostacoli da superare, battaglie da vincere. Io so che quando guardo in alto vedo casa, e oso pensare che un giorno potrò tornarci. Da polvere di stelle a polvere di stelle."

Wei congiunse le mani e nella sala apparve una polvere che sembrava composta da una miriade di diamanti multicolori. La nuvola di luce si condensò fino a formare contorni concreti. Lettere. Le parole composte dalla nuvola di diamanti recitavano: 'Da Polvere di Stelle a Polvere di Stelle'. Era uno slogan e una dichiarazione di guerra.

Woodside sentiva il cuore accelerare i battiti. Serrò la mascella e mandò avanti la riproduzione ancora una volta.

Polaris, il vagone orbitale di cui aveva parlato Wei, era nuovamente al centro dell'attenzione. Questa volta, tuttavia, non era solo. Sembrava infatti agganciato in qualche modo a un cavo molto lungo sul quale si stava muovendo a velocità crescente.

Wei stava indicando il video con una mano.

"Dopotutto sto parlando di lanciare un satellite in orbita geostazionaria e collegarlo a una base nell'oceano Pacifico con un cavo lungo 36.000 chilometri, spesso pochi centimetri, sul quale viaggeranno veicoli mossi da energia inesauribile capaci di trasportare persone e materiale oltre l'orbita terrestre. Il tutto al costo di un biglietto aereo. È una cosa che riempie la bocca."

Wei fece una breve pausa, quindi continuò a parlare. "La maggior parte di voi a questo punto sarà perplessa, probabilmente altri staranno ridendo. Vi capisco bene. Fa ridere anche me, non per il motivo che pensate, ma per una frase detta in passato che sembra fatta apposta per una situazione del genere." Wei unì le mani. "Vedete, qualche tempo fa lo scrittore Sir Arthur Clarke, l'autore di '2001: Odissea nello spazio', disse che *potremo costruire un ascensore spaziale cinquanta anni dopo che tutti quanti avranno smesso di ridere*. Ebbene, io e il mio team abbiamo smesso di ridere da un bel pezzo, e non vediamo l'ora di rendere ancora una volta la fantascienza il vostro prossimo viaggio."

Woodside spense il dispositivo e l'immagine tridimensionale si perse nel nulla.

Un lungo silenzio seguì l'ultima frase.

La donna mantide si sistemò gli occhiali, inumidendosi le labbra con una lingua piccola e appuntita. L'uomo basso si agitò sulla sedia, guardando a destra e a sinistra, come se fosse alla disperata ricerca di una finestra dalla quale potersi gettare. L'uomo di colore era un'isola di tranquillità in un mare in tempesta. Giocherellava con la cravatta mantenendo i piedi sul tavolo.

"Ieri pomeriggio qualsiasi mammifero collegato all'etere ha potuto vedere questo fantastico spot pubblicitario." Woodside parlò lentamente, sottolineando con attenzione ogni singola parola. "Ora, voglio sapere chi è questo Wei Wang e di cosa cazzo sta parlando. Arvin?"

L'uomo che sembrava un prigioniero appena evaso da un carcere scattò in piedi, come se fosse stato preso a calci dalla sedia. Gli occhi piccoli e acquosi erano fissi sui dati che aveva di fronte.

"Wei Wang," squittì velocemente Arvin, evitando di incrociare gli occhi iniettati di sangue di Woodside. "Nato a Richmond, Columbia Britannica, Canada, il primo gennaio 2005. Si è trasferito quattro anni dopo con la famiglia negli States, a Orlando, Florida. Il padre, William, era un tecnico cordista. La madre, Erika, una semplice casalinga. Entrambi deceduti in un incidente stradale quando Wang aveva sette anni. Dopo un breve periodo in una casa-famiglia è stato adottato da una coppia di professori a Pasadena, dove è rimasto fino ai tredici anni."

Arvin si schiarì la gola. Non aggiunse altro.

"Sto ascoltando," disse Woodside, invitando l'altro a continuare.

"È... uhm... tutto, signore," mormorò Arvin fissando con scrupolosa attenzione una rifinitura del tavolo. "Non... non abbiamo altre informazioni, al momento."

"È tutto?" ripeté Woodside afferrando l'estremità del tavolo con entrambe le mani. Un'intricata ragnatela di vene emerse sul collo e sulla tempia. "*Questo* è quello che sei riuscito a trovare in dodici ore sulla persona più cliccata del pianeta?"

Arvin guardò la donna mantide e l'uomo di colore. Sembrava supplicare aiuto con gli occhi. Nessuno mosse un dito.

"S-signore," biascicò Arvin, senza parole. I suoi occhi si muovevano così velocemente che sembravano sul punto di schizzare via dalla testa. "Io..."

"Sei licenziato!"

"Signore, questo... questo Wang è un rompicapo," tentò di difendersi Arvin. "Non ci sono conti bancari intestati a suo nome, nessun referto medico che lo riguardi, non... non appare neppure nel registro di alcuna istituzione scolastica. Ho fatto... fatto quello che ho potuto con il tempo che mi è stato dato. Ho messo al lavoro un gruppo impegnato nella ricerca di dati che riguardino Wei Wang nell'etere e in loco. Ho uomini a Richmond, Orlando e Pasadena in questo stesso momento."

"Una ricerca incrociata di referti informatici e fisici, eh?" valutò Woodside, squadrando attentamente l'uomo sudaticcio. "Mi piace, sei assunto di nuovo."

Arvin crollò sulla sedia, sfinito. Si asciugò la fronte con una mano tremante.

"Tenoderia," Woodside si girò verso la donna. "Dimmi che ci troviamo di fronte alla più grande, spudorata montatura pubblicitaria dell'ultimo secolo. Quella cosa," e indicò il punto dove poco prima era apparsa la riproduzione di Polaris, "è chiaramente impossibile, giusto?"

Tenoderia si passò le dita sottili nei capelli. Aveva unghie lunghe e incredibilmente ben curate che terminavano con un tocco appena accennato di smalto rosso scarlatto.

"Ho paura di no," rispose la donna, fissando il trigoy. "Trenta minuti dopo il discorso, le cinque compagnie nominate dal soggetto hanno rilasciato un comunicato congiunto confermando alla stampa quanto trasmesso. Qualche ora fa le suddette hanno inoltre diffuso schematiche riguardanti alcune delle tecnologie nominate nella presentazione."

Tenoderia fece saettare per la seconda volta la lingua sulle labbra. I suoi occhi bulbosi s'illuminarono di una strana luce.

Sorrise, come se stesse per rivelare a un'amica un agghiacciante segreto.

"Il soggetto, questo... Wei Wang, non sta mentendo. Ho avuto poco tempo per leggere le specifiche, ma teoricamente quello che dice non è impossibile. Le tecnologie di cui ha parlato, il propulsore magnetico a energia solare ablativa, il design dell'apparecchio e il super-materiale intelligente che costituirebbe il cavo sono teoricamente possibili, stando alle informazioni che hanno rilasciato. Il suo 'prodotto' è realizzabile."

"Vuoi dire che questo tizio sta davvero costruendo un affare del genere da qualche parte nell'Oceano Pacifico?"

"No, voglio dire che chiunque abbia rilasciato queste informazioni ha solide basi scientifiche che lo sostengono e una tecnologia dieci anni più avanzata di qualsiasi cosa abbia mai visto nel campo della robotica, della biochimica, delle megastrutture, della nano ingegneria e dell'energia rinnovabile. Le uniche prove dell'esistenza di Polaris, il trasportatore orbitale descritto dal soggetto, sono le immagini fornite nella presentazione."

"Cristo santo." Woodside si passò una mano sulla fronte. "Ed io che speravo con tutto il cuore in un caro, vecchio 'ci sei cascato'."

Il landista passò all'uomo di colore, imperturbabile come sempre.

"Komla! Gesù. Vuoi... non so, che ti faccia portare una sdraio o preferisci direttamente un materasso?"

Komla tirò giù i piedi dal tavolo ma non abbandonò il suo sorriso sornione.

"Graaazie," disse Woodside, scuotendo la testa. "Hai qualcosa d'interessante per me?"

"Questa cosa è sulla bocca di tutti, Spine," disse Komla, con voce baritonale. "*Tutti*. I cani ne abbaiano, gli uccelli ne cinguettano..."

"Sì, sì!" lo interruppe Woodside alzando una mano e chiudendo gli occhi. "E le mucche ne muggiscono e i gatti ne miagolano. Per Dio! Risparmiaci il tuo umorismo spicciolo. Cosa si dice *fuori* dallo zoo?"

Komla si sporse in avanti, mettendo entrambe le mani sul tavolo. "Chiunque abbia ideato questa campagna è un genio. Un *genio*, ti dico. La tempistica della notizia, il modo in cui è stata rilasciata, i canali utilizzati e le informazioni fornite sono un capolavoro come non ho mai visto nel campo delle relazioni pubbliche. Il solo fatto che questo progetto sia rimasto segreto per circa tre anni ha dell'incredibile. Se anche solo l'eco di un sospiro fosse uscito fuori, l'avremmo saputo in capo a pochi minuti. Invece, fino a poche ore fa nessuno sapeva niente. Ho una teoria su come siano riusciti a mantenere il segreto fino a ieri. Spine, penso che la maggior parte delle persone coinvolte non sapessero neppure su cosa stessero lavorando."

"Cosa diavolo vuoi dire?"

"Voglio dire che chiunque abbia supervisionato questo progetto l'ha fatto assicurandosi che nessuna informazione trapelasse. È un po' come girare un film scomponendo il copione in una miriade di parti. A ogni singolo attore è richiesto di girare la sua scena, evitando che sappia la trama della storia. Alla fine, il regista mette insieme gli spezzoni e ottiene il suo film senza che i protagonisti sappiano nulla sulla sceneggiatura. Come ha detto prima Tenoderia, questo ascensore orbitale è la somma di una serie di componenti diverse, ma sviluppate in ambiti relazionati tra loro. Prendi questo nuovo super-materiale di cui Wang parla nella presentazione. Può essere applicato potenzialmente in qualsiasi campo dello scibile umano, ma lui ha deciso di farne la spina dorsale del suo trasportatore."

Woodside si grattò nervosamente il collo e rimuginò su quello che aveva sentito. Il suo sguardo cadde sul trigoy spento.

Allungò il braccio, accese l'oggetto a forma di piramide e cominciò a visionare di nuovo il contenuto. Si fermò in uno dei momenti in cui Wei usava le mani per evocare immagini, video e suoni. Vide il pezzo due, tre... quattro volte. Poi bloccò il trigoy mentre Wei evocava lo slogan, 'Da Polvere di Stelle a Polvere di Stelle'.

"Dannazione!" esplose Woodside, indicando la proiezione agli altri. "Non riesco a vedere nessun trigoproiettore."

"Non penso ne stia usando uno," disse Komla, tormentandosi il pizzetto.

Quell'affermazione fece aggrottare la fronte di Woodside. "Allora come fa a giocare con quelle... cose? Come fa a evocare immagini dal nulla? È un fottutissimo mago?"

"Potrebbe essere," azzardò Arvin, guardando rapito il modo in cui Wei muoveva le braccia.

Woodside grugnì e si rivolse a Tenoderia con aria speranzosa.

La donna scosse la testa. "Non sta usando un trigoy, una fonte o un qualsiasi altro tipo di proiettore che conosciamo."

"Allora *cosa* sta usando?"

Tenoderia non rispose.

Woodside mandò indietro la riproduzione. Ascoltò il momento in cui Wei si dichiarava un altista, quindi bloccò nuovamente il video.

"Questa storia dell'altista... qualcuno sa di cosa sta parlando? Che cosa vorrebbe dire *altista*?"

"Una persona che aspira alle stelle," rispose prontamente Arvin, citando Wei.

Woodside lo fulminò con lo sguardo, e Arvin abbassò gli occhi.

Komla indicò la proiezione. "Poco dopo il suo discorso alcune province dell'etere si sono fuse e hanno formato una regione chiamata ALTA. La fusione è avvenuta un po' troppo in fretta per non sembrare qualcosa di organizzato. Potrebbe essere collegata al concetto di altista lanciato da Wang."

"ALTA?" ripeté Woodside.

"Sì," annuì Komla. "Racchiude blog, siti, social network e altre unità e utility del cyberspazio. Apparentemente avevano tutte in comune... beh, l'essere contro i landisti."

"Quanto era grande questa ALTA?"

"L'ultima volta che l'ho vista, questa mattina, contava circa 27.000 sottoscrizioni, 110.000 utenti e..."

"Lascia perdere. Quanti sono adesso?"

Tenoderia sfiorò i suoi occhiali. I suoi occhi si muovevano velocemente in alto e in basso, a destra e a sinistra. Quando ebbe finito di leggere, si tolse gli occhiali, si massaggiò gli occhi e non disse nulla per alcuni secondi.

"Allora?" chiese Woodside, impaziente.

Tenoderia si rimise gli occhiali e congiunse le mani sul tavolo. "In questo momento ci sono tre regioni che si sono fuse sotto l'effigie dell'ALTA. Il numero di utenti e sottoscrizioni sta crescendo rapidamente e..."

"*Quanti?*"

Tenoderia si schiarì la voce. "995.000 sottoscrizioni, sette milioni di utenti, sessantaquattro milioni di accessi..."

Woodside la fermò alzando un braccio. "Ho capito, ho capito. Facciamo un passo indietro e ragioniamo. Torniamo... torniamo a questo affare... questo ascensore orbitale. Voglio dire, di cosa stiamo parlando esattamente? È davvero fattibile? Come funziona? Perché non ne ho mai sentito parlare prima?"

Tenoderia accavallò le gambe e si lisciò la camicia. "Il principio alla base di un ascensore orbitale è molto semplice, a dire il vero," disse, sistemandosi meglio gli occhiali. "Se io attaccassi l'estremità di un filo su una palla da tennis e l'altra estremità alla mia testa e cominciassi a girare su me stessa, il filo rimarrebbe teso e la palla continuerebbe a seguire il mio movimento rotatorio. La Terra ruota a una velocità molto maggiore di quanto io potrò mai fare, circa mille miglia orarie. Ora, se seguissi questo esempio e attaccassi un filo incredibilmente resistente sulla superficie terrestre all'altezza dell'equatore e l'altra estremità a una massa abbastanza grande, come un piccolo asteroide oltre l'orbita geostazionaria del pianeta per tenere il filo teso, otterrei niente di meno che un collegamento stabile tra la Terra e lo spazio. Una volta costruito e montato il cavo che collega le due estremità, posso agganciarvi una vettura capace di viaggiare su e giù per il cavo, in grado di trasportare cargo in orbita senza l'uso di costosi razzi."

"Come questo Polaris?" chiese Komla.

"Esattamente," annuì la donna. "Con un tipo di trasporto del genere a mia disposizione ridurrei considerevolmente i costi del viaggio tra la Terra e lo spazio. L'ascensore orbitale è un'idea teoricamente semplice da realizzare ma con un'importante complicazione. Lo stress strutturale che il cavo dovrebbe sopportare sarebbe immenso. Nessun materiale esistente ha le proprietà richieste per soddisfare questa necessità. Almeno... beh, almeno fino a ieri pomeriggio..."

"Quando quel venditore di fumo se n'è uscito con la sua 'finzionite'," finì per lei Woodside, tamburellando un dito sul tavolo. "Che cosa sappiamo di questo materiale che renderebbe possibile la sua diavoleria spaziale?"

"Non molto," disse la donna. "Come ho già detto, le informazioni ricevute sono ancora in fase di elaborazione. Questo super-materiale dovrebbe funzionare un po' come un'intelligenza artificiale estremamente sofisticata, capace di adattarsi alle situazioni atmosferiche e fisiche esterne con l'unico scopo di mantenersi al tempo stesso leggero e incredibilmente resistente. Tecnicamente il cavo è costituito da particolari nanotubi di carbonio tenuti assieme da un sistema informatico che si occupa di mantenere stabili e all'occorrenza di modificare le sue proprietà fisiche. Questa 'finzionite', come l'ha chiamata lei, non ha solo la resistenza tensile in grado di supportare il peso di questo enorme 'ponte', che dovrebbe essere lungo decine di migliaia di chilometri, ma è anche in grado di resistere ad abrasioni, condizioni metereologiche avverse e radiazioni cosmiche e solari senza perdere le sue proprietà di base, la leggerezza e la resistenza. Il cavo è anche fornito di un sistema di manutenzione automatico. Questo significa che se qualcosa dovesse eventualmente danneggiare o alterare le proprietà chimiche dei nanotubi, uno specifico programma, un po' come un antivirus, lancerebbe una diagnostica individuando il problema e risolvendolo. Teoricamente, il cavo è quasi indistruttibile."

Woodside scosse la testa. "Non m'importa quanto sia tecnologicamente avanzato quest'affare o quanti elefanti possa sostenere questo tuo filo delle meraviglie. A un certo punto tutto si rompe! Qui stiamo parlando di un oggetto più lungo della circonferenza del dannato pianeta! Vi rendete conto? Che cosa succederebbe se un affare del genere dovesse spezzarsi e cadere sulle nostre teste?"

"Non posso dire di avere una risposta soddisfacente a questa domanda," rispose cauta Tenoderia, "dipenderebbe in gran parte dalle esatte proprietà fisiche del materiale utilizzato per costruire il cavo, informazione di cui non siamo al momento a conoscenza, ma anche dall'ubicazione dell'ascensore orbitale, dal punto esatto in cui avvenisse questa presunta rottura, dall'atmosfera terrestre e da un'infinità di altri fattori. Potrebbe essere un incidente isolato con poche o nessuna vittima così come una catastrofe di portata planetaria."

"Cristo santo! Ti stai ascoltando? Mi sta venendo la pelle d'oca! Vi rendete conto della gravità della situazione? Se questo Wei Wang è veramente in grado di fare una cosa del genere, ci troviamo di fronte a uno psicopatico megalomane. Questo squilibrato sta rischiando l'incolumità di vite umane per un po' di pubblicità spicciola. È assurdo! Bisogna cominciare a remargli contro prima che la cosa ci sfugga di mano."

"Spine, ascolta, per favore," disse Komla, sollevando una mano, "le azioni della SOL e della Gaia sono cresciute entrambe del nove percento nelle ultime cinque ore. Persone comuni da tutte le parti del mondo stanno abboccando all'invito lanciato da Wang, comprando in massa il pacchetto 'prenota le stelle' pubblicizzato nell'annuncio di ieri. Altre compagnie stanno studiando in questo momento i dati riguardanti le tecnologie impiegate nell'ascensore orbitale per valutare l'opportunità di collaborare al progetto o avviarne uno proprio. Se come sembra questo prodotto ha le potenzialità che mostra ed è già in una fase avanzata di progettazione, stiamo parlando della notizia del secolo. Non guardarmi così, sai che ho ragione. La gente in questo momento è eccitata, più che spaventata, è importante che tu lo capisca. Vogliono sapere tutto quello che possono sullo scoop del momento, e vogliono speculare, sognare. Vogliono far parte del tutto. Vedila pure in questo modo: immagina di strappare dalle mani di un bambino affamato un'enorme caramella, dicendogli che fa male ai denti. Gridare al pubblico che quest'oggetto è un pericolo potrebbe non essere al momento la mossa giusta da fare. Se vuoi andargli contro, farai bene a essere dannatamente preparato. Aspettiamo che al bambino venga il mal di pancia."

"Santissima Vergine. Komla, spero che il tuo piano sia migliore di questi paragoni da quattro soldi. Va avanti, cosa proponi?"

"Presto o tardi l'eccitazione svanirà e la persona comune si farà la domanda che tutti si fanno quando si parla di un progetto colossale come questo: 'E se qualcosa va storto?' Noi saremo pronti a rispondere a questa domanda sottolineando i difetti e i pericoli dell'ascensore orbitale, inondando i media e i canali informatici con la nostra versione. Ci sono inoltre altri elementi da considerare prima di scatenare un'offensiva mediatica. Questo progetto ha dei nemici naturali che hanno solo bisogno di un pretesto per gettare tutto quello che hanno addosso a Wang e al suo gruppo d'interesse."

"Non ti seguo."

"Rifletti," disse Komla, "come credi l'avranno presa la Kinoperia Oil, la BT o la Extro Petroleum quando si sono rese conto che insieme al turismo e all'esplorazione spaziale lo scopo principale di Polaris è promuovere l'utilizzo di energia rinnovabile? Se Wang ha ragione sulle potenzialità del suo apparecchio, in meno di un decennio i CEO di compagnie come queste si troveranno a pulire parabrezza ai semafori."

"Che Dio mi sia testimone. Sembra proprio che..."

Woodside venne interrotto dalla mano alzata repentinamente da Tenoderia.

"Stiamo ricevendo un nuovo output dall'etere," disse la donna, fissando i suoi occhiali, come se stesse leggendo un libro. Tutti i presenti attesero senza parlare.

Dopo qualche istante Tenoderia tornò a concentrarsi su Woodside.

"La XCTV ha appena fatto sapere che un satellite di non specificate caratteristiche sarà lanciato tra una settimana dal centro di lancio spaziale di Xichang, in Cina. Il lancio è stato richiesto dall'I & I e ha appena ricevuto il benestare del governo."

"L'I & I non era una delle cinque compagnie nominate da Wang?" chiese Arvin.

"È già cominciato," mormorò Komla, incredulo. "Wang fa davvero sul serio."

"Sta avvenendo tutto troppo in fretta!" Woodside si alzò di scatto dalla sedia e cominciò a camminare. "Dobbiamo stare al passo, non farci distrarre." Il landista premette gli indici sulle tempie e chiuse gli occhi. Quando li aprì di nuovo, il suo sguardo suggeriva urgenza e risolutezza. "Va bene, state a sentire," indicò Arvin. "Tu. Hai ventiquattro ore per scoprire tutto quello che puoi su questo Wang. Non m'interessa come farai ma voglio sapere tutto. Tutto! Quando mi porterai le sue mutande, mi auguro per te siano piene di merda! Chiaro?"

"Chiar... Sì, capo!"

Fu il turno di Tenoderia.

"Analizza le specifiche," ordinò Woodside. "Analizzale bene. Trovami più ragioni possibili per cui questo ascensore spaziale non dovrebbe mai essere costruito. Se non ne trovi nessuna, analizza meglio. C'è qualcosa d'importante che ci sfugge, lo sento, e questo affare semplicemente non può essere la miracolosa invenzione che quel clown va pubblicizzando."

"Bene," disse Tenoderia, annuendo.

"Komla, fai il tuo lavoro come solo tu sai fare. Agiamo sui dubbi e sulle indecisioni della gente. Mobilita qualsiasi contatto tu abbia e non appena arrivano notizie utili da Tenoderia, dalle in pasto a chiunque possa farne buon uso."

Komla alzò i pollici.

"Quanto a me," proseguì Woodside, "se c'è un motivo per cui la LAND esiste è per impedire a una follia del genere di avverarsi. Credetemi quando vi dico che questo *altista* non ha idea di quanto in basso sta per sprofondare."

10

CANTARA

2029

GLADIA EGEA INDICÒ all'uomo col sigaro le immagini che il trigoy aveva appena partorito.

"Woodside e i suoi lacchè non avrebbero potuto scegliere un momento migliore per spargere i dati nell'etere." Gladia espirò attraverso le narici dilatate. Le sue labbra si strinsero e scosse la testa. "C'è gente che già parla di radere al suolo i quartieri generali della Gaia, della SOL e dell' I & I per impedire la partenza."

Il volto di Mark Strutzenberg aveva il colorito cereo di chi non dorme da molto tempo. Dopo qualche istante, alcuni getti di fumo uscirono dalle sue narici, oscurando per una manciata di secondi il suo viso. L'uomo si grattò la folta barba color platino. "Non possiamo certo dire che i baciaterra non abbiano senso dell'umorismo," disse, fissando le immagini che si susseguivano davanti ai loro occhi. La punta del suo sigaro esplose per un secondo di un'intensa luce arancio mentre Mark inspirava nicotina ed espirava il fumo dalla bocca. Si morse il labbro inferiore. "Spine ha deciso di usare le bombe atomiche," concluse.

La co-fondatrice della SOL lanciò a Mark un'occhiataccia, non particolarmente contenta della figura retorica utilizzata dall'uomo per descrivere la situazione.

"Questo ci lascia davvero poco spazio di manovra," disse Gladia senza smettere di fissare i dati prodotti dal trigoy. "Soprattutto, ci lascia poco tempo. La decisione della Corte Planetaria è prevista per venerdì prossimo."

L'affermazione fece grugnire Mark. Il CEO della Gaia scrutò le informazioni che scorrevano davanti ai loro occhi con molto più che semplice attenzione: la linea verticale che solcava la sua fronte parlava di nervosismo.

"Questa faccenda non si sta mettendo bene," disse. "I membri della Corte contrari alla partenza aspettavano solo una scusa del genere per tirare secchiate di merda contro Polaris. Potrebbero attaccarsi a questa cosa e mandare a puttane tutti i nostri sforzi." Una pausa, poi l'uomo aggiunse, "Come se non avessimo già abbastanza a cui pensare." Mark si girò verso Gladia. "Hai ricevuto il rapporto di Shimao?" chiese, scrutandola con un'espressione che non lasciava molto spazio alle interpretazioni.

Gladia annuì con fare grave e fissò a sua volta il CEO della Gaia. "L'ho letto una decina di volte. Un'altra conferma del fatto che le brutte notizie non arrivano mai da sole." Gladia chiuse gli occhi per una manciata di secondi. Quando li riaprì, i muscoli del suo volto palesarono stress e stanchezza. "Shimao, Trudeau e Nazarov stanno facendo quello che possono con il tempo e le risorse che abbiamo a disposizione. Sono sicura che riusciranno a risolvere i problemi strutturali di Infinity ma non possiamo chiedergli di fare miracoli. Le chiacchiere di Woodside li faranno presto diventare l'argomento preferito del gossip eterico e noi non possiamo fare molto per impedire che finiscano sotto i riflettori."

Ci fu un'altra isola di silenzio, poi Mark disse, in tono esitante, "Cosa dice... cosa dice il ragazzo della trovata di Spine? Come l'ha presa?"

Gladia trattenne il fiato. Poggiò entrambe le mani sui fianchi e distolse lo sguardo dal vicino. "Wei non sa nulla di questa faccenda e ho fatto in modo che continui a non sapere niente."

Mark fece scattare la testa verso Gladia con un movimento

talmente repentino che per poco il sigaro non gli schizzò via dalla bocca. "*Cosa?*"

La dottoressa rispose con calma pacata alla sorpresa del collega. "Wei ha abbastanza tra le mani, al momento," disse, spostando il peso del suo corpo da un piede all'altro. "Non ha tempo di occuparsi personalmente anche di questo. Non guardarmi così, Mark. Lo sai che ho ragione. Inoltre, ho già pensato a come rispondere alla manovra di Woodside. Non abbiamo bisogno di Wei. Possiamo cavarcela da soli."

Mark scrutò per un lungo momento le proiezioni che si susseguivano attorno al trigoy, quindi tornò a studiare la dottoressa. "Prego Iddio che tu sappia quel che stai facendo, donna. Che cosa hai in mente, di preciso?"

"Dobbiamo recuperare lo svantaggio," stabilì Gladia. "Velocemente. E per far ciò, abbiamo bisogno di ricorrere a misure eccezionali."

"*Quanto* eccezionali?" chiese Mark. Un pezzo di cenere si staccò dal suo sigaro e cadde per terra. Nessuno dei due se ne accorse.

"Abbastanza da coinvolgere qualcuno che possa ribaltare la situazione, darci tempo e spazio di manovra," rispose Gladia. "Questa è una battaglia che si è spostata più in fretta di quanto sospettassimo dai talk show all'opinione pubblica. Woodside ci ha fatto credere fino all'ultimo di essere un imbecille presuntuoso affamato di applausi, solo per farci questo regalo all'ultimo momento, prendendoci di sorpresa." Gladia indicò le immagini con un lento movimento della testa. "Abbiamo sottovalutato quel sofista e i ciarlatani che gli stanno intorno e ora ne stiamo pagando le conseguenze. Abbiamo bisogno di qualcuno che ci tiri fuori in fretta da questa situazione e che allo stesso tempo possa mettere abbastanza pressione sulla Corte Planetaria da salvare Polaris e la costruzione di Infinity."

Mark guardò la dottoressa con un'espressione che tradiva scetticismo. "Sentiamo. Chi avresti in mente per quest'impresa colossale?"

Gladia attese un tempo oltraggiosamente lungo. Alla fine disse, "Il nome *Cantara* fa suonare qualche allarme?"

La mascella di Mark si contrasse. "Cantara Handal? La Vedova

Nera dell'Etere?" L'uomo sputò il nome come se le parole fossero fatte di acido muriatico. Indietreggiò di un passo senza neppure accorgersene. "Stai scherzando, vero? Quella donna smembrerebbe la madre per qualche dozzina di sottoscrizioni alla sua regione!"

"*Avrebbe* smembrato la madre," sottolineò Gladia. "È questo il problema. Sembra che Cantara si sia ritirata da qualche tempo in una specie di... isolamento mediatico, per così dire."

"Ritirata," ripeté Mark, inarcando un sopracciglio. "Vuoi dire... vuoi dire che è andata in pensione? Alla sua età?"

"Non mi risulta esista il pensionamento per una professione come la sua, ma Cantara ha apparentemente sospeso il suo coinvolgimento nell'etere, delegando i suoi affari a qualcun altro. Ora sembra che tutto quello che fa sia impartire lezioni private a un gruppo di adolescenti. Non sappiamo molto altro."

"Da eterion di fama mondiale a babysitter? Questa storia mi puzza." Il cipiglio di Mark era tutto sulla fronte. "Comunque sia, chi ti ha messo in testa l'idea di coinvolgerla in questa faccenda?"

Gladia s'inumidì le labbra. "Ho parlato con Gregor e il consiglio di propaganda, giù al dipartimento relazioni pubbliche. Secondo i cervelloni, portare Cantara dalla nostra parte potrebbe fare un mondo di differenza. Stiamo perdendo questa guerra mediatica, Mark. Pensaci! Ha senso convincere uno dei maggiori eterion del pianeta a schierarsi dalla nostra parte. Ho in programma di parlarle domani pomeriggio."

"I ragazzi delle relazioni pubbliche ti hanno suggerito una cosa del genere? Qualche cervello lì sotto deve essersi fritto facendo qualche campagna promozionale di troppo. Non vedo come la soluzione dei nostri problemi possa essere quella... quella... *donna*."

"Nonostante il suo apparente ritiro dalla scena pubblica, Cantara continua ad avere una forte presenza eterica ed un impatto molto particolare sulla fetta di opinione pubblica che è rimasta neutrale fino a questo momento," spiegò Gladia. "C'è un oceano di gente che ascolta quello che dice e si fida del suo giudizio. Senza contare la relazione privilegiata che intrattiene con molti degli eterion più influenti del pianeta. Quella donna è un vero e proprio scrigno pieno di risorse."

Mark non sembrava affatto convinto. "Anche se così fosse, per quale motivo dovresti essere tu a parlarle?"

"Sembra che alle relazioni pubbliche abbiano scoperto che Cantara dimostri rispetto per figure femminili intraprendenti e di carattere. Insomma, *'donne con le palle'*, stando a quello che dice Gregor." Gladia fece un mezzo inchino, come se si stesse presentando a una platea.

Il volto di Mark si rilassò all'improvviso. "Modestia a parte, ovviamente," disse, indicando la dottoressa con il sigaro.

"Ovviamente," rispose Gladia, sorridendo a sua volta. "Comunque sia, Gregor ha sottolineato che Cantara sembra rispettare in modo particolare la mia posizione e che conosca molto bene la mia storia personale. In poche parole, sembra che io la incuriosisca parecchio. Questo fa di me l'altista con più possibilità di convincerla a schierarsi con noi."

Mark continuava a mantenere il suo cipiglio. Guardò ancora una volta il trigoproiettore e indicò la serie di immagini che l'oggetto stava producendo. "Vuoi dire che lei potrebbe essere la *nostra* bomba atomica?"

"Qualcosa del genere."

Mark inspirò lentamente e incrociò le braccia. Sembrò aspettare che Gladia dicesse qualcos'altro, ma la donna rimase silenziosa.

"Allora? Qual è il tuo piano?" chiese alla fine. "Come avresti intenzione di convincerla a uscire dal letargo e ad aiutarci?"

Gladia guardò l'uomo negli occhi. Un sorriso balenò sul suo volto. "Ho studiato il suo profilo psicofisico con molta attenzione. Sembra che Cantara dimostri una propensione fuori dalla norma nel voler essere coinvolta in qualcosa più grande di lei, in progetti in cui è possibile fare la differenza. Questo suo tratto è una caratteristica molto particolare, qualcosa su cui posso lavorare."

"Non capisco," disse Mark, scuotendo la testa. "In che modo questa sua caratteristica ci sarebbe utile?"

"Le farò una proposta che non potrà rifiutare," spiegò Gladia, facendo l'occhiolino al CEO della Gaia.

Mark fece uno schiocco impaziente con i denti. "Questa proposta include una pistola e la minaccia di cervella sparse sopra ad un contratto?"

"No," Gladia scosse la testa. "Diciamo solo che le offrirò la possibilità di assistere a uno spettacolo che le darà molto su cui riflettere."

Mark attese ancora una volta che Gladia continuasse. Attese invano.

"Allora?" domandò con impazienza crescente. "Hai intenzione di farmi morire di curiosità?"

"Sembri agitato, vecchio crucco." Gladia indicò il suo sigaro. "Ti consiglio di accendere un altro dei tuoi cannoni e di rilassarti. Non vorrai far schizzare la tua pressione alle stelle. Fidati, non hai nulla di cui preoccuparti."

Mark fece due passi in avanti e indicò la donna con un dito. "Questo è il tuo modo di tenermi fuori dalla festa? Bel tentativo, ma ho intenzione di fare la mia parte. Se Spine ha deciso di bombardarci, io potrei farti guadagnare qualche giorno tirandogli addosso tutto quello che ho."

"No, Mark, voglio che tu ne stia fuori. Ascoltami. L'ultima cosa di cui abbiamo bisogno ora è di gettare benzina sul fuoco. Questa faccenda è di mia competenza. Sono io la coordinatrice del progetto Polaris e ho intenzione di procedere a modo mio."

Mark non rispose, ma un angolo della sua bocca si contrasse. Sembrava indeciso sul da farsi. "Ho un brutto presentimento riguardo a tutta questa storia," ammise alla fine. Premette l'estremità ardente del suo sigaro nel posacenere e mise la parola fine al getto di fumo che aveva inondato la stanza con il suo aroma esotico.

"Mark, tu hai un brutto presentimento su *qualsiasi* faccenda, in *qualsiasi* momento," gli fece presente Gladia, mentre spegneva il trigoy e richiamava l'oggetto con un veloce gesto della mano.

"Statisticamente parlando, questo mi dà ragione il cinquanta percento delle volte," le fece notare Mark.

Gladia intascò il dispositivo e si avviò verso la porta. "Beh," disse la donna prima di uscire dalla stanza, "prega che questa volta ci troviamo nel cinquanta percento in cui hai torto."

Cantara Handal guardò i sette studenti disposti a semicerchio attorno a lei e incrociò le braccia. "Allora?" chiese, indugiando con lo sguardo su ognuno di loro. "Idee?"

I ragazzi si scambiarono occhiate fugaci per qualche secondo. Poi, quasi all'unisono, sette braccia schizzarono in alto.

Cantara sorrise e guardò alla sua destra. "Angelica," disse, annuendo verso l'alunna e invitandola a parlare.

La ragazza era alta e magra, con occhi a mandorla nascosti in parte dal riverbero di luce riflesso dai suoi occhiali. Angelica guardò la trigoproiezione che avevano di fronte.

"Non mi sembra... non credo..." Angelica si fermò per un secondo, pensando attentamente alle successive parole. Inspirò e si schiarì la gola, quindi riprese, "Penso che le quattro unità in questione non abbiano alcuna affinità reciproca e che probabilmente non raggiungeranno mai il processo di fusione. Non solo, a giudicare dall'analisi preliminare, probabilmente scompariranno nelle prossime settimane. Penso anche che non dovremmo dedicargli tempo o attenzione. Mi sembra solo uno spreco di risorse che potremmo meglio impiegare in altre direzioni."

"Hai detto una cosa giusta e due sbagliate," sentenziò Cantara, congiungendo le mani e valutando la giovane. Gli altri studenti seguirono con lo sguardo Cantara avvicinarsi alla trigoproiezione che mostrava grafici, numeri e immagini. La donna indicò i dati con entrambe le mani. "Dimentica tutto quello che credi di sapere sulle loro prestazioni passate. Concentrati invece sul loro grafico Guhissiano. A giudicare dalla loro reciprocità eterica le quattro unità hanno molto più in comune di quanto possa risaltare dalla semplice analisi preliminare. Ricordami: che cosa sono solita ripetere riguardo il processo di fusione?"

Angelica rispose immediatamente alla domanda. "Nel processo di fusione, la prima impressione è sempre quella sbagliata."

Cantara annuì e mosse una mano. Un nuovo grafico tridimensionale apparve di fronte a loro. "Esatto," disse. "Inoltre, sbagli nel dire che le unità si dissolveranno nel breve periodo. La loro attività non è cresciuta molto negli ultimi giorni, è vero, ma questo non vuol dire necessariamente che stiano per contrarsi o scomparire. Se noti la colonna dell'interattività puoi chiaramente vedere che il numero di sottoscrizioni si sia ora stabilizzato sulle cinquecento unità giornaliere. Vedi qui e qui? Non stanno più cercando di espandersi, stanno cercando di solidificarsi e di mantenere il terreno conquistato. In poche parole, si stanno sforzando di trovare un equilibrio reciproco, anche se questo significa per il momento sacrificare dimensioni e numero di sottoscrizioni. Chiunque siano gli artefici di queste unità è chiaro che stanno pensando al lungo periodo. Il loro scopo è quello di eliminare le incongruenze e trovare un terreno comune sul quale svilupparsi per aspirare al rango di provincia."

Cantara si girò lentamente, dando le spalle alla sua classe e dirigendosi verso la scrivania. Una volta di fronte al tavolo, sollevò una tazza fumante e bevve il contenuto. La fragranza inequivocabile del tè verde rilassò i suoi sensi. Per qualche secondo non si sentì altro rumore se non il lento sorseggiare della donna.

Nel frattempo alcuni studenti stavano annuendo mentre guardavano sotto una nuova luce il grafico spiegato da Cantara. Un paio di loro mossero velocemente le mani per aggiungere ai loro appunti impressioni e immagini.

Cantara posò la tazza e deglutì. Alzò la testa e guardò davanti a sé.

Lo specchio circolare sul muro della stanza catturò la sua attenzione. La donna spese alcuni momenti a valutare la sua immagine riflessa.

Cantara Handal era una donna alta e snella, con braccia e gambe lunghe e sottili. Il suo corpo sinuoso la faceva sembrare un raro incrocio tra una modella e una ballerina di pattinaggio sul ghiaccio.

La donna si passò una mano sul volto, carezzandosi la pelle color miele. I lineamenti del suo viso erano affilati come la lama di un coltello e squadravano con precisione quasi millimetrica i confini della mascella, alta e pronunciata. Il bel naso all'insù divideva in maniera equidistante i suoi occhi da felino, un trionfo di verde striato di grigio argento. Il tutto era poi coronato da una pesante maschera di trucco color notte che si estendeva verso le tempie fin quasi a sfiorare le orecchie, conferendole quella regalità degna di una faraona egizia.

Erano in molti a sostenere che Cantara fosse una delle figure pubbliche più attraenti del pianeta e che avrebbe potuto essere perfino più bella, se non fosse stato per la sua testa completamente calva. Nessuno era mai riuscito a capire per quale motivo Cantara avesse deciso di non avere capelli. Era uno dei misteri che si aggiungeva ai molti altri che la circondavano, come quello riguardante il significato inspiegabile del ciondolo a forma di clessidra che la donna indossava come se fosse una fede nuziale.

La sua apparenza sensuale ma pericolosa, la sua nota predilezione per i colori scuri e per il verde veleno assieme alla sua fama di eterion senza scrupoli le avevano fatto guadagnare l'appellativo di 'Vedova Nera dell'Etere'.

Cantara distolse lo sguardo dallo specchio e tornò a guardare Angelica; un sorriso soddisfatto illuminava il suo volto.

"Tuttavia," disse l'eterion, "hai ragione nel dire che dedicare attenzione a questo gemellaggio imminente è uno spreco di risorse. Qualsiasi cosa possa risultare dalla fusione, è ancora troppo presto per fare previsioni sulla sua utilità per la nostra regione. Conviene aspettare sviluppi futuri e tenere gli occhi ben aperti."

Angelica annuì.

Cantara batté le mani un paio di volte, quindi allargò le braccia, come per accogliere con quel gesto la totalità della classe. "Molto bene. Passiamo ora al quesito con il quale ci siamo lasciati la scorsa settimana." La donna protese un braccio verso il trigoproiettore e l'oggetto fu come calamitato verso la sua mano aperta. Cantara intascò il trigoy e tornò a guardare i suoi studenti. "Sebastian, ricorda alla classe il soggetto in questione."

Sebastian, un ragazzo con corti capelli a spazzola e un'espressione che suggeriva una serietà impropria per la sua età, si alzò di scatto.

"Sì, Madame," disse il ragazzo, sollevando il mento e gonfiando il petto. "Si trattava di considerare la traccia: *Ieri e oggi. Dall'internet di consumo all'etere sempiterno.*"

"Fenomenale," disse Cantara, intrecciando le mani dietro la schiena. "Sebastian, partiamo dal tuo lavoro. Illustra alla classe la tua analisi. Inizia dalle fonti, prosegui con la sinossi e concludi con le tue considerazioni personali. Hai cinque minuti da adesso."

Cantara puntò il pollice in alto e fece comparire un conto alla rovescia.

Sebastian guardò i numeri in rosso sospesi sopra le loro teste. Si schiarì la gola e prese il suo trigoy dalla tasca. Quando lo lanciò in aria, la piccola piramide si posizionò al centro della stanza. Immagini e lettere cominciarono a vorticare intorno al trigoproiettore.

"Per le mie ricerche," iniziò Sebastian, infilando le mani dentro le tasche e annuendo verso i dati prodotti dal suo trigoproiettore, "ho consultato fonti di diversa natura e intervistato una mezza dozzina di persone coinvolte nel settore mediatico ed etere-informatico. Nella mia trattazione considero l'evoluzione dall'internet al moderno etere come un passaggio graduale da un tipo di sistema mondiale di reti di computer a una comunità virtuale di persone connesse direttamente tra loro tramite una o diverse regioni del cyberspazio. Nella mia analisi..."

"Gli occhi, Sebastian. Guarda il tuo pubblico negli *occhi*," Cantara indicò gli altri ragazzi con un'unghia smaltata di verde.

Sebastian s'interruppe per un secondo, quindi spostò il suo sguardo sul resto degli studenti. Le guance del ragazzo assunsero una sfumatura di rosso imbarazzato mentre riprendeva a parlare.

Cantara continuò a sorseggiare il contenuto della tazza mentre annuiva occasionalmente a quello che Sebastian stava dicendo. Quando il conto alla rovescia segnalò poco più di un minuto rimasto, Cantara sollevò una mano e la strinse a pugno.

"Va bene Sebastian. Le tue considerazioni finali?"

Sebastian gettò un'occhiata al tempo rimasto. Si schiarì la gola, quindi tornò a guardare il resto della classe. "Il mio parere è che la trasformazione subita nel tempo da questo sistema globale di interconnessione tra dispositivi di vario genere abbia raggiunto uno stadio in cui il controllo sia passato dal dispositivo tecnologico alla coscienza organica degli individui oggi connessi all'etere. Questo tipo di evoluzione dal tecnologico all'organico farà in modo di processare e condividere nel futuro mondo virtuale non solo immagini, colori e odori, ma anche sensazioni ed emozioni. L'etere potrebbe presto diventare il catalizzatore di un modo completamente nuovo di definire il senso stesso di interrelazione virtuale e reale e, nel tempo, fondere i due concetti grazie a un unico comune denominatore."

Sebastian si sedette. Nella stanza non si sentì alcun rumore per qualche secondo.

Cantara fece un paio di passi verso il semicerchio degli studenti. Si fermò a pochi centimetri da Sebastian. "Non posso darti più di un Delta in postura ed esposizione," stabilì, guardando lo studente senza battere ciglio. "Sebastian, devi imparare a guardare negli occhi il tuo pubblico o il tuo interlocutore e a smettere di nascondere le mani nelle tasche. Congiungile dietro la schiena se non riesci a trattenere il tremore. Questo ti dà una postura più composta ed elegante. In un dibattito pubblico questa potrebbe essere la differenza fra la vittoria e la sconfitta."

Cantara lesse sul volto del ragazzo imbarazzo e frustrazione, ma non rassegnazione. In quello stesso momento, un piccolo uragano stava probabilmente imperversando dentro il cervello di Sebastian, pensò la donna. Fece passare qualche momento, permettendo alle sue parole di sedimentarsi, quindi proseguì, con il volto leggermente più rilassato. "Meriti tuttavia un Gamma nell'approccio che hai scelto per analizzare la traccia. Hai fatto un ottimo lavoro nella consultazione delle fonti e la tua è una conclusione plausibile, considerate le premesse della tua argomentazione, eppure a volte bisogna rischiare qualcosa per dare più originalità al proprio lavoro. Devi capire che mettersi a cavalcioni sulle spalle dei giganti non è sempre una buona idea. Impara a fidarti di più del tuo istinto e ricorda che stai raccontando una storia. Una *storia*, Sebastian. Puoi vendere meglio il tuo punto di vista se mostri al pubblico un numero calcolato di emozioni, piuttosto che un semplice elenco di dati e statistiche."

Cantara si allontanò dal ragazzo. "Va bene, Asha," disse, rivolgendosi alla ragazza vicino ad Angelica. "Facci vedere che cosa hai messo insieme. Hai cinque minuti da adesso."

Fu con una traccia di orgoglio che Cantara ascoltò un susseguirsi di esposizioni intelligenti, sagaci e mai scontate.

Questi ragazzi avevano fatto passi da gigante, ma il tipo di vita che avevano scelto non era affatto semplice. Essere degli eterion, i pastori dell'opinione pubblica, richiedeva sacrifici e uno sforzo mentale che non aveva paragoni. Era una sfida costante contro sé stessi e contro un esercito di altri aspiranti eterion sparsi per il mondo e pronti a tutto per la conquista di gloria e potere. Solo una manciata di loro avrebbe avuto successo e una percentuale insignificante di quella manciata avrebbe fatto davvero la differenza. In un mondo come quello, fallimento e successo erano due facce egualmente pericolose della stessa medaglia.

"Fermiamoci qui per un attimo," disse alla fine Cantara, indicando l'ultimo studente che aveva finito di parlare. "L'ipotesi di Lucius è molto interessante, non trovate? Considerare quella che una volta era conosciuta come la 'rete' non più come un semplice ritrovo virtuale dove connettersi e scambiare informazioni, ma come una scacchiera su cui sono disposti un numero incalcolabile di pezzi controllati da diversi giocatori che si scontrano l'uno contro l'altro. I contendenti di questa partita sarebbero dunque impegnati a fare di tutto per dare scacco matto all'avversario. Proviamo adesso a spingere oltre i confini questo concetto. Qualcuno di voi sa dirmi qual è la notevole implicazione del discorso fatto da Lucius se portato alle estreme conseguenze? Mhmm? Che cosa accadrebbe se l'etere divenisse davvero un enorme campo di battaglia?"

La mano di James Ark, lo studente all'estrema sinistra del semicerchio, fu l'unica ad alzarsi.

Cantara si girò verso il ragazzo vestito completamente di nero, con i soliti occhiali scuri che nascondevano il suo sguardo.

"James," disse Cantara.

"Significa che l'etere può essere conquistato," rispose il ragazzo.

Silenzio. Per un instate la donna poté giurare di aver visto un sorriso obliquo balenare sul volto del ragazzo ma l'istante successivo fu sicura di averlo solamente immaginato.

Cantara distolse lo sguardo dall'alunno. Annuì e guardò la classe. "Significa che l'etere può essere conquistato," ripeté la donna, indicando James. "Significa che l'etere potrebbe diventare un campo di battaglia nel quale chi riesce a conquistare e stabilizzare sotto un'unica egemonia più regioni possibili dispone di un controllo senza precedenti nella storia del genere umano e di un..."

Un bip proveniente dal suo braccio la interruppe. Cantara ci mise del tempo per capire cosa fosse. Poi toccò il suo polso e disse in un tono chiaramente irritato, "Cosa c'è, Ebony? Avevo chiesto di non essere disturbata."

"Madame, il suo appuntamento con la dottoressa Egea è previsto fra quindici minuti."

Cantara guardò l'ora. Senza accorgersene, aveva completamente perso la cognizione del tempo.

La donna interruppe la comunicazione e sospirò. "Va bene classe, potete andare," disse. "James, non abbiamo avuto tempo di sentire la tua esposizione. Lascia il tuo file nel mio terminale. Gli darò un'occhiata domani."

James trasferì il suo file nel terminale con due veloci movimenti della mano. Il terminale brillò di luce scarlatta a intervalli regolari per sottolineare la presenza del file non letto.

Gli studenti raccolsero in fretta le loro cose e uscirono in fila dalla stanza. Cantara attese che la porta fosse chiusa.

"Controllo," disse quando fu sola, rivolgendosi al soffitto. "Ritorna alla configurazione ufficio."

Quando l'ultima parola venne pronunciata, la stanza prese vita.

Le sedie e i sette terminali disposti a semicerchio al centro della stanza vennero assorbiti dal pavimento mentre la grande scrivania venne scomposta e rimodellata in una versione più compatta ed elegante. Due poltrone e due tavoli in ciliegio emersero al posto dei terminali e un frigobar apparve in quello che qualche minuto prima era stato uno spazio completamente vuoto.

La stanza completò la nuova configurazione giusto in tempo

prima che una voce proveniente dappertutto e da nessuna parte annunciasse Gladia Egea, co-fondatrice della SOL, seconda punta dell'Esaedro e coordinatrice del progetto Polaris.

Cantara si diresse verso la dottoressa e le strinse la mano, quindi le indicò una delle poltrone.

"Gladia Egea, è un onore," disse la Madame, sorridendo. "Tè? Caffè?"

"Solo dell'acqua calda con degli spicchi di limone, grazie," rispose Gladia mentre si sedeva.

Cantara si diresse verso il piccolo frigobar. Tornò dopo pochi secondi con due tazze fumanti e un bicchiere colmo di spicchi di limone.

Quando entrambe furono sedute, Cantara guardò senza battere ciglio l'altra donna, valutandola con molta attenzione. Bevve un sorso della sua bevanda, quindi poggiò la tazza sul tavolo vicino. "Ammetto di essere confusa," iniziò Cantara, sorridendo in modo educato. "Ho sentito dire che Wei Wang di norma molesti personalmente le persone che gli servono. È tutto il giorno che mi aspetto che sbuchi fuori da un armadio o da un cassetto quando meno me lo aspetto. Invece no. Io merito solo la visita del suo secondo in comando," e indicò Gladia con un gesto del capo. "Allora, devo ritenermi offesa?"

Non c'era veramente traccia d'irritazione nella sua voce, solo una leggera sfumatura di sarcasmo.

"Madame Handal...," cominciò Gladia.

"Cantara, per cortesia. E dammi del tu."

Gladia annuì, quindi riprese. "Cantara, sarò molto franca. Il Primo Altista non sa nulla di questa visita, e tantomeno delle...," si fermò, come per trovare la parola più appropriata, quindi continuò, "... *notizie* divulgate da Woodside e dai suoi seguaci. Ho fatto in modo che rimanesse all'oscuro di questa faccenda."

Cantara aggrottò la fronte. "Non sa nulla? Com'è possibile? La notizia è dappertutto da ventiquattr'ore. Il mio tavolo sa di cosa stiamo parlando! Wang si trova ancora sul nostro pianeta o ha trovato il modo di ascendere anzitempo alle stelle?"

Gladia sorrise alla battuta. "Il Primo Altista è al momento impegnato in una questione che richiede il massimo della sua attenzione e io ho deciso di non distrarlo con le chiacchiere che stanno imperversando nell'etere."

"Chiacchiere," ripeté Cantara, come se la parola fosse stata scelta molto male. "Questo è un bell'eufemismo per descrivere la controffensiva di Woodside. Mia cara dottoressa, queste *chiacchiere* sono il motivo per cui Polaris non vedrà mai la luce del giorno. Io lo definirei piuttosto come l'*uppercut* che mette fine allo scontro. Non che io sia interessata personalmente alla faccenda," precisò la donna, allargando le braccia. "Ciò detto," riprese, carezzando distrattamente l'orlo della tazza, "mi sembra chiaro che chiunque abbia un paio di orecchie funzionanti sappia che i landisti vi stanno mangiando vivi. Non vedo come una persona intelligente come te possa ignorare un fatto del genere."

"Che la... trovata mediatica di Woodside abbia sollevato un certo interesse nell'opinione pubblica e in alcuni dei membri della Corte Planetaria è innegabile, ma io aspetterei prima di giungere a conclusioni affrettate." Gladia inclinò la testa di qualche centimetro. Fu il suo turno di sorridere. "Sai quello che si dice in situazioni come queste: ascolta tutto, non credere a niente. Non vedo come una persona *cauta* come te possa ignorare un detto del genere."

L'ultima frase aleggiò nell'aria per qualche secondo. "*Touché!*" esclamò Cantara alla fine, annuendo verso la dottoressa.

"E questo è esattamente il motivo per cui sono qui," disse Gladia.

"Dritta al sodo!" disse Cantara guardando la dottoressa con un largo sorriso che tirava le sue labbra carnose. "Il genere di donna che preferisco." Sorseggiò la sua bevanda per poi poggiarla sul bracciale della poltrona. "Permettimi di essere altrettanto franca. Sono sicura ti sia giunta voce del mio pensionamento anticipato. Mi sto godendo questo periodo lontano dai fastidiosi rumori di fondo di tutti i giorni, cercando di inculcare del buon senso in menti giovani e ancora non completamente corrotte dalla società moderna. Non ho alcuna intenzione di entrare di nuovo nella mischia, tantomeno in *questo* tipo di mischia. Mi dispiace. Sembra che tu abbia fatto tutta questa strada per una tazza d'acqua calda e qualche fetta di limone."

Gladia si mosse leggermente sulla sedia. "Posso sapere il motivo? Voglio dire, sono curiosa. Ci sono svantaggi e vantaggi nel..."

"Perché sono fin troppo brava a riconoscere una causa persa in partenza," la interruppe senza troppe cerimonie Cantara.

"Mad... Cantara," Gladia si fermò un attimo. Inspirò ed espirò, quindi prese uno spicchio di limone e lo spremette sopra la sua tazza. "Sono sicura che una persona nella tua posizione sappia che questa faccenda è tutt'altro che la fine per il progetto Polaris."

"Non capisco di cosa stai parlando," rispose Cantara. "Woodside ha fornito alla Planetaria il motivo che gli serviva per mettere la parola fine a Polaris. Che le proiezioni e i calcoli dei suoi esperti siano affidabili o meno, ora che la maggior parte dell'opinione pubblica *crede* che lo siano la vostra tanto pubblicizzata costruzione di Infinity ha i giorni contati."

Gladia fece per ribattere, ma Cantara alzò una mano, interrompendola. "Come se ciò non bastasse, mia cara, circolano voci non molto incoraggianti sulla costruzione del Centro Infinity stesso. Voci che parlano di complicazioni nella progettazione del vostro ascensore spaziale, nella produzione di massa dell'iperfilamento intelligente che dovrebbe sostenere la vostra prodigiosa creazione e di altri problemi tecnici che i vostri migliori cervelli non sembrano essere neppure in grado di capire. Metà del vostro mitico Esaedro è impegnato nel cercare di risolvere problemi strutturali che non avevate neppure messo in conto all'inizio della costruzione di Infinity."

"Per una donna in pensione, mi sembra ti tenga piuttosto aggiornata sui... come li hai chiamati? 'Fastidiosi rumori di fondo'."

Cantara scrollò le spalle. "Sciocchezze," disse, schioccando le labbra dopo aver bevuto un altro sorso di tè. "Diciamo solo che mi ritengo una donna che tiene entrambe le orecchie aperte e che ama elaborare congetture. E le mie congetture mi dicono che altri problemi verranno scoperti con il passare del tempo e che la partenza di Polaris si farà una questione sempre più complessa e spiacevole per voi altisti. Dimmi, mia cara, sei riuscita a tenere il ragazzo genio all'oscuro anche di *questo*?"

Gladia fissò Cantara senza battere ciglio. "Il Primo Altista è al corrente dei nostri progressi ed è più che sicuro che il suo team riuscirà a risolvere queste complicazioni."

La Madame si lasciò andare a una risatina. Quando Cantara ebbe finito di ridere, si sistemò meglio sulla poltrona mentre guardava la co-fondatrice della SOL con sguardo condiscendente. "Certo," disse, mentre prendeva un tovagliolo e se lo passava sulle labbra, "questo può essere un ritornello incoraggiante che voialtri vi ripetete a vicenda, ma le persone che mantengono entrambi i piedi per terra non sembrano pensarla allo stesso modo, e non mi sto riferendo semplicemente ai landisti. Mia cara Gladia, ci sono cose che non possono essere fatte, nonostante la volontà e i fondi per realizzarle."

"Non capisco cosa vuoi dire," ribatté Gladia, fissando la Madame dritta negli occhi. "*Tutto* può essere fatto se esiste la giusta motivazione e abbastanza volontà."

"Andiamo, dottoressa, cerchiamo di comportarci da persone adulte. Lo ammetto, quello che volete fare può sembrare incredibilmente semplice: calare qualcosa verso terra da un satellite che si libra esattamente sopra l'equatore. Un bambino potrebbe afferrare il concetto. Eppure, e sono sicura sarai d'accordo con me, sappiamo entrambe che in un esperimento del genere *semplice* è una parola molto complicata. Non trovi? Pensaci. Se cerchi di prendere una scorciatoia, sprechi più energia. Se provi a rallentare, acceleri. Se miri in una direzione vai a finire in quella opposta. Nessuno prima d'ora ha mai provato a guidare una sonda agganciata a un cavo lungo quarantamila chilometri. E per una buona ragione."

Gladia non nascose la sua sorpresa. "Non ti facevo un'esperta in aerodinamica."

"Non lo sono, ma il mio consulente in trasporto orbitale è pagato profumatamente per esserlo al mio posto e lui mi dice che il vostro progetto Polaris ha diversi vizi di fondo, molti dei quali non superabili, non con le tecnologie attuali, perlomeno. Forse fra una cinquantina d'anni il vostro ascensore spaziale potrebbe essere fattibile, ma oggi come oggi è poco meno ridicolo dell'idea dei maiali volanti."

"L'ascensore spaziale è un'idea che non ha vizi di fondo, matematicamente e tecnicamente parlando." Gladia raddrizzò la schiena e gonfiò il petto. "In teoria, non esiste nulla che impedisca la sua realizzazione."

Cantara rise nuovamente, questa volta una risata frizzante e genuina. "In *teoria*," disse, guardandosi le unghie, "il mio smalto, che costa cinque volte l'equivalente che trovi a Walmart, dovrebbe durare per un mese, essere completamente inodore, rimanere sempre lucido e non contenere traccia di agenti chimici. In *pratica*, il colore comincia a perdere d'intensità dopo una settimana e c'è qualcosa nella sua formula che mi provoca un leggero prurito. Come se ciò non bastasse, a volte potrei giurare di sentire un distinto odore di catrame mentre lo applico. Che cosa pensi significhi tutto questo, mia cara?"

"Che hai bisogno di un nuovo smalto," rispose aridamente Gladia.

Cantara annuì. "Certo. *Quello* e che non bisogna mai fidarsi di cosa dice un'etichetta, o il profilo psicofisico di una persona." Indicò Gladia con la sua tazza. "In *teoria*, dovrei avere davanti una donna con la testa sulle spalle, con un cervello critico e analitico, non una persona che beve le parole di un megalomane di ventiquattr'anni con un ego incredibilmente più sviluppato del suo cervello."

Gladia la fissò con le labbra arricciate, ma non replicò.

La Madame posò la tazza sul tavolo. "Tecnicamente, dottoressa, questo è il momento in cui cadi in ginocchio e mi prometti mari e monti per aiutare te e i tuoi altisti a uscire dal mare di merda in cui Woodside vi sta affogando."

"No," rispose Gladia unendo i polpastrelli delle mani di fronte a sé. "Credo che questo sia il momento in cui propongo di farti assistere a una storia che ti farà credere ai miracoli."

"Mia cara Gladia," disse Cantara, mantenendo un'espressione neutra e impassibile in volto. "Di tutte le cose che pensavo tu fossi, non mi aspettavo che 'credente' facesse parte della lista." Una pausa, quindi chiese, in tono sarcastico, "Sentiamo. Questa tua *storia* inizia circa duemila anni fa, in una remota provincia dell'Impero Romano?"

Gladia sorrise. "No. È una storia iniziata poco tempo fa e ancora in corso di svolgimento. E io ti sto offrendo la possibilità di farne parte e di plasmare il mondo che ti circonda come non hai mai fatto prima."

"Chiedo scusa?" disse Cantara, chiaramente confusa. "Non ti seguo."

Gladia indicò la Madame e sorrise. "In che modo ti piacerebbe fare la differenza?"

～

CANTARA quasi non poteva credere di trovarsi in quel posto.

Immaginò che il motivo per cui si fosse convinta a salire sul jet della SOL fosse dovuto per il novanta percento alla curiosità, e per il dieci percento al senso di avventura.

Comunque, poco importava ora che si trovava seduta lì, in quella sala quasi completamente oscura che le ricordava così tanto un cinema, o un enorme teatro. La donna si aspettò che da un momento all'altro qualcuno le passasse a fianco per offrirle un sacchetto di popcorn.

Le uniche differenze tra quel posto e la replica di un cinema erano la forma sferica della sala e le innumerevoli luci azzurrine che ricoprivano i muri e il soffitto come un'enorme pianta rampicante fosforescente. C'era poi quella solitaria piattaforma rialzata che stava senza ragione apparente al centro di quel vasto spazio. Cantara non aveva idea di quale fosse lo scopo di quel posto e Gladia non aveva voluto rivelarle molto.

Senza quasi accorgersene, si trovò ad osservare per la centesima volta le venature di luce color acquamarina che serpeggiavano ai lati della sala, l'unica fonte di luce in un mondo altrimenti avvolto nel nero più profondo. Quel posto, si rese conto la Madame, le infondeva un senso di anticipazione e di meraviglia, come se si trovasse all'interno di un'enorme cattedrale nella quale era in procinto di iniziare una funzione religiosa.

"*Questo* sarebbe il posto dove avvengono i miracoli?" chiese Cantara, interrompendo un silenzio che era durato parecchi minuti.

Gladia, seduta alla sua sinistra, stava fissando la piattaforma.

"No," rispose la dottoressa, tenendo la voce bassa, come se volesse rispettare il silenzio sacrale di quel luogo. "Questo è il posto dove i miracoli vengono *creati*."

Cantara aggrottò la fronte, ma non replicò a quell'affermazione.

Rievocò il percorso che l'aveva condotta in quel luogo così strano. Il fatto che si trovasse in un'area ad accesso limitato non la sorprendeva più di tanto. Il quartier generale dell'ALTA era una struttura spartana, funzionale e davvero poco accogliente. Le uniche sezioni che era riuscita a vedere mentre superava un controllo dopo l'altro avevano rivelato un piccolo esercito di droni della sicurezza, dozzine di uomini armati e davvero pochi sorrisi. Sospettò che Gladia Egea avesse dovuto smuovere mari e monti per farla sedere su quella poltroncina.

Dopotutto, pensò la Madame, se aveva accettato di fare tutta quella strada e finire lì dentro era esclusivamente perché Gladia l'aveva convinta in qualche modo che quello che avrebbe visto non era qualcosa alla portata di tutti. Era qualcosa di unico, di eccezionale.

Sperò davvero che ne valesse la pena.

Era sul punto di fare un'altra domanda quando la già scarsa luce della stanza perse ulteriormente d'intensità e l'oscurità più totale avvolse l'ambiente circostante.

L'energia sembrava come essere stata succhiata via da quel luogo.

La Madame si guardò attorno e i suoi occhi scorsero una figura muoversi nell'oscurità, nelle vicinanze della piattaforma.

Una luce pacata cominciò a pulsare da qualche parte sopra le loro teste e Cantara riuscì finalmente a vedere la figura apparentemente comparsa dal nulla. Quando la riconobbe, sgranò gli occhi.

Davanti a loro, a poche decine di metri di distanza, stava Wei Wang. Ed era nudo come un verme.

Cantara sbatté le palpebre una mezza dozzina di volte. Si strofinò gli occhi ma Wei Wang continuava a rimanere dov'era. La sua pelle pallida, illuminata a stento dalla debole luce della sala, lo faceva sembrare una presenza spettrale.

Cantara si girò di scatto verso Gladia, ma la dottoressa non sembrava affatto sorpresa dall'improvvisa apparizione o dall'aspetto del ragazzo. La Madame si dimenticò cosa voleva chiederle e guardò nuovamente il Primo Altista. La luce si stava facendo progressivamente più intensa. Ora poteva vedere meglio il corpo del ragazzo.

La prima impressione che provò, si rese conto, fu delusione. Wei Wang era basso, molto più basso di quanto apparisse nei media. Eppure Cantara fu sorpresa di scoprire come il suo fisico, seppur minuto, fosse incredibilmente definito e asciutto, non molto diverso da quello di una statua greca in miniatura. I muscoli delimitavano con precisione i confini anatomici del suo corpo.

Da quella distanza non era facile vedere ogni particolare, come ad esempio l'espressione del suo volto, ma a parte quello, l'identità del ragazzo era inequivocabile. Cantara non poteva credere di essere a un tiro di pietra dal personaggio più famoso e controverso del momento.

I suoi pensieri vennero interrotti d'un tratto quando il Primo Altista iniziò a parlare.

"EVA," chiamò Wei, rivolgendosi al soffitto. "Apri il file *Civiltà Spaziale.*"

Una singola, solitaria nota, simile ad un *la*, riverberò nell'enorme sala.

"Chiudi gli occhi," disse Gladia all'improvviso.

Cantara non capì cosa l'altra volesse dire. "Cos...?"

Non finì mai la domanda. Senza alcun preavviso la sala esplose di una luce giallo oro e Cantara fu costretta a proteggersi il volto con un braccio per non rimanere accecata.

Quando i suoi occhi si furono abituati al bagliore, davanti a sé vide che l'ambiente si era acceso di luci e colori. Una singola, gigantesca forma troneggiava nel centro della sala.

Era un cerchio... *no*, stabilì Cantara dopo qualche secondo di muto stupore, era una *sfera*... un'enorme sfera blu intervallata da sprazzi di colore bianco, verde e marrone. Sprazzi con una forma decisamente familiare.

Cantara si accorse di star fissando l'Europa qualche istante prima che il Vecchio Continente scivolasse via, rivelando il continente Americano, seguito dall'Oceano Pacifico, dall'Asia e ancora dall'Europa. Quella che stava vedendo era una riproduzione incredibilmente fedele del pianeta Terra che ruotava placidamente davanti ai suoi occhi.

Cantara cercò con lo sguardo la fonte di quella titanica riproduzione multidimensionale, ma non riuscì a vedere nessun trigoproiettore intorno a loro. Il suo cervello faticava a concepire il fatto che un oggetto talmente imponente fosse apparso dal nulla nello spazio di una frazione di secondo.

La riproduzione della Terra era talmente particolareggiata, talmente realistica che Cantara si sentì come un astronauta che fissava il proprio pianeta da diverse centinaia di chilometri dal suolo. Questo la fece riflettere. Non si trovava né in un cinema né in una cattedrale, bensì nel posto più simile a un enorme planetario in cui avesse mai messo piede.

Lo sguardo di Cantara si spostò a fatica dalla gigantesca sfera all'infinitamente più piccolo e insignificante Wei Wang, che si stava sgranchendo le braccia e le gambe, come un nuotatore olimpionico che si prepara al fischio d'inizio di una gara.

Si chiese se il ragazzo sapesse che in quel momento qualcuno lo stava spiando. Lei e Gladia erano avvolte da una zona d'oscurità che sembrava immune alla luce proveniente dalla Terra.

Dal suo atteggiamento, valutò Cantara, Wei Wang pensava di essere solo.

La Madame si girò nuovamente verso Gladia che stava sorridendo, gli occhi brillavano di una luce che non aveva nulla a che fare con il bagliore cristallino emesso dalla riproduzione del pianeta.

"Ricordati di respirare," le sussurrò Gladia, chiaramente divertita dall'espressione della vicina.

Cantara fece per aprire la bocca e rispondere, ma fu costretta a fermarsi quando Wei riprese a parlare.

"EVA," chiamò il Primo Altista. "Riprendiamo il file dall'ultimo salvataggio. Panoramica della situazione."

Alla richiesta di Wei rispose una voce meccanica con un tono femminile. "Nel file che hai selezionato," rispose la voce, "ci troviamo sul finire del 2041. In questo scenario non esistono minacce apprezzabili al Progetto Maestro e le situazioni catalogate rischiose sono state eliminate o prevenute con successo dalle tue azioni passate."

"Va bene, allora. Iniziamo," disse Wei. "Facciamo il salto nel futuro. Stabilisci in quale periodo successivo si manifesterà la prossima minaccia rilevante al Progetto Maestro."

Cantara non capiva cosa stesse succedendo. Guardò ancora una volta Gladia, ma ottenne solo un dito premuto sulle labbra come risposta.

La Madame tornò a concentrarsi su Wei.

"Elaborazione terminata," stava dicendo la voce onnipresente.

La riproduzione del pianeta Terra svanì per un istante ma riapparve meno di un secondo dopo. Cantara non notò alcuna differenza tra il pianeta di pochi secondi prima e quello che ruotava ora davanti ai suoi occhi, eccetto forse per alcune piccole forme che sembrava stessero ora orbitando sopra l'Oceania. La donna si sporse dalla poltroncina e socchiuse gli occhi, cercando di metterle a fuoco. Non ebbe molto successo. Le forme erano troppo piccole e troppo distanti.

"Ci troviamo ora all'inizio del 2047," riprese EVA. "La nascente economia spaziale sta palesando alcuni significativi problemi riconducibili principalmente a un'incapacità cronica di accrescere il volume del traffico orbitale mantenendo ragionevoli standard di salvaguardia nel trasporto di persone e merci. Polaris non è più in grado di soddisfare la domanda crescente di trasporto e le compagnie private di shuttle orbitali devono piegarsi a requisiti di salvaguardia troppo rigidi che impediscono di aumentare in maniera considerevole il tonnellaggio dei loro veicoli o di sperimentare nuovi sistemi di propulsione. Dopo tre incidenti avvenuti negli scorsi cinque anni, nei quali sono state accertate tredici vittime, sono state approvate leggi e regolamentazioni che vietano di espandere il traffico umano in orbita. Anche lo spostamento di merci ha risentito di simili regolamentazioni. Come risultato di ciò, lo XIL dell'economia spaziale è in recessione per la prima volta nella storia. Le proiezioni mostrano che lo XIL scenderà anche nei successivi anni, facendo contrarre il turismo stellare, il commercio orbitale, l'industria siderale e in generale l'intera economia spaziale."

Wei annuì mentre assimilava le informazioni fornite da EVA. Dopo qualche secondo di assoluto silenzio, il Primo Altista cominciò a muovere il suo corpo in modo lento e sinuoso, ricordando a Cantara i movimenti di un ballerino che segue il ritmo di una musica. La 'danza' produsse una serie di dati con un caratteristico colore blu che cominciarono a orbitare attorno alla testa di Wei, il quale si prese alcuni minuti per studiarli.

Alla fine il ragazzo sospirò, quindi fece scomparire i dati con alcuni rapidi movimenti delle dita. Si rivolse nuovamente al soffitto. "La causa più importante del ridimensionamento dello XIL sembra essere la rigida regolamentazione sul trasporto orbitale varata dalla nuova Corte Planetaria in seguito ai tre incidenti di cui parlavi"

"Valutazione corretta," rispose EVA.

Wei sembrò riflettere per un attimo. Formò con le braccia una X e il movimento della Terra si bloccò all'istante. Ancora una volta, la Madame spese alcuni secondi per cercare la fonte della riproduzione multidimensionale del pianeta ma non ebbe successo. Sembrava che Wei controllasse quello show di luci e forme con la sola forza del pensiero, la qual cosa era chiaramente impossibile, si rese conto. Doveva esserci una risposta plausibile. Continuò a scandagliare la sala con lo sguardo, alla ricerca di un dettaglio che svelasse il mistero.

Il ragazzo intanto stava ingrandendo la zona sopra l'Oceania dove Cantara credeva di aver visto delle minuscole macchie. Ora che la zona era stata ingrandita, la Madame si rese conto che le forme erano in realtà delle strutture di dimensioni diverse che orbitavano a molte centinaia di chilometri dalla Terra. Alla donna sembravano forme geometriche grigio argento e bianco latte, senza alcun significato apparente.

"EVA," disse Wei, "qual è stata la compagnia spaziale con il maggior fatturato riportato nel 2046?"

"La Titan Asteros Corporation," rispose immediatamente la voce.

"Qual è la più significativa fonte dei suoi proventi?"

"La Titan Asteros Corporation ricava il quarantacinque percento dei suoi proventi dalla costruzione orbitale di siderei, il venticinque percento dal turismo stellare, il sette percento dalla produzione di..."

"Va bene, ho capito," l'interruppe Wei. "Quali sono i suoi maggiori committenti?"

"Ti riferisci alla sua clientela o ai suoi appaltatori?" chiese EVA.

"A entrambi," specificò Wei. "Chiunque dipenda dal suo operato per lo svolgimento di un servizio o per la costruzione di un sidereo dietro contratto."

"La Titan Asteros Corporation fornisce servizi principalmente ad agenzie private e privati cittadini. Vuoi una lista dettagliata?"

"No." Wei scosse la testa. Sembrava contrariato. Fece una mezza giravolta con il suo corpo e alzò entrambe le braccia all'unisono. Le forme bianche e argentee scomparvero all'istante sostituite da un'altra zona dell'orbita terrestre dove non sembravano essere presenti alcune figure.

L'altista fece apparire altri dati, anche questi di un caratteristico colore blu. Dopo averli studiati per qualche secondo, chiese, "EVA, quali sono le compagnie spaziali che forniscono il numero maggiore di servizi al governo Statunitense, all'EUROCON e alla Cina?"

"Ti riferisci a servizi di natura militare o civile?"

"Entrambi."

"In questo caso, queste tre entità politiche si servono perlopiù di un'unione di corporazioni chiamata Astrocorp. Questa unione comprende undici compagnie specializzate in diversi settori dell'economia spaziale e della tecnologia siderea."

"Fornisci una lista dei servizi che offrono."

EVA rispose all'istante. "Turismo stellare, trasporto orbitale, manifattura di equipaggiamento militare e civile, raffinamento di..."

"Ho capito." Wei incrociò le braccia e batté ripetutamente un piede sul pavimento. Sembrò assorto nei suoi pensieri per parecchi minuti. Alla fine, riprese a leggere una nuova serie di dati che aveva evocato. Li assimilò in fretta e chiese, mentre stava ancora leggendo, "EVA, a quanto ammonta il numero di controversie classificate importanti che ci si aspetta la Corte Planetaria risolva in quest'anno solare?"

"Tremiladuecentoottantotto," rispose EVA.

"Bene," disse Wei, smettendo di tamburellare il piede sul pavimento. Raddrizzò schiena e spalle, quindi continuò, "Forse possiamo metter loro un po' più di pressione."

Wei si diede da fare richiamando dati e valutando una grossa quantità d'informazioni.

Cantara notò che la voce onnipresente, EVA, non forniva solo informazioni, ma descriveva anche degli eventi che apparentemente si verificavano in seguito alle decisioni che Wei prendeva di volta in volta. A Cantara quello spettacolo ricordò un gioco strategico in tempo reale estremamente complesso, che cambiava e si adattava a seconda delle scelte di Wei.

La Madame cominciò a capire che quella che stava vedendo era una simulazione incredibilmente realistica di un possibile futuro. EVA creava lo scenario che, se superato in modo appropriato, permetteva di avanzare al successivo livello. Wei doveva capire quale fosse il problema e utilizzare le informazioni e le risorse che aveva per risolverlo, soddisfacendo in questo modo l'obiettivo della missione.

Cantara assistette all'ennesima decisione di Wei coronata da un altro movimento del suo corpo.

La valutazione di EVA sulle conseguenze delle scelte di Wei non si fece attendere. La voce disse, "Wei, la mia analisi indica che quattro delle undici compagnie facenti parte dell'Astrocorp hanno indetto un blocco delle attività orbitali. Il blocco si palesa come una forma di protesta nei confronti delle regolamentazioni della Corte Planetaria riguardanti il trasporto orbitale."

"Puoi chiamarlo *sciopero*, EVA. E puoi star certa che non sia finita qui." Wei mosse le braccia, quindi riprese, "EVA, provoca un'ellissi temporale di tre giorni."

EVA eseguì l'ordine e Cantara vide la riproduzione del pianeta Terra farsi opaca per una frazione di secondo prima di tornare esattamente come era prima.

A questo punto EVA disse, "Ellissi temporale confermata," quindi commentò il risultato delle azioni di Wei. "Tre giorni dopo la decisione delle quattro compagnie, anche la Galacta Blue, la Asteroid Dominion, la Farpoint Alfa, la Sinospace, la JAXA Earth, la Terracorp e la Equinox hanno sospeso o limitato drasticamente il loro traffico orbitale. L'Astrocorp nella sua totalità pare aver bloccato qualsiasi forma di attività spaziale. Sembra che il tuo... *sciopero* sia contagioso."

"Come stanno prendendo questo sciopero gli USA, l'EUROCON e la Cina?" chiese Wei.

"Le tre entità politiche hanno chiesto all'Astrocorp di giustificare questo sciopero imprevisto. La cessazione delle attività orbitali dell'Astrocorp potrebbe risultare in una perdita cospicua di proventi per le tre entità politiche. Una disputa legale sembra in procinto di iniziare tra le due parti."

Wei annuì. "Già, sono sicuro che non l'hanno presa molto bene. I mastini stanno preparando le armi ma non hanno idea che il loro obiettivo è molto più grosso di quello che sospettano. EVA, le undici corporazioni facenti parte dell'Astrocorp dovrebbero aver risposto con un comunicato congiunto alle pressioni delle tre entità politiche. Non è vero?"

"Corretto," confermò EVA. "L'Astrocorp ha dichiarato pubblicamente di essere impossibilitata a portare a termine i suoi lavori e a mantener fede ai suoi contratti a causa dell'attuale regolamentazione planetaria in materia di trasporto orbitale."

"Bene." Wei fece scomparire i dati blu che aveva utilizzato fino a quel momento e iniziò una ricerca completamente diversa attingendo a dati di colore bianco. Wei spese qualche momento a valutarli.

Se questa simulazione funzionava davvero come un gioco strategico in tempo reale, Cantara immaginò che i vari colori si riferissero ai diversi tipi di risorse a cui Wei poteva attingere per portare a compimento il suo obiettivo. La sua era solo una speculazione, ma lo spettacolo sembrava dopotutto abbastanza semplice da comprendere. La Madame continuò a guardare lo svolgersi degli eventi, scoprendosi molto più interessata di quanto avesse voluto ammettere a quella simulazione così simile a una partita di scacchi, ma allo stesso tempo ricordando a sé stessa dove si trovava e perché era lì. Non doveva rischiare di farsi guidare dalle impressioni del momento. Il consiglio che dava ai suoi alunni, dopotutto, valeva come regola generale. *La prima impressione è sempre quella sbagliata.*

Wei riprese a parlare mentre si massaggiava il collo con entrambe le mani.

"EVA, cosa pensa l'opinione pubblica politicamente non schierata dell'economia spaziale?"

"La tua domanda esula dalla programmazione di questo scenario," rispose EVA, come se la domanda non avesse alcun senso.

Wei si schiarì la voce, quindi riformulò la domanda. "Attingendo dai dati eterici e dai media tradizionali, qual è l'opinione che la popolazione planetaria non altista o landista ha nei confronti dell'economia spaziale? Cosa ne pensano i *neutralisti*?"

"Il tema è troppo recente per riscontrare un tratto uniforme," rispose EVA. "Tuttavia, dai dati disponibili nell'etere, sembra che la maggior parte dell'opinione pubblica classificabile come neutrale consideri l'economia spaziale una novità con del potenziale. Un recente sondaggio ha stabilito che il settantacinque percento di intervistati senza una chiara posizione farebbe una vacanza stellare, se avesse i soldi per potersela permettere."

Wei annuì, quindi cominciò ancora una volta a far apparire forme, grafici e numeri davanti ai suoi occhi mentre plasmava con le sue azioni nuovi eventi.

EVA valutò in tono neutro le decisioni di Wei e l'utilizzo delle sue risorse. "Sembra che tu abbia iniziato nell'etere una campagna di protesta contro le regolamentazioni riguardanti il trasporto orbitale."

"Puoi dirlo forte," rispose Wei continuando a prendere una decisione dopo l'altra. A Cantara sembrava che maggiore era il numero di informazioni che EVA forniva a Wei, maggiore doveva essere la velocità di elaborazione del ragazzo. Di conseguenza, i movimenti stessi del suo corpo dovevano tenere il passo con il ritmo crescente. Ben presto, il corpo nudo dell'altista cominciò a luccicare di una patina di sudore che brillava debolmente, riflettendo in parte la luce della sala. La Madame capì in quel momento per quale motivo Wei avesse scelto di essere completamente nudo. Il ragazzo preferiva una libertà totale per non limitare i suoi movimenti o influenzare le sue performance. I vestiti erano una forma di intralcio.

Con il passare dei minuti e il complicarsi dello scenario, Cantara cominciò a notare che Wei stava accusando i primi sintomi della stanchezza. Il ragazzo stava chiaramente risentendo, mentalmente e fisicamente, del ritmo crescente della simulazione. Il suo respiro si era fatto più veloce e irregolare. Era chiaro che impiegasse più tempo nell'assimilare e valutare il volume di dati che orbitavano attorno al suo corpo. In quel momento decine e decine di dati sotto forma di numeri, grafici e resoconti che si palesavano in una mezza dozzina di colori diversi domandavano la sua attenzione.

L'altista si asciugò la fronte imperlata di sudore con un braccio, quindi disse, "Okay, ci siamo. Voglio un'ellissi temporale di due settimane."

"Confermato," rispose EVA. Il pianeta divenne opaco per la seconda volta. "Ci troviamo ora due settimane nel futuro."

Wei trattenne il fiato. "A quanto ammonta adesso il numero di controversie classificate importanti che la Corte Planetaria deve risolvere?"

"A cinquemiladuecentosessantasei e in crescita," rispose EVA. "La maggior parte derivano dallo sciopero dell'Astrocorp, dalle proteste dell'EUROCON, degli USA e della Cina e da un crescente movimento nell'opinione pubblica favorevole al rilassamento delle regolamentazioni sul trasporto orbitale."

Il Primo Altista sembrava ora eccitato. Mentre muoveva febbrilmente mani e braccia, Cantara avrebbe potuto giurare di sentirlo ridere.

"Dammi un'ellissi di un'altra settimana. Panoramica!"

EVA eseguì e riprese con il suo rapporto. "Wei. La Corte Planetaria sta subendo pressioni multiple dal mondo del commercio, dei media e della politica per rilassare i vincoli imposti sul trasporto orbitale. L'EUROCON, gli Stati Uniti, la Cina e altre ottantasei entità politiche stanno votando per ridurre il potere decisionale della Corte Planetaria in materia di gestione dello spazio. Le forti pressioni provenienti dall'opinione pubblica stanno inoltre favorendo un acceso dibattito, nei media tradizionali e nell'etere, riguardante la necessità di stabilire nuove misure di salvaguardia, senza limitare il movimento di merci e persone."

"Un'altra ellissi. Ho bisogno di altri cinque giorni," ordinò Wei, respirando velocemente mentre studiava i suoi dati. Quindi ripeté, impaziente, "Panoramica!"

EVA rispose prontamente. "Ci si aspetta che la Corte Planetaria prenda una nuova decisione a breve." Una pausa, poi EVA continuò. "La votazione si è conclusa. I favorevoli alle nuove regolamentazioni sono il settantacinque percento. Il giorno successivo alla votazione, la Corte Planetaria subisce un ridimensionamento considerevole dei suoi poteri in materia di giurisprudenza spaziale."

Wei sospirò, quindi chiese, "È possibile a questo punto dello scenario avere un rapporto sulle performance dell'economia spaziale a due trimestri dall'approvazione delle nuove regolamentazioni?"

"Affermativo," concesse EVA. "Lo XIL dell'economia spaziale cresce lentamente ma costantemente nei successivi due trimestri. Polaris viene modificato per trasportare un tonnellaggio doppio rispetto al passato. Inoltre, grazie al rilassamento delle norme sul trasporto orbitale, nuove compagnie stanno nascendo e, in futuro, si stima che l'offerta di servizi riesca a soddisfare appropriatamente la domanda."

Wei prese una bottiglia d'acqua che Cantara non aveva visto fino a quel momento. Finì in pochi secondi metà del contenuto, quindi si asciugò la bocca con il dorso della mano. Dopo un po' chiese, "EVA, fammi un resoconto delle conseguenze della vittoria dell'Astrocorp sulla Planetaria."

"L'Astrocorp, risultata vincitrice dello scontro contro la Corte Planetaria, ha visto il numero dei suoi membri crescere considerevolmente. Ora ventinove corporazioni e compagnie, coinvolte nell'industria siderale, nel turismo stellare o nel commercio orbitale, fanno parte dell'unione. Nel 2049 l'Astrocorp cambia ufficialmente il suo nome in Gilda Stellare. La Titan Asteros Corporation entra a far parte della Gilda nell'anno successivo. Wei, questo scenario non presenta più minacce apprezzabili al Progetto Maestro e le situazioni catalogate rischiose sono state eliminate o prevenute con successo dalle tue azioni."

Wei alzò un pugno in aria. "EVA, salva il file *Civiltà Spaziale*."

"Confermato. Il file è stato salvato."

Cantara riusciva a stento a metabolizzare quello che aveva visto. Confusione, incredulità, sospetto, meraviglia e stupore stavano ribollendo dentro di lei come un magma, battagliando per avere il sopravvento. Si girò per studiare l'espressione di Gladia. Fu sorpresa di trovare la donna seduta sull'orlo della poltroncina, mentre si mangiucchiava il pollice con aria assente. Gladia sussurrò qualcosa, gli occhi calamitati sul ragazzo al centro della stanza.

"Che cosa hai detto?" chiese Cantara.

"Non è mai riuscito a superare questo pezzo," sussurrò la dottoressa. Cantara poteva leggere anticipazione sul suo volto.

"Che cosa vuoi dire?"

"Voglio dire che non è mai riuscito a superare quello scenario. Mai prima d'ora. Ora si trova su un terreno completamente sconosciuto."

Cantara tornò a concentrarsi sul Primo Altista che si stava passando un asciugamano sul volto sudato. Lo vide sorseggiare nuovamente dalla bottiglia d'acqua. Quando ebbe finito, con voce ancora satura di eccitazione Wei disse, "Va bene, EVA. Fai il salto nel futuro! Analizza la prossima minaccia al Progetto Maestro."

Ancora una volta la riproduzione del pianeta scomparve per riapparire all'improvviso.

Cantara valutò la nuova proiezione multidimensionale. Questa volta poté vedere un numero maggiore di forme geometriche distribuite a macchia d'olio in alcune parti dell'orbita terrestre. La loro presenza non sembrava ancora significativa, ma era sicuramente cresciuta rispetto alla simulazione precedente.

"Elaborazione terminata," EVA informò Wei. "Ci troviamo ora sul finire del 2058. In questo scenario, esistono minacce multiple al Progetto Maestro."

Wei si stava massaggiando le braccia, cercando evidentemente di dar sollievo ai muscoli indolenziti. Inspirò ed espirò per qualche secondo, poi disse, "EVA, elenca le tre maggiori minacce in ordine di gravità."

"Prima minaccia: una tensione crescente tra gli Stati Uniti e la

Cina nata da una disputa territoriale nel Sud-Est asiatico sta degenerando rapidamente. Si prevede possa trasformarsi in un conflitto armato su vasta scala. Tutte le relazioni diplomatiche tra le due potenze sono state interrotte un mese fa. Entrambe le nazioni stanno conducendo ripetute esercitazioni militari ai confini delle rispettive sfere d'influenza. Alcuni tentativi fatti dalla Corte Planetaria per mitigare la tensione crescente non sembrano aver sortito alcun effetto." Una breve pausa, poi Eva riprese, "Seconda minaccia: i lavori per la costruzione di un secondo ascensore spaziale battezzato con il nome 'Sirio' sono iniziati da circa un anno. Il suo completamento aumenterebbe in modo consistente l'attuale traffico orbitale, permettendo la costruzione di un numero triplo di siderei in metà del tempo attualmente richiesto. Questa seconda costruzione è il risultato congiunto dello sforzo di diverse nazioni partecipanti all'Unione Commerciale Planetaria. La costruzione di Sirio ha già richiesto l'equivalente di un settimo del prodotto interno lordo planetario e si sta rivelando più complessa del previsto. Alcune nazioni stanno abbandonando il coinvolgimento nel progetto per via dei crescenti costi. Inoltre, un movimento di protesta nato nell'opinione pubblica ha cominciato a mettere in discussione l'utilità di questa infrastruttura e le ingenti risorse necessarie per il suo completamento."

Cantara vide Wei annuire velocemente. C'era qualcosa di diverso nella sua postura. Sembrava molto teso.

Le sue considerazioni vennero interrotte da EVA, che continuò la lista. "Terza minaccia: un nuovo gruppo di estremisti landisti conosciuti come i 'Figli del Sole' è cresciuto rapidamente negli ultimi anni, portando a termine con successo alcuni attentati terroristici nelle sedi di alcune delle maggiori corporazioni coinvolte nell'economia spaziale. La costruzione di Sirio sembra avere aumentato il numero di partecipanti al movimento e la loro influenza. In un recente comunicato, la sezione asiatica dei Figli del Sole ha dichiarato di voler preparare il prossimo attentato proprio contro Sirio, qualora i lavori non vengano interrotti."

Wei allargò le braccia e le gambe e puntò i piedi per terra, come se si stesse preparando a fermare una valanga. All'improvviso, dozzine di dati di diverso colore esplosero attorno a lui e il Primo Altista iniziò a familiarizzare il più velocemente possibile con la situazione storica in cui si trovava. La quantità di informazioni fece capire alla Madame che la difficoltà dello scenario era cresciuta di parecchio.

Ben presto fu chiaro che Wei sembrava in difficoltà nell'assimilare quell'enorme volume di dati.

"EVA," disse Wei, scuotendo la testa, "ho bisogno di più tempo per escogitare una linea di condotta efficace."

La voce automatica non sembrò incline a soddisfare la richiesta del ragazzo. "Wei, ti ricordo che hai esaurito due scenari fa la tua scorta di stasi temporali. La situazione in questo scenario deve procedere rispettando i canoni stabiliti dal programma."

Cantara sentì Wei imprecare. Il ragazzo evocò una quantità se possibile doppia di dati.

"Wei," disse EVA, interrompendo un silenzio che era durato poco meno di un minuto, "le tensioni tra la Cina e gli Stati Uniti sono ulteriormente peggiorate in seguito a esercitazioni militari condotte dalla flotta cinese nel golfo dell'Alaska."

"Merda!" proruppe Wei, facendo svanire all'unisono i dati su cui stava lavorando. Cominciò finalmente a muovere il suo corpo e a produrre le prime decisioni. Cantara, tuttavia, non poté fare a meno di notare che qualcosa nei suoi movimenti era cambiato rispetto alla 'danza' dello scenario precedente. Le sue azioni erano fluide, ma avevano perso quella sicurezza che le aveva caratterizzate solo pochi minuti prima.

"Wei," disse EVA, mentre l'altista era impegnato a leggere una nuova serie di informazioni, "il tuo tentativo di coinvolgere il Canada nelle trattative tra le due potenze sembra aver inciso in maniera limitata sullo scenario. Il governo americano ha accettato di incontrare i delegati cinesi se essi cesseranno di dispiegare la loro flotta in acque statunitensi. Il politburo ha acconsentito. Un incontro ufficiale tra esponenti delle due potenze è previsto fra tre giorni a Vancouver."

Wei permise ai suoi muscoli di rilassarsi per un momento. Continuò a studiare i dati in silenzio ma venne interrotto ancora una volta da un aggiornamento della situazione.

"Wei, il gruppo terrorista noto come i Figli del Sole ha portato a termine con successo un attentato contro un sidereo di raffinazione della Equinox. Risultato: nove vittime, danni per un totale di cinquantanove milioni di bankar. La notizia sta facendo il giro del mondo. Altri due attentati sono stati annunciati contro altre compagnie facenti parte della Gilda Stellare."

Wei evocò attorno a sé un altro nugolo di informazioni e le lesse febbrilmente una dopo l'altra.

Eppure, questa volta sembrava ci fosse semplicemente troppo da prevedere, troppo da valutare, troppo da gestire. Cantara vide il ragazzo scuotere la testa più di una volta mentre cercava di tenere il passo con la crescente complessità dello scenario.

"Wei," disse EVA, "la tua azione è riuscita a determinare la distruzione della sezione asiatica del movimento terrorista, ma i Figli del Sole lavorano in cellule separate e indipendenti. Le tue azioni non sembrano dunque avere destabilizzato la capacità operativa del movimento. Le sezioni EUROCON, africana, americana e araba dei Figli del Sole hanno appena annunciato azioni multiple contro diverse installazioni legate all'industria siderale." Una pausa lunga non più di un minuto, quindi, mentre Wei stava freneticamente assimilando dati per plasmare nuovi eventi, EVA riprese, "Il gruppo terrorista ha portato a termine con successo un attentato nella stazione di mezzavia di Polaris. Sette passeggeri sono rimasti bloccati a venticinquemila chilometri da terra. Il Centro Infinity sembra inoltre essere stato contaminato in alcune sezioni da un gas di natura sconosciuta. Infinity viene evacuato in questo momento. Nel frattempo, il gruppo ha dichiarato di essere sul punto di portare a termine un attentato contro Sirio."

Wei era chiaramente al limite delle sue forze. Mentre rispondeva in modo sempre più lento e impreciso al dipanarsi degli eventi il ragazzo proruppe, quasi implorando, "EVA! Sto usando i miei eterion per far nascere un movimento nell'opinione pubblica che faccia pressione sull'UCP per interrompere temporaneamente le costruzione di Sirio. Conseguenze?"

"Wei," disse EVA con quello che a Cantara parve un tono inflessibile, "l'impiego delle tue risorse eteriche non giustifica la cessazione della costruzione di Sirio. Inoltre, il Segretario dell'Unione Commerciale Planetaria ha dichiarato pubblicamente di, cito: *'non piegarsi a minacce terroristiche di alcun genere. I lavori per la costruzione di Sirio continueranno come previsto.'* Il comunicato è stato appena diffuso nell'etere. Il gruppo terrorista ha risposto intensificando i suoi attacchi contro il quartier generale della Gilda Stellare e della UCP." Una breve pausa, quindi EVA continuò inesorabile, "Quattro attentati portati a termine con successo. Centotredici morti. Danni per un totale di quattrocentonove milioni di bankar che risultano in un intensificarsi dei..."

"EVA!" urlò Wei, interrompendo il rapporto della voce meccanica. "Voglio utilizzare una risoluzione di emergenza della Planetaria per sospendere i lavori di costruzione di Sirio e..."

"Wei," lo interruppe a sua volta EVA, "la Corte Planetaria è priva di questo potere decisionale. La tua manovra nel 2047 ha drasticamente ridotto il suo coinvolgimento nelle faccende che riguardano l'economia spaziale. Le tue misure non sembrano incidere sulla situazione caotica crescente. L'entropia del sistema sta raggiungendo un punto critico. Lo stato di equilibrio si sta allontanando."

"Merda, merda, *merda!*" Wei era completamente assediato da dati, immagini, grafici e numeri. Non importava quanto velocemente processasse informazioni o prendesse decisioni, sembrava che per ogni situazione che risolveva ce n'erano altre tre che spuntavano fuori dal nulla.

"Wei, le trattative tra la Cina e gli Stati Uniti sulla risoluzione della disputa territoriale sono fallite. Un incidente tra la quinta flotta statunitense e la portaerei Deng Xiaoping ha appena scatenato un conflitto localizzato tra le due potenze a trecento chilometri dal golfo dell'Alaska."

"No," disse Wei a denti stretti, muovendo freneticamente le mani, il sudore che ricopriva ogni centimetro del suo corpo. "Non ora!"

EVA riprese, insistente e implacabile come un martello pneumatico. "Il conflitto tra gli USA e la Cina è degenerato in guerra." All'affermazione seguirono una manciata di minuti che a Cantara sembrarono prolungarsi per ore, quindi EVA continuò ad aggiornare Wei sull'evolversi della situazione. "Dopo alcuni scontri tra le due flotte al largo della costa americana, il Messico e il Canada si sono dichiarati neutrali. La Planetaria e le altre forze per la pace non sembrano riuscire a fermare le ostilità. La stima di perdite di vite umane è ora salita a seimilasei unità ed è in crescita. I danni alle economie..."

Wei non prestò attenzione al resto del rapporto e tentò una disperata contromisura per ribaltare la situazione. EVA valutò l'azione del ragazzo, quindi sentenziò, "La Planetaria e le altre maggiori forze per la pace non riescono a interrompere le operazioni belliche neppure con le pesanti sanzioni approvate dalla maggior parte degli Stati del mondo. Il Presidente degli Stati Uniti ha autorizzato l'uso di ordigni nucleari." Un minuto di silenzio. Cantara sentì Gladia trattenere il fiato. La donna sembrava completamente assorbita dagli eventi. EVA riprese a parlare, "La prima bomba atomica viene sganciata per dimostrazione a seicentoventi chilometri da Shanghai, nel Mar Cinese Orientale."

Una cupola di luce bianca apparve all'improvviso nella zona nominata da EVA. Cantara e Gladia sussultarono all'unisono. Ancora una volta Cantara fu sorpresa dalla qualità e dal dettaglio della proiezione. Quella simulazione aveva ormai smesso per lei di essere tale. Ora, per qualche strana ragione, il suo cervello sembrava classificare le immagini che stava vedendo come una sorta di vera e propria finestra sul futuro. Qualcosa di non meno reale della sala in cui si trovava.

La voce di EVA la riscosse dai suoi pensieri. "Il politburo cinese risponde all'attacco statunitense due giorni dopo, sganciando tre ordigni nucleari nel Deserto di Sonora, in Arizona. La guerra ha provocato fino a questo momento cinquantamilatrecentoventidue vittime."

La situazione sembrava peggiorare di secondo in secondo.

Cantara ascoltò la voce calma e pacata di EVA riportare con impietosa efficienza notizie di morte e distruzione.

"Wei, il PIL terrestre e lo XIL spaziale stanno collassando rapidamente. Si stima che entrambi perderanno intorno al dieci percento nel prossimo trimestre. Si prevede anche che cinquantacinque milioni di persone rimarranno senza lavoro nello stesso periodo. La criminalità e il disagio sociale sono in aumento, specialmente nelle aree coinvolte nel conflitto. I Figli del Sole attribuiscono lo scoppio delle ostilità ai costi esorbitanti necessari al completamento di Sirio. L'opinione pubblica planetaria assiste al crollo della manifattura e dello standard di vita. La legge marziale è stata instaurata in centodiciassette capitali mondiali..."

"EVA! Interrompi la costruzione del secondo ascensore orbitale! Sto utilizzando tutto quello che mi rimane delle mie..."

La voce onnipresente lo zittì senza pietà. "Wei, la costruzione è già stata sospesa per mancanza di fondi e manodopera. L'Unione Commerciale Planetaria ha di fatto smesso di esistere. Altri attentati si susseguono contro compagnie e istituzioni legate all'industria siderale. Le forze dell'ordine non riescono a isolare i gruppi estremisti dilaganti." EVA continuò l'elenco sovrapponendo un aggiornamento sopra l'altro. Cantara riusciva solo a cogliere sprazzi di informazioni tra la marea di notizie di catastrofi che si susseguivano come un inarrestabile effetto domino.

"... Si stima che il PIL planetario calerà di altri quindici punti nel prossimo trimestre... Lo standard di vita è in caduta libera... Mezzo milione di morti causati dal... L'esplosione di un'epidemia... crollo... perdita... disordini... guerra... povertà..."

Wei Wang crollò sulle ginocchia, esausto. Il ragazzo stava tossendo in modo convulso, il corpo tremante colpito da ondate di spasmi. Sembrava facesse fatica a respirare. I suoi muscoli, tesi e provati dall'enorme sforzo, non sembravano più in grado di sostenere il suo peso.

Il Primo Altista cercò di dire qualcosa, ma né Cantara, né Gladia, né EVA riuscirono a sentirlo. Wei cadde stremato prima sul fianco, quindi sulla schiena, gli occhi chiusi e le braccia avvolte attorno al corpo, nel disperato tentativo di bloccare gli spasmi.

"Che cosa gli prende? Perché sta tremando in quel modo?" chiese Cantara.

Gladia non rispose. Si limitò a guardare Wei con un'espressione che Cantara immaginò fosse un misto tra tristezza e impotenza.

Wei, intanto, sembrava essersi spento sul pavimento. Non tremava più, ma non sembrava neppure stesse respirando. EVA continuava ad aggiornarlo con calma implacabile sullo stato dello scenario.

Poi il Primo Altista alzò una solitaria mano al cielo. A Cantara quel gesto ricordò una bandiera bianca sventolata contro un esercito nemico.

"Va bene, EVA," mormorò Wei alla fine, con una voce talmente bassa che Cantara faticò a sentire, "termina... termina il file *Civiltà Spaziale.*"

EVA accusò ricevuta e la colossale Terra svanì all'improvviso. La sala piombò per la seconda volta nell'oscurità più totale.

Cantara si accorse solo in quel momento di avere entrambe le mani strette attorno alle ginocchia. Scosse la testa, recuperando in fretta la sua compostezza.

Dopo un paio di minuti, la familiare luce color acquamarina tornò a serpeggiare ai lati della stanza.

Cantara si guardò intorno. Il suo cervello stava cercando di elaborare una serie incredibilmente vasta di informazioni mentre ispezionava la sala con lo sguardo. Il pianeta Terra, i dati multicolore e Wei Wang erano spariti, come inghiottiti dall'oscurità. Anche la voce di EVA aveva disertato la sala.

"Dov'è... dov'è finito Wang?" chiese la donna, cercando il corpo nudo dell'altista senza trovarlo.

Gladia si sistemò sulla poltroncina, poi guardò la vicina. "Probabilmente è andato a farsi una doccia. Dormirà per qualche ora per poi ricominciare tutto da capo."

"Ricominciare..." ripeté la Madame, rimanendo interdetta. "Ricominciare *cosa*, esattamente? Cos'era tutto questo?" Indicò la piattaforma sulla quale qualche minuto prima ruotava la riproduzione della Terra.

Sul volto di Gladia balenò un sorriso stanco. "Io la chiamo *la scommessa di Wei.*"

"La scommessa di Wei?" ripeté Cantara. Allargò le braccia, palesando la sua confusione.

Gladia indicò con un movimento della testa il punto che Wei aveva occupato qualche minuto prima. "Nessuno sa veramente cosa stia architettando. Neppure noi dell'Esaedro. Sappiamo solo che da qualche mese Wei si è rinchiuso qui, facendo... beh, probabilmente facendo quello che sa fare meglio."

"Cioè?"

"Fare la differenza," rispose Gladia, come se fosse la cosa più ovvia del mondo.

"Non..." Cantara non finì la frase. Non sapeva neppure lei come continuarla. *La scommessa di Wei* sembrava anche a lei il modo migliore per definire quello che aveva visto. Ma era davvero una scommessa? E anche se così fosse stato, per quale motivo la persona più impegnata del pianeta stava trascorrendo il suo tempo in quel modo? E soprattutto, perché Gladia Egea aveva voluto mostrarglielo?

Poi un pensiero la colpì come un fulmine a ciel sereno. Una domanda che nacque spontaneamente dopo aver visto quella simulazione. Guardò Gladia e chiese, "In questa simulazione che cosa succede se Infinity non viene costruito? Che cosa succede se Polaris non parte? Wang ha mai provato questa eventualità? Sembra che tutto... *questo,* parta dal fatto che Polaris sia stato costruito e che sia operativo."

L'espressione di Gladia era distante e imperscrutabile. "Sì. Ho visto quell'eventualità avverarsi."

"Allora?" la incalzò la Madame, invitandola a continuare. "Che cosa succede in quel caso?"

Gladia sospirò. "In quella simulazione, la nostra civiltà continua a sviluppare enormemente alcune tecnologie che aumentano il controllo dell'etere sugli esseri umani. Ci chiudiamo in noi stessi e non sviluppiamo mai un'economia spaziale di dimensioni significative. Diventiamo sempre più dipendenti dal mondo virtuale e dai servizi ad esso connessi." Gladia fece una pausa. Si sfregò le mani sui pantaloni e distolse lo sguardo da Cantara. Poi riprese, guardando il pavimento. "Nel 2069, gli esseri umani vivono il cinquantanove percento della loro vita nell'etere, circondati da meccanismi automatici che pompano vita nei loro corpi. Nel 2111 la razza umana è un complesso meccanismo di interconnessioni artificiali automatizzate. Viviamo la nostra intera esistenza in un mondo attentamente programmato per soddisfare i nostri bisogni. Ad un certo punto, tuttavia, succede qualcosa. Nell'anno 2133 una deficienza nell'etere che EVA chiama la 'Singolarità' comincia ad attaccare il delicato meccanismo che teneva questo complesso mondo artificiale insieme. Non esistono più ingegneri o meccanici per individuare e riparare il problema e i programmi sentinella progettati dall'umanità per proteggere il nostro sonno virtuale non riescono a risolvere questa discrepanza. Ottocentoventinove milioni di vite, tutto quello che resta dell'umanità, si spengono in un battito di cuore il trentuno marzo del 2134 alle cinque e mezza del pomeriggio, orario di Greenwich, quando la Singolarità compromette il sistema in maniera irreversibile."

Gladia aveva gli occhi chiusi e le mani congiunte; un'espressione indecifrabile sul volto. Dopo un tempo oltraggiosamente lungo, guardò di nuovo la Madame e concluse, "La razza umana si estingue sdraiata su un letto."

Cantara deglutì. Nonostante capisse di aver assistito a una semplice simulazione, nonostante una parte del suo cervello ridesse a quelle affermazioni apocalittiche, una sensazione di urgenza e inevitabilità cominciò a invadere il suo corpo.

"Non è tutto," riprese Gladia. "La Singolarità sembra un evento al quale la razza umana sia destinata a soccombere. A meno che…"

Cantara attese per un lungo momento, poi disse, "A meno che?"

"In queste simulazioni l'unica cosa che sembra impedire alla Singolarità di sterminarci tutti è l'avvento di una società umana impegnata nell'esplorazione dello spazio. In altre parole, l'unico antidoto alla nostra estinzione è diventare una civiltà spaziale."

Cantara si spostò in avanti sul sedile. I suoi occhi erano stretti mentre rifletteva sulle parole di Gladia. Aveva assistito a nient'altro che a un gioco, si disse, ripetendo quella frase come un mantra mentre rievocava le ore passate a vedere Wei plasmare il futuro della razza umana. Solo un gioco. Ma era davvero solo quello?

La scommessa di Wei era davvero quello che aveva detto Gladia? Un modo per fare la differenza?

"Che cosa ho visto?" si chiese d'un tratto la Madame, senza accorgersi di aver pronunciato una domanda che era rivolta a sé stessa.

Gladia incrociò le braccia. "In questi anni, ho imparato che cercare di definire le azioni e i propositi di quel ragazzo equivale a voler colpire un proiettile in movimento con un altro proiettile mentre si è legati sul dorso di un cavallo in corsa. Che cosa hai visto? Hai assistito a una visione di un futuro che potrebbe essere. All'ombra di una figura vista con la coda dell'occhio. A una colonna di fumo nell'oscurità. Hai visto un sogno. Puoi chiamarlo come vuoi, una descrizione vale l'altra. Nessuna ha alcun valore e tutte quante hanno il significato che decidi di dargli."

"Un sogno," ripeté Cantara. La frustrazione che sentiva era quasi fisica. Le sembrò di essere schiacciata da un masso. "È per questo che sei venuta da me? Perché volevi che ti aiutassi a realizzare le fantasie di quel ragazzino? Perché pensi che il suo sogno si trasformerà davvero in... in... questo?" e indicò la sala illuminata dalla luce color mare.

Gladia studiò attentamente l'altra donna, poi disse, "Conosco Wei da cinque anni. Se c'è una cosa che ho capito è che lui ha il dono di trasformare i suoi sogni in realtà. Guardo te e guardo Wei e vedo due individui che sono soddisfatti solo e unicamente quando plasmano il mondo intorno a loro, quando possono fare la differenza. E quello che ti sto proponendo adesso, Cantara, è proprio questo: fare la differenza."

"Ancora quella frase. *Fare la differenza*. Ma fare la differenza in che modo? Aiutandovi a costruire castelli tra le nuvole?"

Gladia trattenne il fiato, quindi, dopo un silenzio carico di tensione, scoppiò a ridere.

Cantara strabuzzò gli occhi, non capendo cosa avesse provocato quell'ondata di euforia. La reazione della dottoressa alle sue parole l'aveva presa completamente alla sprovvista.

"Gilbert Keith Chesterton," riuscì finalmente a dire Gladia, asciugandosi gli occhi con le mani.

"Chiedo scusa?" disse Cantara, allontanandosi leggermente dalla donna, come se si aspettasse un'altra reazione imprevedibile.

"Gilbert Keith Chesterton," ripeté Gladia, raddrizzando la schiena. "Uno scrittore britannico che sarebbe piaciuto molto a Wei, immagino. Mi hai ricordato una cosa... una cosa che disse: 'non ci sono regole in Architettura per un castello tra le nuvole.' Già. Non lo trovi divertente e illuminante al tempo stesso? Quale migliore risposta alla tua domanda?"

Cantara trovò le parole di Gladia del tutto insensate. Sembrava che la dottoressa si stesse semplicemente prendendo gioco di lei.

"Tutto questo è ridicolo," disse, alzandosi dalla poltroncina ed indicando la vicina, "Stiamo parlando di fantasia e di chimere, di fate e di sirene, adesso? Davvero non hai risposte sensate alle mie domande? O sei solo completamente pazza? Voglio dire, tu credi *seriamente* che Wei Wang stia progettando il futuro? Qui? In questa sala? *Adesso?*"

"No," Gladia scosse la testa e sorrise. "Io credo che Wei stia progettando il futuro del futuro."

CANTARA NON RIUSCÌ A CHIUDERE occhio quella notte.

Non importava da quale angolo cercasse di analizzare l'intera faccenda. La bocciatura da parte della Corte Planetaria del progetto Polaris era inevitabile.

Spine Woodside aveva fatto un eccellente lavoro nei mesi passati, facendo credere a tutti di aver perso lo scontro con gli altisti quando in realtà stava semplicemente preparandosi per il contrattacco.

Non esisteva possibilità alcuna che la decisione della Corte favorisse la partenza di Polaris.

Wei Wang e il suo progetto avevano i giorni contati.

Cantara sospirò, frustrata, mentre si sistemava la testa sul cuscino. Quella consapevolezza non le aveva dato alcun fastidio ventiquattro ore prima. Allora perché adesso il solo pensiero di quell'eventualità non la faceva dormire? Che cosa era cambiato dopo aver assistito alla *scommessa di Wei*? Per quale motivo si sentiva come se avesse lasciato una faccenda in sospeso, un compito importante che doveva essere completato?

Non poteva negarlo. Qualcosa si era acceso dentro di lei. Eppure, nonostante si sforzasse, non riusciva davvero a capire di cosa si trattasse. Era come un presentimento che balenava di tanto in tanto ai confini della sua coscienza e che durava per qualche battito di cuore prima di sparire, inghiottito nel nulla.

Dopo essersi girata e rigirata nel letto, Cantara decise che tanto valeva alzarsi e iniziare la sua giornata con qualche ora di anticipo. Si sedette sul letto, si mise addosso una lunga veste color cremisi e si diresse verso il bagno. Dopo essersi rinfrescata, varcò un corridoio semibuio e aprì la porta del suo ufficio. Notò immediatamente che il terminale della stanza stava brillando di una luce intermittente. Cantara si avvicinò all'oggetto. Aggrottò la fronte e inclinò la testa, sorpresa. Poi ricordò d'un tratto il compito non corretto del suo alunno, James.

Sembrava essere passato un anno dalla sua lezione, non un semplice giorno.

La Madame mosse la mano. Il terminale rispose al suo gesto mostrando il file richiesto e Cantara si sedette su una delle poltrone. Tanto valeva iniziare da lì, pensò mentre apriva il file.

Quando lesse il titolo: *La guerra dell'etere*, non riuscì a trattenere un sorriso. Un titolo presuntuoso e accattivante allo stesso tempo. Tipico del ragazzo.

Cominciò a visionare la trattazione dello studente e, man mano che andava avanti, si scoprì affascinata dal contenuto dell'opera. Il lavoro non era solo originale, coinvolgente e ben scritto, era soprattutto molto accurato. Si soffermò per qualche minuto su una delle ultime frasi, e la lesse ad alta voce, "A volte la vittoria finale non può essere guadagnata senza una serie di sconfitte calcolate. Una ritirata strategica può a volte essere l'alternativa migliore per evitare la disfatta totale."

Quella frase la fece pensare per qualche minuto. Non sembrava affatto la considerazione di un aspirante eterion, quanto la dichiarazione di un generale di un esercito che si prepara a una battaglia. L'intero approccio adottato da James era stimolante e acuto. Cantara lesse nuovamente l'ultima frase. C'era qualcosa di importante che avvertiva in quella semplice successione di parole, un'implicazione che al momento le sfuggiva, come una parola sulla punta della lingua che non riusciva a ricordare.

Poi la consapevolezza la investì come una secchiata d'acqua gelata caduta dal cielo. Si alzò di scatto dalla poltrona, si guardò attorno, quindi si diresse verso la scrivania e mise il polso sul terminale della comunicazione.

Cantara Handal seppe d'un tratto come poteva fare la differenza.

LA MADAME OSSERVÒ il simbolo dell'infinito troneggiare sopra la sua testa. Era sospeso a diversi metri dal suolo, nel centro esatto della stanza, e ruotava lentamente ma inesorabilmente, ricordando il movimento costante della Terra. Non c'erano fili o sostegni che giustificassero la sua posizione, nessun trigoproiettore visibile che spiegasse il suo luccichio argenteo. Il simbolo dell'ALTA era sospeso in aria senza apparentemente alcuna spiegazione plausibile, sfidando con impudenza gravità e buon senso.

"Allora? Qual è la tua risposta?"

La domanda di Gladia non la colse impreparata. Se l'era aspettata da quando aveva varcato la porta di quella stanza.

"Un chiaro, inequivocabile 'no', mia cara," rispose Cantara, guardando Gladia con occhi di ghiaccio. "Ho intenzione di godermi il mio ritiro fino all'ultimo."

Gladia fece per parlare ma Cantara la precedette.

"Risparmia il fiato, dottoressa. La mia decisione è finale."

Il volto di Gladia si trasformò in una maschera senza espressioni. Fece passare qualche secondo di silenzio, come per metabolizzare quelle parole. Poi aggrottò le sopracciglia e disse, "Hai fatto tutta questa strada per dirmelo di persona? Una chiamata sarebbe stata sufficiente a..."

"Inoltre," l'interruppe Cantara, alzando un dito, "la Corte Planetaria si pronuncerà a *sfavore* della costruzione di Infinity. Di questo puoi stare certa."

Gladia scosse la testa. Sembrava incredula e oltraggiata al tempo stesso. "Non capisco. Hai deciso di sprecare il mio tempo con..."

"Non ho finito," continuò inesorabile la Madame. "Fra qualche mese ci sarà un'altra decisione della Planetaria riguardante la costruzione di Infinity e il lancio di Polaris e, ancora una volta, Woodside e i suoi landisti vinceranno."

Gladia si avvicinò alla donna, alzò un braccio in direzione della porta, pronta a invitarla a uscire, ma Cantara continuò a parlare, "Eppure, ti prometto che la terza volta la Corte approverà il progetto."

"La *terza* volta?" Gladia sbatté le palpebre. "Cos'è, una battuta? Quello che dici non ha senso! La Corte Planetaria non si è mai pronunciata tre volte sulla stessa disputa."

"Lo farà in questo caso, credimi, creando un precedente."

"Davvero? E tu come faresti a esserne certa?"

"Voci di corridoio," rispose Cantara, studiando con attenzione le sue unghie lunghe e appuntite.

"Voci di corridoio?" le fece eco Gladia, senza neppure tentare di nascondere la sua impazienza.

"Diciamo... voci nei corridoi giusti," precisò Cantara.

"Quindi dovrei... dovremmo fidarci delle tue 'voci'?"

"Mi sembra che tu non abbia molte altre scelte, al momento."

"E sentiamo, che cosa dovremmo fare noi per far in modo che tutto questo accada? Che la *terza* volta Polaris riceva il via libera?"

"Niente," rispose Cantara.

"Va bene," disse Gladia, cominciando a camminare su e giù per la stanza, "vediamo se ho capito cosa stai suggerendo. Non solo mi stai dicendo che non ci aiuterai, mi stai anche chiedendo di non fare nulla mentre Woodside ci smembra pezzo dopo pezzo?"

"Hai capito bene, mia cara. Dovrete aspettare. Avrete bisogno di queste due battute d'arresto per avere la vittoria finale."

"Vittoria finale?" Gladia si bloccò al centro della stanza e roteò gli occhi, quindi tornò a guardare Cantara. "Di cosa diavolo stai parlando?"

"Ascolta," disse la Madame in tono calmo e sicuro, sporgendosi sulla sedia. "Questo venerdì la Corte Planetaria boccerà *de jure* la costruzione del Centro Infinity e la partenza di Polaris, ma *de facto* gli altisti potranno continuare i loro piani. Vedilo come un rallentamento pianificato per evitare una disfatta totale."

Gladia piegò il lato della bocca. "Ora stai parlando in *legalese*," disse. "Non ti facevo un'esperta in legiferazione planetaria."

"Non lo sono," rispose Cantara, "ma il mio consulente in giurisprudenza..."

"... È pagato profumatamente per esserlo al tuo posto," finì per lei Gladia. "Sì, avrei dovuto immaginare una risposta del genere. Quindi, stando a quello che dici, il destino di Polaris dipenderebbe esclusivamente da queste *voci* e dalla tua parola?"

"Dalla *presunzione* della mia parola," precisò Cantara alzando un dito. "Negherei a chiunque che abbiamo avuto questa conversazione."

"Una domanda mi sorge spontanea," disse la dottoressa. "Cosa spereresti di ricavare da tutto questo?"

"Vuoi dire oltre alla riconoscenza di una delle donne più influenti dei giorni nostri?" Cantara la stava guardando con gli occhi stretti, e in essi bruciava una fiamma. Determinazione.

"Sì, oltre a quello," rispose Gladia. "Che cosa vorresti per fare in modo che le tue *voci* si rivelino fondate?"

"Ho pensato allo spettacolo che mi hai mostrato ieri e ho deciso che esiste qualcosa che voi avete che potrebbe tornarmi utile, specialmente ora, che ho preso una decisione sul mio futuro."

"E cosa sarebbe, di grazia, questa cosa che vorresti?"

Cantara agitò la mano con aria solenne. "Voglio EVA e voglio il programma di simulazione che ha usato Wang."

Per trenta secondi anche solo l'eco di un rumore disertò la stanza. Poi Gladia eruppe in una risata. "Che cosa?"

"Ho pensato a una possibile applicazione alternativa di quel programma. Vedi, adattandolo alle mie esigenze, costituirebbe un catalizzatore che renderebbe le mie lezioni molto più interessanti, e i miei studenti molto più motivati."

Gladia mantenne un'espressione neutra in volto. "Non stai scherzando. Vuoi veramente EVA?"

"È una condizione non negoziabile, dottoressa." Cantara incrociò le braccia. "Prendere o lasciare."

La mascella di Gladia ruminò per un istante. "Faresti tutto questo per la promessa di avere un programma che aumenti le performance dei tuoi alunni? È questo quello che vuoi?"

"I miei studenti sono incredibilmente dotati, Gladia. Alcuni di loro hanno la stoffa per diventare i motori della futura opinione pubblica planetaria, veri e propri costruttori di tendenze. Tuttavia, l'industria in cui ci muoviamo cambia alla velocità della luce. È un campo minato che ha reclamato più di una vita. Voglio che i miei ragazzi abbiano le migliori possibilità che possa offrirgli quando andranno lì fuori. Il programma di Wang potrebbe aiutarmi a fare esattamente questo."

"Quindi vorresti utilizzare la scommessa di Wei come... come una specie di simulatore per forgiare i migliori eterion del mondo?"

"Quello che voglio fare non ti riguarda," disse Cantara con una sfumatura d'acciaio nel tono della voce. "Ora, presta molta attenzione perché non lo ripeterò una seconda volta. Hai trenta secondi per darmi una risposta." Poi, guardandola con due occhi che splendevano di una luce senza nome aggiunse, "Oggi è il *tuo* turno di fare la differenza."

La Madame si alzò in piedi e mosse una mano. Una scarica di luce scarlatta apparve di fronte al simbolo dell'infinito. Gladia osservò senza parole il trigoy lanciato dalla Madame che proiettava un conto alla rovescia.

Trenta secondi.

La dottoressa guardò i numeri e poi guardò Cantara. Arretrò di un passo, quasi senza accorgersene.

Ventinove.

"Voglio EVA e voglio il programma usato dal ragazzo genio,"

ordinò la Vedova Nera dell'Etere con tutta la regalità e la magnificenza conferitale dalle sue fattezze al tempo stesso pericolose e irresistibili. "Dammi queste due cose, Gladia, e ti assicuro che Polaris vedrà la luce del giorno. Dammi quello che voglio e ti do la mia parola d'onore che Wei Wang potrà continuare a costruire indisturbato i suoi castelli tra le nuvole."

11

ERIK

2030

"SONNIE, QUANTO MANCA ancora?" chiese il piccolo Erik continuando a masticare il suo chewing gum. Il bambino era sdraiato sul divano, gli occhi incollati sulle immagini proiettate dal telegoy.

"Il lancio è previsto fra un'ora, trentaquattro minuti, ventidue sec..."

"Uffa! Io mi sto annoiando!"

Erik si mise a sedere. Fissò contrariato il visore trasparente del suo autotron che gli stava servendo un sandwich al tonno e un bicchiere di latte. L'automa era l'ultimo, costoso prototipo sul quale stava lavorando la madre. Sarebbe andato in produzione entro un paio di mesi e sua madre aveva deciso di usare il figlio come collaudatore. Come al solito.

Sonnie era più asciutto e slanciato dei suoi predecessori, più semplice e scarno. Il primo di una serie completamente nuova di Pentanidi.

Quando sua madre glielo aveva assegnato, Erik aveva notato che la sinpelle era stata rimossa, sostituita da un più semplice carbonvetro traslucido. Nel momento in cui il bambino aveva toccato la superficie liscia e dura di Sonnie, appena uscito dalla fabbrica, aveva chiesto come mai questo autotron non avesse una pelle.

La madre aveva risposto che il pubblico era un animale capriccioso. Apparentemente, la gente non amava un autotron troppo diverso da un autotron.

Erik aveva riflettuto parecchio su quella frase, senza mai capirla veramente.

"Pane integrale, tonno e pomodori con latte parzialmente scremato," disse Sonnie, porgendogli il vassoio.

"Non ho fame."

"Erik, ho ricevuto precise istruzioni riguardanti il quarto pasto della giornata."

"Ho detto che non lo voglio!"

"Il rifiuto è un tipo di comportamento non accettabile. La signora Deringer ha ordinato di chiamare il numero 667 883 98854 in caso di inottemperanza."

"Cosa? Mamma ti ha detto di chiamare zio Ramor se non avessi mangiato il suo puzzolente..."

"Eseguito. In attesa di risposta."

"Ehi, ehi, *ehi!*" Erik mosse le mani davanti allo schermo dell'autotron. "Va bene, lo mangio."

Il bambino sputò il chewing gum e prese il sandwich, ficcandoselo in bocca.

"Shto manfhando, nho vebhi?"

Sonnie attese che il bambino avesse finito il suo pasto.

"Chiamata abortita," disse finalmente l'automa, prendendo il piatto e il bicchiere vuoto e tornando in cucina.

Erik si pulì la bocca e guardò Sonnie andare via. Sbuffò. La madre questa volta aveva creato un vero e proprio mostro, pensò. Con i precedenti modelli, aveva sempre trovato il modo di fare quello che voleva ma con questo nuovo Pentanide non c'era storia. Intelligente, veloce, adattabile, Sonnie era una classe completamente nuova di autotron progettata e costruita specificamente per gestire la progenie dell'uomo.

La madre si aspettava di venderne parecchi.

Erik tornò a fissare la gigantesca piattaforma in mezzo all'oceano che stavano proponendo sul telegoy da tre giorni, in diretta continua.

La piattaforma era in realtà una gigantesca megastruttura costellata da ponti, mura e torri. Al bambino ricordava un'imponente fortezza color argento, un monolite artificiale che incuteva una sorta di timore reverenziale. Gli altisti avevano deciso di battezzare quell'enorme struttura 'Infinity'. Nessuno era stato sorpreso dalla scelta del nome, quando era stato annunciato. Il simbolo degli altisti, dopotutto, era proprio un infinito color argento.

Erik si concentrò sulla torre più alta e maestosa dell'intero complesso, il cuore pulsante dal quale il cavo dell'ascensore spaziale aspirava alla vastità senza limiti dello spazio.

Il commentatore interruppe i suoi pensieri. Stava dicendo, rosso in viso dall'eccitazione, "Tutti i sistemi sono in linea e in attesa dell'ormai imminente lancio. Polaris è pronto per..."

Erik mosse la mano e il viso del commentatore fu sostituito da un altro uomo in giacca e cravatta con un'espressione se possibile ancor più eccitata.

"Dopo la conferenza stampa di ieri mattina, nella quale Wei Wang ha risposto a domande riguardanti la sicurezza e l'affidabilità di Polaris, senza tuttavia rivelare la natura del cargo..."

Altro gesto, altro canale.

"Enormi cortei di landisti si sono riversati nelle piazze principali di decine di città diverse per protestare nuovamente contro l'imminente lancio, mentre i quartieri generali della SOL, della Gaia e dell'I & I sono stati presi d'assalto. Numerosi scontri tra landisti e altisti hanno lasciato per strada diverse dozzine di feriti, alcuni dei quali in condizioni..."

Sonnie tornò dalla cucina ed esaminò il foglio elettronico lasciato sul tavolo da Erik poco prima.

"Hai risposto correttamente al novantasei percento dei quesiti. La tua prestazione non richiede nessuna azione da parte mia. Sto trasmettendo i dati alla signora Deringer in questo momento."

Erik ebbe appena il tempo di distogliere lo sguardo dalla faccia paonazza del commentatore.

"Il tuo risultato è stato annotato dalla signora Deringer," disse l'autotron che si bloccò sul posto. Il suo visore brillò di una luce verde. "Messaggio in arrivo," annunciò. "Sofia Deringer ha stabilito una connessione e assunto il controllo remoto del mio sistema. Prego, attendere." Immediatamente dopo, sul visore apparve il volto della madre di Erik.

"Tesoro, farò tardi anche oggi," disse la donna, i lunghi capelli biondi scompigliati e due solchi verdastri sotto gli occhi.

"Ancora?" mugugnò Erik, scontento, "ma avevi detto…"

"Lo so fragolino, ma io e il professor Kurosawa abbiamo alcune cose da sistemare. Come va con Sonnie?"

"È un incubo, mamma! Ti prego, spegnilo."

La madre annuì. "Eccellente," disse, sorridendo. "Quindi sta facendo il suo lavoro."

"Per favore, non far finire questi autotron sul mercato," la implorò Erik, unendo le mani.

"Perché no?"

"Faranno morire di noia migliaia di bambini."

"No che non lo faranno. È proprio questo il punto. Con autotron come Sonnie, persone come me possono dormire sonni tranquilli. A proposito, ti stai preparando per andare a letto?"

"Ma mamma," protestò Erik, indicando il telegoy. "Stanno trasmettendo in diretta la partenza di…"

"Le luci si spengono alle nove, signorino," disse la madre, inflessibile. "Non un secondo dopo. Sonnie lo sa."

Erik imprecò sottovoce. La madre non lo sentì.

"Ora dammi un bacio."

Il bambino storse la bocca. Sapeva che la madre aveva assunto il controllo di Sonnie. Se voleva un bacio, non c'era modo di sfuggirle.

"Devo proprio?" si lamentò Erik. "È freddo."

La signora Deringer girò la testa e gli porse la guancia. Sonnie si avvicinò per permettere al bambino di baciare lo schermo.

Erik sbuffò e baciò riluttante la superficie liscia dell'automa.

"Ti voglio bene."

Il bambino salutò la madre e lo schermo di Sonnie si spense, tornando trasparente. In quel momento, l'autotron riacquistò il controllo delle sue capacità motorie.

SONNIE STABILÌ che il controllo remoto della signora Deringer si era interrotto. Mosse il braccio destro e rimase a guardare l'arto rispondere alla sua volontà.

...Sistema centrale online...

...Banca dati priva di service loop...

...Funzioni operative nella norma...

Eseguì una diagnostica interna che durò per una frazione di secondo, accertandosi che tutti i sistemi fossero tornati operativi.

...Circolazione sistemica energetica accertata...

...Procedere con l'attività di vigilanza di Erik Deringer...

Sonnie si mise al fianco del bambino, in attesa.

Vide Erik pulirsi le labbra con il dorso della mano mentre guardava le immagini proiettate dal telegoy.

In quel momento il canale stava proponendo alcune città che si preparavano ad accogliere l'imminente lancio.

"Ehi! Guarda quanta gente! Sonnie, che posto è quello?"

L'autotron fissò la proiezione indicata.

"Pechino, piazza Tienanmen," rispose l'autotron.

"Quanti sono? Non ho mai visto tanta gente in un posto solo."

"Le autorità stimano un totale di tre milioni e duecentomila persone."

"E questo, che posto è? Quanti sono?"

"Saemangeum City, U-complex. Quasi trecentomila persone."

"E quest'altro?"

"Rio de Janeiro, Copacabana. Circa un milione e settecentomila persone."

"Sembra si stiano davvero divertendo, non è vero?"

Sonnie guardò il bambino, ma non rispose.

Erik cambiò canale e questa volta apparve un volto familiare. Il commentatore stava dicendo, "Dopo essere riuscito a bloccare il lancio per due volte, senza darsi per vinto neppure a meno di un'ora dal conto alla rovescia, Spine Woodside è attualmente impegnato assieme ai suoi sostenitori in una violenta campagna contro Wei Wang e il suo ascensore spaziale."

"Sonnie, quanto manca al lancio di Polaris?" chiese Erik, osservando Spine Woodside circondato da una marea di persone.

"Cinquantatré minuti, tredici secondi."

"Allora questa volta è fregato," disse il bambino, sorridendo. "Non ce la farà mai a bloccarlo."

Il bambino estrapolò dal proiettore gli ultimi canali che aveva visto e li mise uno vicino all'altro. Davanti a sé ora aveva cinque schermi con l'immagine dal vivo della megapiattaforma circondata dall'oceano, dei due commentatori che parlavano in modo concitato, del canale che trasmetteva le città e di Spine Woodside impegnato in un comizio.

Woodside stava aizzando la sua folla, descrivendo con minuzia di particolari il pericolo rappresentato dall'ascensore orbitale.

"Sonnie, quali sono le probabilità che il cavo dell'ascensore si spezzi?"

"Informazioni dettagliate sulla composizione del cavo non sono state rese pubbliche," rispose l'autotron. "Non posso pertanto rispondere in maniera soddisfacente alla tua domanda. Il cavo possiede una resistenza che si attesta intorno ai 200 Giga-Pascal e una IA polifunzionale che mantiene le proprietà fisiche del materiale inalterate. Le probabilità che un simile cavo possa subire danni sono estremamente ridotte."

"Quanto ci metterà Polaris ad arrivare a destinazione?"

"Idealmente, mantenendo la velocità di crociera inalterata e considerando altitudine, temperatura e umidità, Polaris dovrebbe raggiungere la destinazione in un giorno, due ore, otto minuti, dieci secondi. Problemi con la strumentazione, il modulo e condizioni meteorologiche avverse potrebbero tuttavia richiedere diversi tipi d'interventi sulla velocità del mezzo, aumentando la durata totale dell'ascensione."

Erik si picchiettò le dita sul mento mentre fissava le immagini. "Cosa trasporta di preciso? Nessuno lo sta dicendo."

"Wei Wang e il consiglio direttivo del progetto 'Spazio Zero' hanno mantenuto segreto al pubblico il cargo trasportato da Polaris. Diverse dozzine di agenzie indipendenti e governative, tuttavia, hanno valutato il contenuto, ritenendolo innocuo. A ogni ispettore è stato richiesto di firmare un contratto vincolante che proibisce loro di diffondere notizie sull'esatta natura del cargo."

Il bambino ascoltò quello che stava dicendo Woodside. "Mhmm. Quindi lì dentro non può esserci un'arma, giusto?"

"Stando alle dichiarazioni rilasciate dagli ispettori, dentro Polaris si troverebbe un oggetto non organico di trascurabile valore economico, trascurabile peso, trascurabile massa, privo di qualsiasi componente tecnologica o parte elettronica."

"Possibile che non si sappia davvero nulla? Voglio dire, quante persone hanno ispezionato il contenuto?"

"Trecentoquarantacinque."

"E nessuno si è lasciato sfuggire nulla?"

Sonnie girò il visore verso Erik. "Ci sono voci. La maggior parte parla di una chiave di metallo. Lo stesso Wei Wang ha dichiarato in più occasioni che sarà un oggetto unico, strutturalmente compatto, dal semplice valore simbolico."

"Ho capito," disse il bambino, muovendo una mano e facendo scomparire Spine Woodside.

Erik interrogò l'autotron per altri quaranta minuti, e Sonnie rispose a ogni domanda attingendo dalla sua banca dati.

Il bambino interruppe improvvisamente le domande e si girò di scatto quando il commentatore esclamò, "E mancano ormai solo *cinque* minuti all'uscita di Polaris da Infinity!"

"Hai sentito? Ci siamo quasi, Sonnie. Sei pronto?"

Ancora una volta l'autotron non rispose, si limitò a guardare il bambino che si agitava sul divano.

Polaris, un veicolo di forma ovale, stava risalendo la torre. Era collegato al cavo che si perdeva nel cielo terso e continuava in alto, verso le stelle, per decine di migliaia di chilometri. Un ponte che collegava la Terra all'universo.

"Tre minuti al lancio!" stava dicendo il commentatore con eccitazione crescente. "Il sistema è alimentato in questo momento e il cavo risponde alle sollecitazioni provenienti dal Centro di Controllo Infinity senza nessuna variazione nei parametri di base. Polaris si trova in posizione di fuga, in attesa della spinta propulsiva che segnerà l'inizio dei famigerati cinque minuti di terrore."

"Erik," disse Sonnie rivolgendosi al bambino, "inizio la riproduzione del brano che hai richiesto per l'evento?"

"Accidenti! Stavo quasi per dimenticarmelo!" esclamò il bambino, colpendosi la fronte. "Bravo Sonnie! Sì, dacci dentro. Rock&Roll!"

A un minuto esatto dal lancio, Sonnie si posizionò al centro della stanza e dai suoi potenti amplificatori elettronici esplose d'un tratto una musica ritmica, intensa e carica di energia.

"Meno cinquanta secondi al lancio, signore e signori! Lo spazio aereo intorno alla struttura è sgombro!"

La musica rock continuò a risuonare nell'appartamento.

"Abbiamo il via dal Centro di Controllo per l'inizio della sequenza di lancio automatica!"

"Andiamo!" esultò Erik.

"Venti secondi! Polaris viene energizzato in questo momento! L'IA di bordo ha ora il completo controllo delle funzioni del veicolo."

Erik cominciò a dimenarsi. "Dai, dai, dai!"

"Dieci... nove... otto... sette... sei... cinque... quattro..."

"Ci siamo quasi Sonnie!"

"Polaris prende vita! Sale. Accelera. Continua l'accelerazione verticale! Nessun segno di complicazioni strutturali. Riceviamo i dati preliminari dal Centro di Controllo... Sì. Tutto procede secondo i piani! Polaris ha quasi raggiunto..."

"Guarda come va su!" urlò Erik mettendosi in piedi e cominciando a saltellare. "Sì! Vai, vai, *vai!*"

Sonnie guardò il bambino che seguiva il ritmo della canzone, poi le immagini di Polaris, che procedeva spedito, aumentando gradualmente la sua velocità.

I giornalisti che stavano commentando l'evento avevano il volto violaceo e gli occhi fuori dalle orbite. L'autotron calcolò il tredici percento di possibilità d'infarto.

Sonnie mosse il visore e si concentrò sulle immagini della popolazione in festa a Londra, sulle molotov lanciate da manifestanti a Washington e a Mosca, sugli scontri violenti tra altisti e landisti in dozzine di città diverse, in guerra nonostante l'intervento delle forze dell'ordine.

L'autotron tornò a guardare Erik che urlava eccitato mentre agitava le braccia al cielo, ballava sul divano, e seguiva l'ascesa inarrestabile di Polaris.

Notò che il battito cardiaco del bambino era accelerato considerevolmente, la respirazione appariva irregolare e le pupille si erano dilatate di diversi millimetri. Valori anormali ma accettabili, decise la sua matrice dopo qualche nanosecondo, catalogando l'anomalo stato fisico come 'comportamento umano euforico'. Cancellò la decisione pendente di chiamare un'ambulanza ma allo stesso tempo interruppe la musica e le trasmissioni televisive.

"Sonnie! Perché lo hai fatto?" urlò Erik, furibondo.

"Erik, ritengo il tuo comportamento moderatamente pericoloso. Inoltre i tuoi biovalori sono fuori scala. Sei pregato di far tornare i tuoi parametri fisici entro livelli accettabili."

"Accendi di nuovo!"

"Non ho ancora registrato un cambiamento significativo dei tuoi biovalori. Prego, attendi."

Erik urlò frustrato ma si mise a sedere e cercò di tornare a respirare normalmente. Lanciò all'autotron uno sguardo di fuoco, ma non disse altro.

"Biovalori fluttuanti ma accettabili."

"Bene. Ora vuoi accendere di nuovo, *per favore?*"

"Ristabilisco il collegamento."

Le immagini tornarono a illuminare la stanza ma l'ambiente rimase silenzioso.

"E la musica?" chiese Erik, adirato.

"La musica è ritenuta dalla mia analisi la causa principale dei tuoi valori alterati. La riproduzione del brano è stata sospesa per salvaguardare la tua incolumità."

Erik alzò il dito medio. Sonnie non colse il significato del gesto.

"Colleghiamoci adesso in diretta con il Centro di Controllo Infinity," stava dicendo il commentatore con l'immagine di Polaris alle sue spalle. "Passati i cinque minuti di terrore, Wei Wang è ora atteso nella sala stampa per commentare lo svolgimento del lancio e rispondere alle domande dei giornalisti." Ci fu un momento di silenzio, carico di aspettative.

"La porta si sta aprendo in questo momento," disse finalmente il commentatore, la fronte lucida di sudore. Stava trattenendo il fiato. "Sì, eccolo! Wei Wang viene accolto da un tripudio di applausi e urla."

Erik fece scomparire tutte le immagini e si concentrò sulla proiezione che proponeva la figura di Wei, seguito da una fila di cinque persone: i mitici membri dell'Esaedro. Sonnie riconobbe subito Mark Strutzenberg, il CEO della Gaia, con il suo solito sigaro in bocca e Gladia Egea, la co-fondatrice della SOL, il braccio destro di Wei nel mastodontico progetto dell'ascensore orbitale. Seguivano a breve distanza Patrick Trudeau, capo ingegneri della I & I, Isaac Nazarov, il fondatore dell'Archetype Unlimited e Toshio Shimao, ricercatore capo della Paragon Corporation.

Sonnie si concentrò sulla figura di Wei Wang. Il suo volto era scheletrico, bluastro, quasi cianotico. Respirava molto lentamente e con poca convinzione, come se stesse cercando di ricordarsi come fare. Gli occhi erano assediati da profonde ombre scure, i capelli erano scompigliati e i muscoli del collo visibilmente tesi. Sorrideva e salutava con la mano, ma non sembrava rendersi conto veramente di dove si trovasse, o di cosa stesse facendo.

L'autotron giudicò che il Primo Altista doveva soffrire di denutrizione, privazione del sonno e stress.

Il commentatore, intanto, stava descrivendo con eccitazione l'avanzata di Wei e dei suoi colleghi.

Sonnie notò solo in quel momento il bagliore che circondava il palco dove Wei e gli altri cinque si stavano sedendo. Ingrandì l'immagine e si sporse per vedere meglio. Si trattava di un campo di forza: un Lambda Trust mark tre. Gli organizzatori dell'evento avevano preso la sicurezza degli altisti sul serio.

Quando tutti furono finalmente seduti, il commentatore sparì e apparve l'immagine di Wei Wang, che venne presentato da una voce meccanica come: mente visionaria, il Primo Altista, l'ideatore del modulo Polaris e il direttore del progetto Spazio Zero.

Un silenzio saturo di eccitazione permeava la sala gremita di persone.

"Fare la storia è una magnifica esperienza," iniziò Wei, sorridendo al suo pubblico, "ti dà una prospettiva del tutto particolare sul mondo che ti circonda e ti aiuta a capire una cosa molto importante: l'impossibile è soltanto una possibilità che non è stata ancora scoperta da nessuno."

La standing ovation generale del pubblico impedì a Wei di continuare. Per due volte cercò di proseguire il discorso e per due volte fu interrotto da fischi e applausi.

Erik imitò la platea applaudendo e urlando incitamenti. Poi guardò l'autotron che lo fissava in silenzio e si rimise a sedere.

Accadde tutto in una manciata di secondi.

Un'esplosione improvvisa proruppe dalla sala, facendo finire per terra metà dei presenti. Fu seguita quasi immediatamente da un'onda di luce multicolore.

Erik sussultò, preso completamente alla sprovvista.

Sonnie osservò la maggior parte del pubblico urlare e gettarsi a terra, o precipitarsi disordinatamente verso le uscite di sicurezza, spingendo e calpestando i vicini. La sala si era trasformata in un caos di urla, corpi e rumori confusi. Droni della sicurezza uscirono all'unisono dai loro alloggiamenti nelle pareti, dozzine di uomini in uniforme si mossero velocemente, gridando ordini e avvertimenti.

Sonnie vide Wei Wang alzarsi dalla sedia, lentamente, il volto orfano di qualsiasi espressione. Gli occhi erano fissi su un punto preciso davanti a lui.

Fu in quel momento di panico e confusione che si sentì il secondo boato.

Sonnie non riuscì a vedere cosa lo colpì, ma Wei Wang fu scaraventato via dalla sedia da una forza sconosciuta.

Il Primo Altista urtò violentemente contro il muro del palco.

Cadde per terra.

Rimase immobile.

Sonnie registrò la voce del commentatore in sottofondo.

"Una... un'esplosione, supponiamo, o qualcosa del genere..." Una pausa, seguita da invocazioni di aiuto e da altri due boati che squarciarono la sala. "Stanno sparando ancora! Strutzenberg e Shimao... a terra! Colpiti! Non... Dio onnipotente!"

Il commentatore sparì dallo schermo. Al suo posto apparve Wei Wang con gli occhi spalancati, steso a terra in una posizione innaturale, con Gladia Egea che piangeva al suo fianco.

Un uomo della sicurezza la prese e la portò via.

Appena in tempo.

Un altro boato.

Una moltitudine di persone aveva invaso il palco, muovendosi in modo frenetico, urlando, spintonando altra gente.

"Oh no," sussurrò Erik con una mano sulla bocca e un'espressione sconvolta. "No..."

Le telecamere ripresero Wei trasportato su una barella in fretta e furia. Sonnie elaborò le immagini senza commentare.

"Erik," lo chiamò l'autotron dopo qualche minuto. Il bambino stava tremando in silenzio, scioccato. "La cessazione di tutte le attività è prevista fra sessanta secondi..."

"Cosa? Stai... stai scherzando, *vero?*" lo interruppe il bambino guardandolo con gli occhi lucidi. "Ma ti rendi conto di quello che è successo? Vuoi che vada a letto in un momento del genere? *Scordatelo!*"

Sonnie interruppe la trasmissione e abbassò le luci della stanza.

"Cos-? Sei impazzito? Accendi di nuovo. *Subito!* Voglio sapere cos'è successo a Wei!"

Sonnie elaborò in una frazione di secondo la risposta da dare al bambino.

"Wei Wang è deceduto quattro minuti fa."

12

ARIUL

7 GIORNI DOPO

IL CIELO ERA coperto da grosse nuvole color acqua sporca, immobili o quasi in quella vastità inesorabile.

Gladia Egea aprì il contenitore. Lo guardò, indecisa, come se si fosse scordata cosa dovesse fare. Lo chiuse. Serrò la mascella. Sentì il cuore battere all'impazzata.

Lentamente, molto lentamente, lo aprì una seconda volta.

Il vento le scompigliava i capelli. L'aria salmastra aveva uno strano odore. Sembrava di essere nel bel mezzo di un giardino marino fatto di alghe e conchiglie, sale e sabbia.

Gladia fissò il contenuto. Una semplice cenere chiara, fine e leggera. Tutto ciò che rimaneva di Wei Wang.

Riluttante, la donna gettò la polvere in aria.

Sparì in un battito di ciglia, raccolta da una folata di vento peregrina. Chiuse il contenitore e si mise a sedere sulla sabbia.

L'oceano era tranquillo quel giorno, una tavola trasparente e immobile, come una lastra di vetro senza fine che racchiudeva un mondo dentro il mondo.

Da qualche parte lì intorno, in quell'angolo della Florida, stava il Kennedy Space Center, l'avamposto dal quale l'uomo aveva fatto partire i suoi messaggeri, osando sfidare l'infinito e l'ignoto, aspirando alle stelle.

Passato remoto.

Ora il posto era poco più che un'attrazione turistica.

Wei le aveva raccontato che quel luogo era uno dei suoi primi ricordi nitidi, il punto d'inizio dal quale era partita la sua storia nel mondo.

Non molto lontano da dove era seduta lei, Wei e il padre avevano ammirato i motori dell'Atlantis, l'ultimo Space Shuttle, abbandonare la Terra.

L'ultima luce che annunciava la fine di un'era.

Gladia infilò una mano nella sabbia e iniziò a scavare. Sentire i granelli tra le dita e sotto le unghie era una sensazione piacevole, terapeutica.

Qualche minuto dopo, la sua mano emerse, stringendo una mistura di granelli gialli, grigi e bianchi.

Guardandoli, il ricordo di quella strana mattinata la sopraffece. Chiuse gli occhi e rievocò l'odore di pancetta e pancake.

Sorrise.

"Maledizione," aveva detto, mentre la zuccheriera si apriva e rovesciava il contenuto sul tavolo.

La sua mano era piena di granelli bianchissimi, una sabbia color perla.

"Lascia, ci penso io," aveva detto Wei, afferrando il piccolo contenitore prima che cadesse dal tavolo e chiudendolo con un veloce gesto della mano.

"Accidenti, sto dormendo in piedi," si era lamentata lei, scrollandosi di dosso gli ultimi granelli di zucchero.

"Un altro fazzoletto?" Wei gliene aveva porto uno.

Gladia aveva scosso la testa. "Piuttosto, dimmi cosa ci faccio qui, nel cuore della notte."

"Ho bisogno del tuo parere."

"Qui? In questo posto?" Gladia si era guardata attorno. Un cameriere stava portando salsicce e uova strapazzate a un cliente dall'altra parte del locale. "Non sarebbe stato meglio... lo sai, nel *laboratorio*?"

"Il laboratorio puzza di lavoro," aveva risposto Wei, impaziente. "Ora zitta e ascolta, okay? Chiudi gli occhi."

"Cosa?"

"Chiudi gli occhi."

"Vuoi che mi addormenti sul posto?"

"Fallo e basta."

Lei aveva ubbidito, sbuffando.

"Ora immagina," aveva continuato Wei. "Ti trovi davanti a una porta. È chiusa, ma tu hai la chiave. Tuttavia ci sono una catena e un lucchetto che t'impediscono di aprirla. Mi stai ascoltando?"

"Mhmm."

"Bene. Come fai se vuoi entrare nella stanza?"

Lei si era massaggiata le tempie. "Wei, Gesù Cristo. Mi hai svegliato alle quattro del mattino per un altro dei tuoi stupidi giochetti strizzacerv..."

"No, concentrati," le aveva detto Wei schioccando le dita. "Porta chiusa, catena, lucchetto. Ci sei?"

Gladia aveva sbadigliato. "Sì. Ci sono."

"Come entri?"

"Beh, immagino che debba aprire il dannato lucchetto."

"Esatto. Ora, facciamo finta che un buon samaritano di passaggio lo apra per te."

"Un buon samaritano?"

"Sì, un buon samaritano. Cosa succede a quel punto?"

Lei aveva scrollato le spalle. "Questa stupida porta si apre e..."

"No, *no*. La porta *non* si apre. Ricordi? La porta è chiusa. Devi usare la chiave per aprirla."

"Okay," aveva detto lei, puntellandosi la guancia con la mano e sbadigliando di nuovo. "Prima apro la porta." Poi aveva indicato un tavolo vicino. "Vinco almeno un pancake?"

"Pensa a quello che stiamo facendo," aveva continuato Wei, visibilmente eccitato. "Non capisci? Polaris è il buon samaritano che apre il lucchetto, ma deve essere l'umanità a decidere di aprire la porta. Entrare nella stanza non è una conseguenza di quello che fa il buon samaritano, ma della tua azione. È una conseguenza della tua volontà di scoprire cosa c'è dentro la stanza."

Wei aveva frugato nelle tasche e ne era emerso con un lucchetto. Un lucchetto aperto.

Lo aveva poggiato sul tavolo.

"Questo cos'è?" aveva chiesto lei, aggrottando la fronte.

"Il cargo di Polaris," aveva risposto Wei, come se fosse la cosa più ovvia del mondo.

Gladia Egea lasciò che la sabbia le scivolasse via dalle dita. Il ricordo svanì come fumo nella nebbia.

Inspirò l'aria e chiuse gli occhi. Attese in silenzio per qualche minuto.

La voce dell'oceano, un bisbiglio senza tempo, la stava chiamando.

Si alzò e si tolse le scarpe, avvicinandosi all'acqua. Quando la toccò con la punta del piede, si accorse che era fredda. Fredda e incolore, com'era stata la *sua* pelle prima di salire sul palco. La pelle di...

"Wei, non devi farlo per forza. Io, Mark e gli altri possiamo sbrigarcela da soli. Non essere stupido!"

"Ascoltala, ragazzo," l'aveva sostenuta Mark, masticando il bordo del suo sigaro. "Non hai una bella cera."

"Mamma, papà," aveva replicato Wei, guardandoli con impazienza, "sono sano come un pesce..."

"... In un Filadelfia Roll," aveva concluso per lui Mark, trafiggendolo con lo sguardo.

"Wei, per Dio. *Guardati!* Non ti reggi in piedi. Sei caduto a terra due volte nelle ultime quarantotto ore. Pensi che ce ne siamo scordati? Sei esausto!"

"Non sono caduto a terra," aveva protestato Wei. "Stavo solo annusando il pavimento a occhi chiusi. Voi non lo fate mai?"

Gladia aveva alzato le braccia e si era allontanata, esasperata. Mark Strutzenberg, invece, gli si era avvicinato.

"Ascolta la dottoressa, genio. Hai la faccia di un cadavere morto due volte."

Wei aveva arricciato il naso e socchiuso gli occhi, indicando il suo sigaro con la lingua penzoloni. "Mark, ti prego. Sto cercando di respirare."

"Wei..." lei era partita di nuovo all'attacco.

L'Onniologo l'aveva interrotta alzando il mignolo, il segno che faceva quando considerava chiusa una discussione.

"Non preoccuparti, zuccherino. Starò bene."

Ed era andato via, senza aggiungere altro.

Gladia inspirò ed espirò, combattendo le lacrime.

Aveva entrambi i piedi nell'oceano, ora. Si stava lentamente abituando al freddo.

S'inginocchiò e immerse le mani nell'acqua. Una, due, tre volte. Le guardò, silenziosa, una strana smorfia sul volto.

Non importava quante volte le lavasse. Le mani continuavano a emergere sporche di sangue.

Era il sangue di Wei, mentre intorno a loro altre due esplosioni investivano la sala, seguite da grida, imprecazioni e invocazioni di aiuto.

Ma il resto non era importante. In quel momento c'erano solo quegli occhi a mandorla che la stavano guardando. Occhi ambra, una volta pieni di energia, ora vacui e socchiusi. E la mano bianca e fredda che stringeva tra le sue.

C'era sangue dentro e fuori quel corpo spezzato.

Due labbra si mossero. Uscirono dei suoni. Gladia si portò la mano al petto. Non si accorse che stava piangendo.

Quando quelle braccia muscolose la scansarono via, la mano cadde sul pavimento con un tonfo. Le labbra erano ferme.

Gladia si asciugò gli occhi.

Uscì dall'acqua velocemente. Corse, inciampò e cadde sulla spiaggia. Rotolò su sé stessa e rimase ferma, supina. Per un paio di minuti non fece altro se non respirare.

Alla fine si mise a sedere e avvolse le braccia intorno alle ginocchia, il mento attaccato al petto.

In quella posizione fetale, rivisse la scena un migliaio di volte. Ogni volta scopriva qualcosa in più che avrebbe potuto fare per evitare tutto quello.

Un modo per salvare quella vita.

Un modo per evitare che il suo sogno morisse.

Un bip sul braccio la riscosse dai suoi pensieri.

"Cosa c'è?" disse, seccata. Tirò su col naso.

"Tempo scaduto. Dobbiamo andare."

Gladia non rispose.

La voce continuò, inflessibile. "*Ora.* Non farmelo ripetere."

Fece finta di non averla sentita. Chiuse gli occhi e attese che il mondo finisse di esplodere intorno a lei.

Attese invano.

Quando finalmente si alzò, Gladia aveva esaurito le lacrime.

La macchina la stava aspettando sul ciglio della strada, esattamente dove l'aveva lasciata.

Un uomo alto, vestito completamente di bianco, si guardava intorno con fare circospetto.

"Sali," disse sbrigativamente.

Gladia aveva ancora gli occhi lucidi. Si schiarì la gola e deglutì. Tolse l'ultimo strato di sabbia dalla caviglia ed entrò nella vettura.

L'uomo di guardia scrutò attorno a sé un'ultima volta.

Quando Gladia fu dentro, avvicinò il polso alla bocca.

"Alfa a Commodor. Stiamo partendo."

"Ricevuto Alfa. Vi abbiamo sugli schermi."

L'uomo entrò nella macchina e chiuse la porta.

"Spero ora tu sia soddisfatta. Quella è stata la cosa più stupida che avresti potuto fare."

"Lo hai già detto," rispose Gladia, toccandosi il bordo degli occhi. "Cambia il disco."

"Cristo. Non riesci proprio a prendere questa cosa sul serio, vero? A renderti conto del pericolo. Lo capisci che..."

"Per Dio, Leon!" urlò Gladia. "Erano le sue ultime volontà. È una cosa che *dovevo* fare."

"La tua sicurezza..."

"... È una faccenda che non mi riguarda. Quello è il *tuo* lavoro."

Leon scosse la testa. "Non lo stai rendendo semplice," disse, e fissò fuori dal finestrino.

Gladia aveva bisogno di pensare a qualcosa, tenere la mente occupata. Il volto pallido di Wei continuava a comparirle davanti. Le sue labbra si aprivano e chiudevano. Pronunciava una parola...

Leon interruppe i suoi pensieri. "Mentre eri..." lasciò la frase in sospeso. La guardò e continuò, in tono neutro, "Ho ricevuto degli aggiornamenti."

"Che cosa..." Gladia si schiarì la voce. Aveva la bocca arida. Doveva bere qualcosa, ma non ora.

"Si è saputo qualcos'altro su Nazarov e Trudeau?" chiese.

Leon scosse la testa. "Le autorità continuano a credere siano due casi separati di suicidio. Non hanno trovato prove..."

"Certo che non hanno trovato prove!" sbottò Gladia. "Se volessi ammazzare il cervello e le gambe di Polaris lo farei senza lasciarmi della merda dietro. Gesù, che razza d'idioti stanno gestendo questa indagine?"

"Hai bisogno di un fazzoletto?"

"Ho bisogno di risposte! Le autopsie di Shimao e... e Strutzenberg. Qualcosa di nuovo almeno su quello?"

Leon alzò una mano. Il suo volto era diventato una maschera di pietra.

"Sì, Commodor," stava dicendo, parlando al suo polso. "Confermato, dieci e ventidue al rendez-vous." Leon diede alcune istruzioni all'autista, che assentì e aumentò la velocità della vettura.

Gladia attese che finisse.

"Stavi dicendo?" chiese Leon.

"Si è saputo qualcos'altro dalle autopsie? Su cosa li abbia uccisi?"

"Sì," rispose Leon, tormentandosi la folta barba color zenzero. "Tutti i test hanno confermato le prime conclusioni. Sappiamo che sono morti quasi immediatamente. Com'è successo a Wang."

"Nello stesso identico modo?"

"Collasso quasi simultaneo degli organi interni," confermò Leon.

Gladia si passò una mano sulla bocca. "E non hanno ancora idea di che tipo di arma possa aver fatto una cosa simile?"

Leon rise, una risata amara e priva di gioia. "Non sono neanche riusciti a capire come abbiano fatto a trasportare quelle armi, qualsiasi cosa fossero, attraverso tutti i controlli di sicurezza. Sono talmente fuori strada che qualcuno sta parlando... Cristo, mi viene da ridere solo a pensarci." Un attimo dopo, la sua voce si fece mesta. "Stanno cominciando a parlare di un'arma organica."

"Arma organica?" ripeté Gladia, gli occhi sgranati. "Cosa diavolo sarebbe?"

"Non mi hanno detto nulla di preciso. Solo che, guardando i video, sembrerebbe che sparassero... beh, usando il corpo."

"Cos'è? Uno scherzo?"

"Se avessimo i loro corpi, potremmo saperne di più ma..." Leon non disse altro.

Gladia annuì. Ricordò il filmato che aveva visto dopo l'attacco. I corpi dei quattro terroristi si erano completamente liquefatti quando era stato chiaro che la sicurezza stava per sopraffarli.

Non aveva mai visto una persona sciogliersi. Lo sognava ancora la notte, solo che, nei suoi incubi, era Wei a liquefarsi.

Leon continuò a parlare. "Quando e *se* scopriranno come hanno fatto a portare quelle armi dentro la sala, dovranno capire anche come hanno fatto a passare il campo di forza. Era un Lambda Trust che vi proteggeva. Non riesco neppure a immaginare cosa possa penetrare una cosa del genere."

"Quindi è confermato? Non era disattivato?"

"No. Stava funzionando correttamente, ma le loro armi l'hanno attraversato come se fosse burro."

"Le *loro* armi," ripeté Gladia. "Almeno sappiamo qualcosa di più su questi *loro*?"

"La pista principale continua a suggerire una frangia di landisti estremisti."

"Tutto qui?" Gladia sembrava esterrefatta.

Leon non rispose.

La dottoressa alzò le mani al cielo. "In pratica, mi stai dicendo che ne sappiamo quanto ne sapevamo una settimana fa?"

Leon incrociò le braccia. "Siamo certi di una sola cosa. Questa è gente pericolosa. Qualcuno dannatamente ben organizzato con cui non abbiamo mai avuto a che fare prima. Potrebbe essere di tutto. Un nuovo gruppo di cyberio, tecnoristi come non ne abbiamo mai visti prima, landisti estremisti, i cavalieri dell'apocalisse..."

"Per favore."

"È vero, non abbiamo uno straccio di prova. Sono fantasmi nella notte. L'unica cosa di cui siamo certi è che questi tizi sono riusciti a far fuori tre persone nel posto più protetto del pianeta. Probabilmente hanno anche ammazzato Nazarov e Trudeau, facendolo passare per suicidio."

"No. Non probabilmente," disse Gladia, "*Sono* stati uccisi da quei bastardi. Ne sono certa. Ho lavorato con Nazarov e Trudeau per cinque anni. Non avrebbero mai fatto una cosa del genere, neanche... neanche dopo quello che è accaduto al Centro Infinity."

Leon annuì. "Sono d'accordo. Il che ci riporta all'argomento iniziale."

"Ti prego, non cominciare di nuovo."

"Gladia, ascolta. Cinque delle sei persone più direttamente coinvolte nel progetto Polaris sono morte. *Morte.* Lo capisci? Tu sei tutto ciò che resta dell'Esaedro. Questo fa di te l'unica..."

Leon si bloccò.

Gladia si girò di scatto. "Cosa c'è..."

"Silenzio!" ordinò Leon. "Alfa a Commodor. Alfa a Commodor. Mi ricevete?"

"Signore," intervenne l'autista della macchina. "Abbiamo perso il contatto con Commod..."

"Dimmi qualcosa che non so, genio," tagliò corto Leon. "Cerca di..."

Un'esplosione fagocitò le sue parole.

La macchina fu investita da una violenta onda d'urto. L'autista perse il controllo per qualche secondo e per poco non finì fuori strada.

Un'altra esplosione.

Gladia si mise le mani sulle orecchie e chiuse gli occhi.

La macchina questa volta fu sballottata a destra e a sinistra.

"Decolla! ORA!"

L'urlo di Leon fu l'ultima cosa che sentì prima che la terza esplosione investisse la macchina, colpendoli come un gigantesco martello dal cielo.

Gladia perse l'udito mentre il suo corpo urtava contro la cintura di sicurezza.

Poi la macchina volò in aria. Girò su sé stessa una, due volte.

Un forte dolore alla base dello stomaco e alla schiena. Qualcosa la colpì sulla testa. All'improvviso, divenne tutto grigio e indistinto. Le palpebre si chiusero e perse i sensi.

Quando Gladia aprì di nuovo gli occhi, il mondo era una strana immagine sfocata, senza suoni né odori.

Non sentiva le braccia e le gambe. Non sentiva il proprio respiro. Non ricordava neppure chi fosse, ma capiva che si stava muovendo. Stava cercando lo sportello.

Doveva uscire. Andare via. Doveva continuare a respirare.

Non trovò mai la maniglia, ma lo sportello fu aperto comunque.

Una forza inspiegabile la trascinò via dall'abitacolo.

Non riusciva a vedere bene.

Qualcuno stava ridendo?

Mise a fuoco la figura che le stava davanti. Era l'unica cosa che riusciva a distinguere. Era così vicina. Così vicina.

Il suo cervello immagazzinò l'immagine ma non riuscì a capirla, a identificarla. Non era possibile, si disse. Doveva essere pazza.

Quello che pensò di vedere le sembrò un autotron incredibilmente alto che la stava guardando, con due occhi piccoli e gialli. Poi una voce dentro il cervello le confermò che non poteva essere vero. Gli autotron non sorridevano.

Quello era un volto, un volto umano che non aveva mai visto prima. Un volto color ferro.

Le forze la stavano abbandonando. Vide il braccio alzato del suo assalitore che cambiava forma, diventando qualcos'altro. Poi una risata.

Che strano sogno, pensò Gladia, affascinata dai contorni indistinti della figura che torreggiava di fronte a lei.

Un suono proveniente da sinistra.

Chiuse gli occhi per un secondo. La luce era troppo forte.

Li aprì di nuovo, incerta, e vide l'aggressore allontanare il braccio dal suo volto e puntarlo da qualche altra parte.

Le palpebre si chiusero ancora. Sentì dei rumori. Forse un'altra esplosione. L'udito stava tornando, ma la vista andava indebolendosi.

Il suo aggressore era ora in ginocchio, apparentemente stremato. Il volto metà metallo, metà sangue. Non sorrideva più.

Poi un altro rumore, e il corpo dell'assalitore fu scaraventato via dalla sua visuale.

Chiuse gli occhi. Si accorse che non poteva più respirare. Il cuore continuava a battere.

Si costrinse ad aprire gli occhi un'ultima volta, ma vide solo luce. Una luce accecante. E una mano.

Erano stelle quelle che stava vedendo?

Le palpebre si chiusero e abbandonò il mondo dei sensi.

La sua mente rievocò ancora gli ultimi istanti di Wei.

Le labbra dell'Onniologo si erano mosse. Era uscito un nome.

Oscurità la avvolse.

GLADIA TOSSÌ.

Era tutto scuro.

Aprì gli occhi. Continuava a non vedere nulla.

"Ben tornata dal paese delle meraviglie, principessa."

La voce la fece sobbalzare. Più che una voce, suonava come un'eco distante. Stava ancora dormendo? O era sveglia?

Non ricordava niente.

"I miei... I miei occhi," gracchiò.

"Sì. Una vera seccatura," disse l'eco distante. "Temo la vista non tornerà prima di un paio di giorni. Niente di permanente, non preoccuparti."

L'eco sparì. La voce stava lentamente diventando più chiara e comprensibile.

"Come ti senti?" domandò.

"Non lo so. Sto ancora sognando?"

"No."

Anche il suo olfatto stava tornando. E in quel momento, ne avrebbe fatto volentieri a meno.

Sentiva un odore forte e sgradevole aleggiare intorno a lei. Era un misto tra sudore e mutande sporche.

"Cos'è... Cos'è questa puzza?"

"Puzza?" ripeté la voce, stupita. Inalò un po' d'aria e disse, "Io non sento niente."

Io, pensò Gladia. Solo ora si rendeva conto di non star parlando con sé stessa. C'era qualcun altro con lei.

"Tu chi sei?"

Silenzio.

"Un amico," rispose la voce dopo un po'.

Una pausa, poi lo sconosciuto continuò, come se si sentisse in dovere di aggiungere altro, "Un amico acquisito, grazie alla mia relazione con Wei," disse. "Vedi, ero un suo socio. Uno speciale, come te. Uno di quelli che faceva parte della sua cerchia esclusiva. Il nostro comune supereroe si fidava abbastanza di me da rivelarmi la sua identità segreta. Immagino tu sappia di cosa stia parlando."

L'Onniologo, pensò Gladia. Stava parlando di Wei e del suo segreto. L'uomo sapeva?

Wei una volta le aveva confidato che solo un pugno di persone erano a conoscenza di quel particolare.

Non le aveva mai detto chi fossero gli altri.

"Una tragica perdita," si lamentò la voce, anche se non sembrava particolarmente afflitta.

Si accorse che lo sconosciuto respirava rumorosamente, come se gli mancasse il fiato. A volte i suoi respiri sembravano un veloce rantolio.

"L'uomo è morto," dichiarò la voce, "ma l'idea persiste. Più forte che mai. È l'eredità dei martiri. Da polvere di stelle a polvere di stelle."

Gladia stava ancora cercando di decidere se quello era un sogno o la realtà. Senza forme, immagini o colori era come se stesse vivendo una fantasia incredibilmente vivida, piena di suoni e odori e di altre sensazioni più velate.

Dove era? Perché si trovava su un letto? Perché non riusciva a vedere? Perché non riusciva a ricordare cosa...

Poi un fulmine le trapassò il cervello e ricordò. Ricordò tutto all'improvviso. La sua testa quasi si spaccò in due. Era troppo da concepire in così poco tempo. Boccheggiò, come se avesse trattenuto il respiro sott'acqua per troppo tempo.

"Dio," tossì. Mosse un braccio, scoprì che qualcosa era attaccato al suo polso e fu presa dal panico. Cercò di alzarsi. "Siamo... siamo stati attaccati. Io..."

"Calmati," lo sconosciuto la costrinse a sdraiarsi nuovamente sul letto. Gladia non oppose resistenza. Non poteva, era troppo debole.

"Sei al sicuro, adesso," disse l'uomo.

"Leon?" chiese lei. Si accorse che stava tremando.

Vuoi davvero sapere cosa è successo? si trovò a pensare.

L'uomo si schiarì la voce. "Ho paura che l'autista e il signor Leon Politis non siano sopravvissuti all'attacco. Per quanto ti riguarda, sei stata incredibilmente fortunata. È un vero miracolo che respiri ancora."

Gladia decise che quello doveva essere un incubo. Altre persone erano morte. Ed era stata colpa sua.

Tutto quello che voleva fare adesso era semplicemente sprofondare nell'oscurità. Tornare a dormire. Senza voci, odori. Senza ricordi e dolore.

Si sarebbe svegliata nel suo laboratorio e avrebbe dimenticato tutto. Nulla di quanto accaduto poteva essere vero.

La testa cominciò a dolerle, le tempie pulsavano insistentemente. Un'ondata di nausea l'assalì. Riuscì a malapena a trattenersi dal vomitare.

"Devi capire..." iniziò lo sconosciuto, ma Gladia scosse la testa.

"No. Lasciami stare," disse, la voce spezzata. "Sono stanca. Voglio dormire."

Non le interessava dove fosse, o con chi stesse parlando, o chi l'avesse attaccata o perché non riuscisse a vedere. Non le importava nulla. Voleva solo abbandonare il mondo dei sensi. Ancora. E questa volta non tornare mai più.

L'uomo fece uno strano rumore con la gola, dopodiché rimase in silenzio.

Passarono minuti lunghi quanto secoli.

Poi l'uomo disse, "Una volta Albert Einstein affermò che non sapeva come sarebbe stata combattuta la Terza Guerra Mondiale."

Gladia non rispose. Non era interessata a quello che aveva da dire l'estraneo. Voleva solo dormire.

"In silenzio," continuò la voce, come rispondendo a una domanda. "È una guerra combattuta in silenzio. Ed è già scoppiata, anche se pochi lo sanno."

Gladia non si mosse. L'altro non sembrò farci caso.

"Triste e ridicolo allo stesso tempo," continuò la voce, come se stesse confessandosi di fronte a un prete, "ma orribilmente vero. I cadaveri di quest'ultima settimana sono solo alcune delle sue prime vittime. Tu sei molto fortunata a non far parte della lista. Io, tu, chiunque potrebbe essere il prossimo."

Quello che l'uomo stava dicendo non aveva alcun senso. Gladia continuò a rimanere ferma, a respirare silenziosamente, a fingersi addormentata. Forse così se ne sarebbe andato. L'avrebbe lasciata in pace.

"Polaris era uno dei progetti di Wei," continuò inesorabilmente l'uomo. "Ne aveva molti."

Il cuore di Gladia era distrutto e stremato, ma il suo cervello stava ascoltando. Molti progetti? Quali progetti? Wei non gliene aveva mai parlato.

"Il ragazzo sapeva cosa stava accadendo e aveva preso le sue precauzioni. Il nostro piccolo amico era una persona prudente per natura. Amava tenere le sue uova, i suoi *progetti* per capirci, in posti diversi, separati, così come le persone che ne facevano parte. Non si fidava di nessuno, soprattutto delle persone di cui si fidava." L'uomo ridacchiò. "Un tipo strano, il nostro Onniologo, non sei d'accordo? Pensa a noi due. Io non so nulla del tuo Polaris, a parte quello che vedo con il resto del pubblico, così come tu, mia cara, non sai nulla del *mio* progetto. Il progetto che lui mi ha affidato."

Gladia detestò quell'uomo per la sua insistenza e per la sua presenza imposta e indesiderata. Ma lei era una donna cacciatrice di risposte e quella voce sembrava darne alcune davvero interessanti.

La curiosità ebbe la meglio su di lei.

"Quale progetto?" Gladia si sentì chiedere.

L'uomo si mosse sulla sedia.

"Il progetto Ariul," rispose.

Un flash nell'oscurità. Gladia vide le labbra di Wei muoversi.

Fu come se qualcuno l'avesse schiaffeggiata in pieno volto. Quasi sentiva il dolore provocato dalla sorpresa.

La sua mente tornò in una frazione di secondo a quella singola parola pronunciata un momento prima della fine.

"Ariul," ripeté Gladia, agitandosi. "*Ariul.*"

"Mhmm. Sai di cosa sto parlando?" La voce sembrava sorpresa.

"Prima..." Gladia lasciò la frase in sospeso. Deglutì. "È l'ultima parola che ha detto, durante l'attentato. Lui... ha pronunciato quella parola. Ha detto Ariul. Mi ha guardato negli occhi e ha detto Ariul."

"Davvero?" La voce non sembrava più sorpresa. Ora era quasi contenta, divertita perfino. "Strano," continuò. "Beh, immagino non scopriremo mai per quale motivo."

"Ho cercato... ho cercato per giorni di scoprire chi fosse. Ma ci sono troppe persone con quel nome. Non sono stata in grado di capire. Di trovare..."

Fece una pausa. Sentiva le sue forze venire meno. Si costrinse a rimanere vigile. Doveva sapere. Doveva capire.

"Chi... Chi è... Ariul?"

"Non *chi*," la corresse l'uomo, ridendo. "*Cosa* è Ariul?"

"Non capisco."

"Ariul non è il nome di una persona. È una parola composta in lingua coreana. Significa: Città d'Acqua."

"Città d'Acqua?" Gladia ripeté il nome nella sua testa. Non le diceva niente.

"Pochi la chiamano in questo modo, oggigiorno," continuò la voce. "Vedi, era l'appellativo che le fu dato per rendere il suo nome più facile da pronunciare per i musi... per le persone come te. Oggi, la città è conosciuta con un altro nome."

"Quale nome?" Gladia stava tremando vistosamente. Sentiva del sudore freddo scenderle dalla tempia. Si sentiva mancare.

Colse un suono proveniente da qualche parte sopra la sua testa. Sembrava un veloce bip bip. Avvertì l'uomo alzarsi dalla sedia.

"I tuoi biovalori stanno fluttuando, mia cara. Temo di aver abusato anche troppo delle tue condizioni. Ti chiedo scusa, ma volevo accertarmi che non ci fossero danni permanenti. Ora hai bisogno di riposare."

"Il nome, per favore. Voglio sapere il nome."

L'uomo sembrò riflettere per un tempo oltraggiosamente lungo.

"Che tu lo sappia o meno, non farebbe alcuna differenza, dolcezza," disse.

Le sfiorò la guancia. Aveva dita tozze e sudate.

Lo sentì allontanarsi.

Una porta fu aperta.

"Ti prego," lo supplicò Gladia, le lacrime agli occhi. "Ho bisogno di sapere."

L'uomo sembrò fermarsi. Alla fine disse, "Saemangeum City. Questo è il nome che stai cercando. Questo è ciò che sta dietro al progetto Ariul."

Una pausa lunga quanto l'eternità del cosmo. Poi la voce concluse, "E in questo momento, principessa, ti ci trovi dentro."

EPILOGO
2031

I L CIMITERO ERA coperto da un pesante manto di nebbia.

La luna era poco più di una falce nel cielo, e la sua fioca luce argentea era indebolita da una nuvola di passaggio.

Il luogo era silenzioso e freddo e i profili degli oggetti erano vaghi, quasi indistinguibili. Rumori senza nome provenivano dagli alberi che tutto circondavano.

Un gufo aprì e chiuse le ali mentre si poggiava su un grosso ramo. L'uccello fece scattare la testa a destra e a sinistra. Piegò il collo mentre osservava il mondo a sud delle sue zampe.

Scorse una figura nella notte.

Lo sconosciuto era coperto da un lungo cappotto e da un cappuccio che nascondeva quasi interamente il volto. Stava fissando una lapide. Una lapide con una strana forma.

La pietra sembrava un'estensione solida della notte. Nera come l'inchiostro, era percorsa da sottili venature rosse scarlatte. La base era un cilindro che andava lentamente assottigliandosi verso l'alto per poi allargarsi nuovamente poco prima della fine, formando una scultura con varie estremità che si proiettavano in tutte le direzioni. I petali di un fiore.

L'iscrizione recitava:

EVANGELINE LAYIA ELEANOR
2001-2017
Chi cambia una persona, cambia il mondo intero

La figura s'inginocchiò e toccò la tomba. Era liscia e fredda al tatto.

"Visto?" disse con voce sommessa. "Ho tenuto fede alla promessa. Ho avuto cura del suo sogno, diventando parte di esso. E ora, manterrò un'altra promessa. Una che ho fatto a lui."

Estrasse dalla tasca un piccolo contenitore. Lo aprì e osservò la polvere bianca e sottile all'interno. Senza esitazioni, gettò il contenuto in aria.

Per un paio di secondi, la luce della luna riuscì a penetrare la nuvola, e la polvere a mezz'aria fu illuminata da una cascata di bagliore argenteo.

Polvere di stelle, pensò, guardando gli ultimi frammenti inghiottiti dalla notte.

"Riposate in pace, voi due," disse, mettendosi in tasca il contenitore.

Una folata di vento mosse all'improvviso il cappuccio e rivelò il suo volto.

Tiago Silva Abreu Melo si guardò intorno. Le due guardie del corpo attendevano a rispettosa distanza sotto un grosso acero rosso; i loro sguardi scandagliavano il cielo costantemente.

Tiago mise una mano nella tasca interna del suo cappotto ed estrasse un ciondolo a forma d'infinito. Con un dito sfiorò la frase incisa su di esso: 'Cambia il mondo intero'.

Un sorriso increspò il suo volto. Guardò il cielo stellato e disse, "Farò del mio meglio, amico mio."

Sentì un bip proveniente dalla sua unità di comunicazione.

Accettò la chiamata e disse, "Max?"

"Ehi, ragazzino," rispose la familiare voce baritonale di Max Lewis. "Hai finito?"

"Quasi."

"Bene, perché abbiamo bisogno che il Primo Omnibus torni all'ovile."

"Che cosa succede?"

"Abbiamo individuato attività biomecca; parecchia più del solito. La cosa non mi piace per niente. Ho un paio di squadre già pronte, in caso ci servisse gonfiare i muscoli."

"Ho capito, sto arrivando."

Tiago chiuse il collegamento, rimise il ciondolo dentro la tasca e si avviò verso le guardie. Arrivato a pochi passi di distanza dai due uomini, tuttavia, si fermò e si girò verso la tomba.

"Signore?" Uno di loro disse, aggrottando la fronte. "C'è qualche problema?"

"No. Nessun problema. Ho solo dimenticato di salutare qualcuno."

Tiago scrutò il cielo, si posò una mano sulla fronte e salutò la vastità brillante del firmamento.

Fine

L'Onniologo si stava preparando a una guerra. **Progetto Valhalla** è la storia che racconta come è nato il prima soldato.

SCARICA LA TUA COPIA GRATUITA DI PROGETTO VALHALLA A QUESTO LINK!

https://www.subscribepage.com/progetto_valhalla

L'Eredità dell'Onniologo, il secondo capitolo della saga dell'Onniologo, e ora disponibile in formato ebook e cartaceo!

ACQUISTA L'EREDITÀ DELL'ONNIOLOGO SU AMAZON A QUESTO LINK!

https://www.amazon.it/gp/product/B09XXM9YJ5

RINGRAZIAMENTI

8 LUGLIO 2011. Il cielo di Cape Canaveral era nuvoloso quel giorno. Ero seduto sul lato della strada, chiacchierando con i mie amici mentre gettavo occhiate distratte all'Oceano Atlantico a un tiro di pietra di distanza. Sul cartellone segnaletico a qualche dozzina di metri alla mia sinistra c'era scritto: *401 North Cape Canaveral A. F. Station.*

Le persone si stavano velocemente ammassando ai due lati della strada. Ce n'erano migliaia e molte altre si andavano aggiungendo con il passare del tempo. Stavamo tutti aspettando l'inizio di un conto alla rovescia, ma la verità era che nessuno di noi sapeva con certezza se lo Space Shuttle Atlantis sarebbe decollato quel giorno.

Come qualsiasi astronauta potrebbe dirvi, la partenza di uno Space Shuttle deve seguire criteri di lancio molto rigidi: la forza del vento non deve superare una certa intensità, non devono esserci troppe nuvole, non deve fare troppo freddo, e così via. In altre parole, devono esserci accettabili condizioni atmosferiche per dare il via libera al lancio di uno Space Shuttle.

Io avevo paura che non ci sarebbe stato alcun lancio quel giorno. Era più che probabile che la partenza dell'Atlantis venisse rinviata, come era successo altre volte in altre missioni precedenti.

Il cielo intanto continuava a rimanere testardamente nuvoloso. Non c'era alcun segno di miglioramento. Io continuavo a chiacchierare con i miei compagni mentre i minuti passavano e l'eccitazione si faceva palpabile.

Mi trovavo lì quel giorno per una combinazione alquanto bizzarra di pianificazione e pura e semplice fortuna. Avevo espressamente chiesto al mio manager di assistere al lancio dell'Atlantis. Nella mia richiesta scritta, avevo sottolineato come avessi assolutamente bisogno del giorno libero per avere la possibilità di raccontare una Storia con la "S" maiuscola ai miei nipoti: la storia della partenza dell'ultimo Space Shuttle.

Alla fine il lancio venne ritardato, ma fortunatamente per noi l'Atlantis decollò quel giorno. Quando finalmente i motori della nave spaziale si accesero in un tripudio di luci, una vampata di gioia ed energia repressa esplose tutto intorno mentre migliaia di persone urlavano, applaudivano e fischiavano all'unisono seguendo con lo sguardo lo Space Shuttle muoversi ad altissima velocità, un razzo di luce, fumo e colori brillanti che si faceva strada nel cielo.

Quella fu la prima volta in vita mia in cui assistetti di persona a un evento veramente storico, di quel tipo particolare di cui si legge sulla prima pagina dei giornali.

Quell'esperienza mi colpì in maniera molto più profonda di quanto realizzai mentre saltavo come un grillo sul bordo di quella strada, applaudendo e urlando assieme alle altre persone.

Alla fine di quella giornata mi scoprii a rivedere più volte le foto che avevo scattato, studiando ogni singolo particolare, sperimentando una volta di più quei momenti eccitanti. Mentre i minuti passavano, notai che un'immagine piuttosto curiosa si stava formando nella mia mente. Era semplice, eppure potente e stimolante al tempo stesso.

Cominciai a immaginare questo bambino seduto sulle spalle del padre che indicava entusiasta il razzo di luce che era l'Atlantis mentre si dirigeva a velocità crescente verso il firmamento.

L'immagine era così intensa che pensai subito che dovevo averla vista quella mattina stessa, ma non riuscii a ricordare esattamente quando. Decisi allora che avevo bisogno di riprodurre su carta quella specie di immagine mentale per mantenerla il più possibile nitida e reale.

Quando ebbi finito, guardai i pochi paragrafi scritti con un misto di curiosità e meraviglia. Quasi senza accorgermene, cominciai a chiedermi per quale motivo quel bambino sembrasse così eccitato dalla partenza dello Shuttle. Immaginai che l'enorme nave spaziale dovesse apparire ai suoi occhi come il più spettacolare fuoco artificiale che avesse visto in vita sua. Eppure, perché sembrava così preso da quell'avvenimento? Che cosa significava davvero per lui? Mi scoprii interessato a rispondere a queste domande.

A quel tempo, non mi rendevo conto di aver iniziato a scrivere uno dei primi capitoli di questo libro.

Ed eccomi qui adesso, a più di tre anni dalla partenza dell'Atlantis, a parlarvi di quel momento, di cosa ha significato per me.

Pensare che questo libro e tutto quello che ne è derivato sia una conseguenza di quel momento mi affascina e mi sorprende al tempo stesso. Mi fa riflettere su come la vita di una persona possa essere letteralmente rivoluzionata in una manciata di secondi.

Certo, Wei seduto sulle spalle di suo padre era solo l'inizio. Questa storia non è solo il risultato di emozioni e ricordi derivanti da quell'episodio, è anche un lavoro che ha richiesto anni di ricerche e letture, anni trascorsi a farmi domande alle quali non riuscivo a rispondere.

Inoltre, Onniologo non sarebbe quello che è senza le persone che mi hanno aiutato a plasmarlo e migliorarlo così che potessi consegnarlo a voi sotto forma di un prodotto del quale fossi davvero fiero.

Devo a queste persone un ringraziamento che va ben oltre le semplici parole. Senza di loro, questo romanzo sarebbe rimasto con tutta probabilità poco più di una bozza scribacchiata sui bordi di un libro, una storia piatta e noiosa senza identità o ispirazione; qualcosa che non sarebbe mai potuto davvero 'decollare'.

Ringrazio mio padre, perché mi ha convinto che l'epilogo del libro dovesse essere completamente riscritto per evitare di stravolgere completamente il flusso narrativo della storia, e mia madre, che mi ha fatto capire come Gladia Egea fosse un personaggio molto più importante di quanto avessi mai immaginato. Grazie a mia sorella, che ha trovato sul manoscritto più errori e refusi di tutti i miei correttori di bozze combinati assieme e a mio fratello, che ha commentato la primissima versione di questa storia dandomi utili suggerimenti per migliorarla.

Grazie a Mana Tsuda, che ha disegnato il primo schizzo di Wei, creando in questo modo le fondamenta della copertina del libro e grazie a Benjamin Roque, che ha trasformato lo schizzo di Mana in una copertina francamente spettacolare.

Grazie ai miei amici di lunga data Pietro Venditelli e Alessandro Tamagnini, che mi hanno aiutato con il loro costruttivo criticismo e grazie a Dorotea Cerra per aver rivisto l'intero libro quando era già pubblicato e avermi fatto presente alcune imperfezioni rimaste nonostante i diversi giri di correzione.

Grazie infine a Margaret Marola, per aver corretto la prima bozza della storia dopo la mia traduzione dall'italiano all'inglese e a Charlotte Gledson, che ha rivisto per ultima il manoscritto inglese completo.

Questo è il mio romanzo di debutto. Ora che la scintilla ha scatenato l'incendio, non c'è modo di tornare indietro. Una nuova saga è appena nata.

Michele Amitrani
14 settembre, 2014

NOTA DELL'AUTORE

Sono trascorsi otto anni dalla pubblicazione del primo libro della serie dell'Onniologo, e più di un decennio dall'ultima partenza dell'Atlantis.

Ne è passata di acqua sotto i ponti.

Onniologo è stato il mio romanzo di debutto, e Wei è stato il primo di una famiglia di personaggi che mi ha tenuto compagnia per diverso tempo, mentre scrivevo i libri di questa serie. Questo libro è molte cose, ma rimane innanzitutto il mio tributo a tutto quello che mi ha fatto innamorare della fantascienza.

Negli anni seguenti la pubblicazione del quarto libro di questa serie ho scritto altri lavori, in generi diversi, ma una parte di me continuava sempre a fantasticare su nuove storie basate sull'universo dell'Onniologo. Poi, inaspettatamente, nell'estate del 2021 ho preso penna e calamaio e ho scritto un racconto ambientato nel mondo del Primo Altista. Si rivelò essere una novella che legava in modo interessante il primo libro al secondo, introducendo un nuovo personaggio e svelando alcuni retroscena sul ragazzo genio che non avevo raccontato in nessuno dei libri precedenti.

Quando misi la parola 'fine' a quella storia, capii che mi aveva fatto piacere scoprire un lato dell'Onniologo che non conoscevo. Fino a quel momento, credevo di aver detto tutto quello che c'era da dire su quel personaggio, e fui piacevolmente sorpreso di scoprire che mi sbagliavo.

Comunque, una volta ultimata la novella, non rimasi a pensarci troppo. Gli diedi una ripulita, la formattai, creai una copertina e la regalai agli iscritti della mia newsletter. Fine della storia.

O almeno, così credevo.

Nei mesi successivi completai altri progetti editoriali, pensando poco al nuovo tassello che avevo aggiunto all'universo dell'Onniologo.

Poi, all'inizio del 2022, ritornò il bisogno di raccontare altre storie che avevano Wei come protagonista. Così lo feci.

Cominciai a pensare ad alcune scene che avrei voluto aggiungere, specialmente momenti riguardanti l'infanzia di Wei, che spiegassero meglio quello che stava facendo, e il motivo per cui lo stava facendo.

Il risultato dell'esplorazione del suo passato sono i capitoli inediti che trovate in questa nuova edizione. Mi sarei potuto fermare a queste aggiunte, ma non ero completamente soddisfatto. Mi resi conto che per armonizzare i capitoli aggiuntivi al resto della storia avrei dovuto rivedere alcune parti del libro. Risultato? Andai a rileggermi il resto dell'opera, espandendo alcune sezioni e aggiungendo delle scene nella prima e nella seconda parte.

Quando ho finito di rileggere il tutto, mi sono trovato davanti una storia sotto certi aspetti diversa, anche se fondamentalmente è la stessa che pubblicai otto anni fa. Potrei chiamarla un'edizione aggiornata, o magari il risultato di un po' di nostalgia per un mondo che avevo abbandonato, ma credo che la verità sia più semplice: c'erano delle storie che volevano essere raccontate e così ho deciso di raccontarle.

Questo è il motivo per cui esiste la nuova edizione dell'Onniologo. Spero vi sia piaciuto leggerla, così come a me è piaciuto scriverla.

Non so se l'universo dell'Onniologo abbia esaurito quello che aveva da dire, o se tra qualche giorno, o mese, o anno, la Musa busserà alla porta esigendo nuove storie che parlano di scelte monumentali, sfide insormontabili, e della creazione di una civiltà spaziale.

Forse non succederà mai.

Forse è già successo.

Comunque sia, grazie per aver fatto parte del viaggio.

Michele Amitrani

10 febbraio, 2022

L'AUTORE

Sono un autore indipendente con una grande passione per i viaggi senza meta, i cieli stellati, il body building, i fuochi d'artificio, le notti di mezza estate e quello strano suono che fanno le conchiglie vuote se le si avvicina all'orecchio.

Flirto da tempo con diversi generi letterari, ma sono ufficialmente sposato con fantasy e fantascienza (intrattengo una relazione segreta con la saggistica di stampo politico-internazionale, ma non ditelo alle signore fantasy e fantascienza!).

Quando non sono impegnato a inseguire draghi o a padroneggiare la Forza, divoro libri e gironzolo su Facebook (/AmitraniMichele).